U0570583

林东林　著

替全世界去仰望

文化艺术出版社
Culture and Art Publishing House

替全世界去仰望

>>>

友谊或者梁子

不是偏爱就是偏见

在路上才能在心里

从家走到国和天下

文字是最后的仰望

天黑前的野心（代序）

牧峤

某一天夜深了，人不静。东林突然冒出来，让我写序。这事吧，透着说不出的古怪。

他读书，行走，看天下，恣意妄为或是墨守成规，都有他的道理。他刚过了而立之年，拼了命地写字（也许拼了命地泡妞）。几个月打一通电话，他就又要出书了，这节奏绝对是不给其他人喘气儿。书中的男女山水，哪一样也要有硬朗朗的独特之处，最后却都落在侠骨柔肠里，他就是要这些放在哪儿都像个旗杆。这书实在是要找个大人物写序的。换作我，不仅是乱了规矩。

不过，这也就是他。猜不出哪里就过人，执拗。我小他几岁，人群中决不起眼，写字没章法，更不以此为生，和他也不是一个圈子。要是勉强说来，早几年我们隔着几公里，共用一个伟大的上司。工作几年，我东跑西颠，从不主动寻他，唯一一次说要去四川看在那儿写字的他，上了飞机，三分钟后，雅安地震了，他说他穿着裤衩就从楼上下来了，我也没去成，再见面就是很久之后了。没缘分的事儿，还要算上天灾，日子的巧妙就是纵使多爱未来，也只能过当时当刻。不过这之后，还劳他记着我这么没心肺的姑娘，隔着千万人，无论我又到哪里，他每本书都耐心地寄给我。

想为数不多的碰面，他总是迁就我的胡言乱语，张牙舞爪。他也说我有那么一点点灵气，要趁年轻记下什么。不过，转眼间，他又不得不每次声讨我的懒散。我以忙为借口，一拖就是三年，也没有三篇五篇文章像模样，养的猫却很有重量了。我不信自己才情大过天，能遮天蔽日，估计连当个阳台的作用都不抵，遂放在一边，肤浅吃喝。东林可不是，他珍惜他遇到的人，还乐意考据那些道听途说的事儿，走哪也不忘秀秀身上的文艺气儿，认认真真地荒唐活着。每次他在朋友圈说什么，我都损他两句，心里又说不上哪里羡慕。人就是这样，秃子见不得别人梳头发。

为写序，我还是虔诚地一篇篇读了。主要因为香港下雨，北京下雨，坏天气飞机就不灵光，我一等就是六个小时。六小时，见了他十年的好见识。作为资深的策划人，他无所不用其极的标题党，歪理怪说，就像我锅里碗里的美食，实在炫目。那些随手的小事情，异乡感，没完没了的不安全感，佯装与惶惑，放肆还有紧张兮兮，也都是我切身的经历，却是怎么也说不出口的。

想说他真是我的知己，不过，我估摸他也是许多人的知己，不专用，不专宠。

写字的人大多都有个通病，就是自我感觉良好。此事，东林身上更是淋漓。他坏心地写着如何让世故变得理所应当，世俗又文艺的模样，才最招人咬牙（可能是嫉妒，不过嫉妒才说明我也如此）。别人豪车美酒的时候，他就真真切切地捧着心脏，实在别人有的，他补不上的，也要冠冕堂皇地嘴硬。他写的大人物柔情日常，小人物却艳帜高张。他走过的路，都好像有钻石在地。虽然他顶着正太的小生脸说自己人世沧桑，我却总觉得他自由得太可耻，世界对他这样子宽容。

他这个二流的理科生，数学是体育老师教的，自是没好果子。用我不识字外婆的话说，就是“这算账算不明白，会耽搁事的”。可他就这么耽搁事的熊大叔，却写了一本又一本。论古今，谈情说爱，走街串巷，什么都没忘记带上。他说有偏爱，怎么看都不是正的角度，面子上要当才子爱佳人，血管里却又要当英雄爱美人。若只是他的秘密，被挖出来肯定是尴尬，他却是个诚实贪心男，贪得让人哑口无言。他还说要仰望，要替全世界仰望，这动作像个在空想的艺术家。

故作的事是会招人怀疑动机的，可这就是他，似乎老于世故，其实却是谙于天真。

野心要替全世界看，我不相信他看得明白。只是世道这么坏，再看不明白，天就真黑了。

2014年5月于宋庄

有所怕 才有所爱（自序）

过了三十，不得不承认，我也是个复杂的动物，所以这本书也写得颇为杂七杂八。大致上可以说，在这本书里我写了几类东西，一是识人（有古有今），一是三观，一是游荡，一是书和字。

识人。当年巴拉圭外援冈波斯加盟北京国安后，学会的第一个词是“你好”，第二个词是“傻逼”。很长一段时间内，他即使见到老板，打招呼也是：“你好，傻逼！”因为中国队友不露声色地告诉过他，“傻逼”的意思就是“朋友”。你不知道谁是敌人谁是朋友，岁月帮你分辨，友谊或梁子，知己或陌路，深交或神交，一一浮现。从我笔下能看到他们，从他们身上也能看到我自己。

三观。一个成都的朋友想开咖啡馆+酒吧+书吧，我给她想了个创意：白天的名字叫“爱未”，晚上的名字叫“暧昧”，也不用换招牌，“爱未”两个字的间距留大点儿，晚上就把单独的两个“日”字挂上去就好了。白天正经，晚上不正经；为人斯文，为文放荡。这就是我现在的“三观”，是在发现怎么拧都拧不过生活的大腿后我的态度：用不三不四撩拨道貌岸然，用婊子撩拨牌坊。

游荡。董路37岁结婚，领完证后的一天深夜，老婆推醒睡在主卧床上的他问："我们去哪里旅行度蜜月呢？"董路睡眼惺忪、迷迷瞪瞪地回答："要不就去次卧吧！"我觉得很有道理，等我结婚时老婆问我也要如法炮制。旅行不必在路上，就像知识未必在书上，但如果非要读书，非要旅行，那不妨读野一点，跑远一点，读万卷黄书，行千里土路，对生活的认识会更加深刻。

字和书。小时候期末考试只考两门主课：数学和语文。数学考完，我拉着女同桌哭了；语文考完，我发现哭早了，再哭无泪。从小到大我的语文都不好，还不如数学（数学我也经常不及格），但是我觉得语文跟写作是两码事，语文靠学，写作靠感、靠悟、靠想。所以作文经常跑题的我，现在还脸不红、心不跳地码字，没有什么永垂不朽，只有当时的泪水和纸巾不朽，心跳不朽。

总的来说，识的人有的认识，有的不认识，有的结过友谊，有的结过梁子，无论友谊或者梁子，都是角度的呈现，从他们身上能看到我自己；看的景有南有北，有的是只去过一次，有的是一去再去，新鲜或者熟悉，激动或者漠然，都已经遥远，去过的地方也都成了遗迹，用文字去复活吧。"三观"都不很正，节操也都在损毁，不过无论残存还是坍塌都不重要，重要的是写出来，记录本身，未必就是反抗，但是基本真实；跟文字相关的，一半海水一半火焰，有客观也有主观，更多的其实是在客观和主观之间，暧昧不清，黑白间杂，我觉得那正是本色所在，有必要记载。

我已而立，吃过30多年的盐，走过30多年的桥，溜须拍马我会，偷奸耍滑我会，见人说人话、见鬼说鬼话我还会。有时候，岁月是一把杀猪刀，割出了我的皱纹，割没了我的青春；有时候，岁月是一把猪饲料，喂肥了我的身躯，喂瘦了我的梦想；而又有时候，岁月变成了一把野猪毛，抓不到时老想去抓，而抓到了又觉得什么都不是。想成熟，还不想世故，难！想两全，还想其美，难上加难！我不得不历经沧桑，我不得不满面风尘，不过我不是不得不千人一面。

想起宋冬野《关忆北》里的一句歌词：青春和瞎子一起变成了哑巴，今天扯平了我们的当年，分食了理想。年过三十还谈理想，已经奢侈得近乎扯淡，别人不信，自己也不敢信，生活是流水磨石，我的、你的、他的棱棱角角和方方正正都在被磨去。然而，然而，总要在某些地方藏匿起一些锋芒和私情，那个地方就是这本书，我不奢望所有人都能读得出来，但是至少我还能。

清代张潮的《幽梦影》里，有十大恨：一恨书囊易蛀，二恨夏夜有蚊，三恨月台易漏，四恨菊叶多焦，五恨松多大蚁，六恨竹多落叶，七恨桂荷易谢，八恨薜萝藏虺，九恨架花生刺，十恨河豚多毒。石天外又加了两恨：一曰才人无行，二曰佳人薄命。我何止有十二恨，二十恨、二百恨也有了，但该走的路还要走，妞可以不多泡，酒可以不多喝，饭不能不吃，桥不能不过。

不如学学大仙，学学大仙喝酒。关于他喝酒有一则经典的段子：据说某次在广州采访，一位老板在酒店的KTV请记者们喝酒，声称“XO随便喝”，别人都没什么反应，大仙一听站起来就走人。不一会儿工夫，就看见他从房间里捧着一个暖水瓶出现了，拿起XO直接就往暖水瓶里猛灌……传闻说那天晚上结账的时候，那位老板含着热泪喃喃地说：“见过狠的，没见过这么狠的。”

我写下这些偏爱和偏见，也是稀释一下XO，别的本事没有，那就用文字阴生活一把，生活有一千种办法让你匍匐，那你就寻找那第一千零一个出口，靠着岸呼哧呼哧地呼吸一口吧！

2014年5月于北京

友谊或者梁子

>>>

酒逢千杯知己少

北京的局多，尤其是酒局，尤其是制造暧昧的酒局。连向不以酒量见长的我，也在这一场连一场的局中练出了半斤八两的量（以52度“牛二”为准），不过酒量上去了，暧昧对象却下来了。

熟稔京中文艺圈的前同事、没当过好兵的帅克，前几年编过一本叫《北京饭局》的书。

听她说，北京作家圈有两大饭局，东边一个饭局叫“东局”，西边一个饭局叫“西局”。西局是西二环以外，东局是东二环以外。西局局长现在还是张弛；东局局长一度就是艾丹，艾未未他老哥。

除了东局和西局之外，还有两个名局，一个是男局，一个是女局。女局也叫“大仙局”，以小妖精为主，不过头儿是一个叫“大仙”的老男人，一个京城资深男记。据说大仙从60后领导到70后，从70后领导到80后，从80后领导到90后，能领导四代小妖精，除了男导演，谁也比不上。

东局和西局，男局和女局，听说过、憧憬过、梦寐过、没去过，我的局大多是临时凑的。北京的局比上海的随意，临时提议的多：你拉我，我拉她，姑娘拉汉子买单，汉子拉姑娘陪酒。

我最早是跟同事喝，小男人、老男人、熟女、少女三五成群、四六结对，从慈云寺到东四十条，从东四十条到三里屯，从三里屯到798，从798到呼家楼，从呼家楼到西坝河，从西坝河到苹果社区，从苹果社区到宋庄，酒局线路蜿蜒曲折，犹如蛇行。跟同事喝酒，其实是一件挺危险的事，容易误托知己，错把职业关系当朋友关系，尤其在菜空四盘、酒过三巡之后，男的一口一个哥，女的一口一个姐，嘴上叫得越甜，心中越是危险，正所谓扫黄的最黄、打黑的最黑。

后来的酒局是由职业而扩撒，与书相关，与文字相关，与真文艺不大相关，与伪文艺非常相关，不是跟作者喝就是跟潜在的作者喝，不是跟作者带来的姑娘喝就是跟姑娘带来的作者喝。

跟“幸福大街”的吴虹飞喝过。她那时候还住在西坝河，还跟那个心怀大义的异见分子（我没见过，亦不知是谁）在一起，还一屁股的赘肉和一脸的文艺腔，还每次走路从背后看都像鸭子划水一样。每次喝酒都在她家，后来跟她去过一个诗人的酒局，记得有老巢，有何三坡，有红烛，还有谁不记得了，她在众多老男人间肆意地说着荤段子；另一次是跟她去清华的荒岛诗会，记得有我后来非常喜欢的诗人俞心焦，还有清华建筑系的年轻教授周榕，还有一些身已沧桑、心怀理想的男女诗人，在清华的甲所小酌之后，他们在荒岛上朗诵、写诗，搞得像行为艺术一样。

后来，跟阿飞因为她的书《再不相爱就老了》闹掰了，具体原因不解释、不原谅、不后悔，跟她再也没见过，再也没喝过，去年听说她扬言“炸建委”被抓，我又恍惚记起跟她喝酒的日子。

跟既搞翻译也写小说的石一枫喝过。他从小在北京大院里长大，擅长侃大山和拍婆子，却不擅长拼酒和对瓶吹，我应该是跟他没喝醉过，不过每次跟他喝另一个曾经非常著名的酒鬼于一爽也在，名字上他俩都属“一”字辈，但是酒量却相差几个数量级。据说于一爽喝遍京城酒局，人称“女中狗子”，放倒过大大小小、知名不知名的文艺男女，酒量之大可以想见。我没见她醉过，但每次见她都是一脸一眼的迷离，老猫说她是有酒瘾，每次喝酒都要拉她，但每次都拉不到她，后来听说她找了个北影的男朋友，后来听说要结婚了，再后来听说是怀孕了，酒局于是从此了断。

算起来，跟老猫是喝得最多的。作为一个年仅半百的饕餮老汉，老猫的爱心不但泼洒在流浪猫身上，还广播在京城的文艺女青年身上，京中有才有貌有胆有量的女青年没跟他喝过酒的，估计没几个。那时候策划他的书，他经常不远几十里开车来市区相会，我所吃过的北京最正宗的重庆火锅杨家火锅就是他带我去的，且至少吃过5次以上，不过他自从有了历史系女硕士，心思已经安定，体力也不再剩余，酒局基本上就支在家里了，最早是在后沙峪，现在已转移到了北七家。

记得跟“恐怖大王”李西闽还喝过一次酒。座中还有写悬疑小说的雷米，以及相熟不相熟的票爷诸位，几乎像是一个恐怖和悬疑小说作家的专场聚会。作为被拉去从不看更不会写恐怖悬疑小说的作陪小弟，我只记得剽悍凶猛、仗义行侠在高速路上徒手截下运狗车的票爷，以及黝黑、硬朗、率性从汶川大地震里死里逃生的李西闽，其他说了什么、听了什么已经不再有印象。前一段在老猫家喝酒，听悬疑小说作家庄秦说起，李西闽在汶川大地震时被埋入废墟，度过了惨痛的76个小时，性格开朗的他从此患上了抑郁症，而比抑郁症更惨痛的是，他被石板压住的骨头恶化成了骨癌，让我又想起这个曾经多次在我耳边响起仅有过一面之缘和一酒之欢的老兄长。

回想一番来京谋稻粱的这几年，连我这个不太爱混圈子的人，竟也大大小小去过七八十个局，除了跟老哥哥们喝大酒、吹大牛、侃大山之外，作为一个不是八卦而是相当八卦的男人，我基本上去酒局看的不是酒，而是人——男人和女人。酒壮英雄胆，也靓美人脸，几番轮杯换盏下来，有的开始言语调情，有的开始逢场作戏，有的开始暗送秋波，有的开始脚尖互撩。勾搭或被勾搭，推倒或被推倒，饮食男女，先饮食后男女，先饱暖再淫逸。有女人的局，老男人的眼里多了几分游荡；没有女人的局，老男人的嘴里多了几分放荡。而北京的酒局，没有妞参加的有几场？

以我不算沧桑的经验来说，总结人生不过四个字——利、名、酒、色。跟利比起来，我好名；跟名比起来，我好酒；跟酒比起来，我好色。所以我也从来不放过每一次和姑娘喝酒的机会，而且还在酒后吐了不少真言。尤其是在一次酒过八两之后，我拉着新结识的姐姐的玉手、枕着她白嫩的大腿、望着她张开半尺的V领，眼神迷离、眉头紧蹙、一脸深刻、无比真诚地跟她掏心掏肺：“北京那么大，牛逼的人那么多，我怎么样才能一鸣惊人、流芳百世呢？”姐姐听了，一脸茫然无辜。至于后来发生了什么我已不记得，只知道天亮后我睡在自己的小床上，一地秽物！

我另一次著名的大醉发生在百子湾苹果社区，在老领导家里跟六个人喝了六坛黄酒，年龄数我最小，酒数我喝得最多。黄酒后劲极大，尤其是温热了喝的黄酒，我在刚喝完一坛之后，尚有一息知觉，因为暗地里听到他们说等会儿要去“娃娃鱼”找小姐唱歌，如此良机岂能错过？不想到了包房点完小姐，酒劲大作，我再无力欣赏小姐的美胸美腿，一门心思抱着垃圾桶不舍得松手，从进门到半路撤退我基本没抬过头，小姐除给我拍后背还是拍后背，我的不良心思全被溶解了。

后来猎艳不成，半醉的同事开车送我回东四十条的住处。时值盛夏之季，虽然已近子夜，但是各色男女依然不避炎热出来打猎。一路上灯火霓虹迎来送往，无边美色此起彼伏，连电线杆子和马路牙子都无比妩媚。至于窗外，别说大妞了，就连大妈的胸脯也越发放大，大腿也越发嫩白。我把车窗开了吐、吐了关，如是反复多次。那一晚醉得秽物和春心齐飞，胸脯共大腿一色。

年少多性情，性多，情多，酒局多。而立之后，性淡了，情也寡了，我既不向往东局，也不向往西局，对男局女局也不再那么梦寐，如果说还贪酒，无非两场，一直想而没能去成的两场酒局。

一场是“天下盐”老板黄珂的局。老猫老跟我说，京城有个现代孟尝君，姓黄名珂，他的局不叫局，叫龙门阵，叫流水宴。黄老板珂在望京606有打通了的两套房，十几年来，每天家门大开，摆下川菜如流水，不问来者是谁，不问名气大小，不问名头职业，来了就有好酒好菜招待，吃好喝好抹嘴巴走人，每月白掏几万块，食客多达十几万人次，此即京城有名的“黄门宴”。

我并不偏爱黄老板的酒菜，而是欣赏他这番豪气和慷慨，在一个人人精明的时代，他玩性情；在一个人人挣钱的年月，他撒钱。他傻？他脑子被门夹了，还是被驴踢了？非也，大智若愚！哪天有机缘，定当和老猫去赴黄门宴，不去则罢，去定酩酊，不为其他，但为他身上残存的古义。

另一场是几个老男人的局。前一段，湖北武钢有5名退休老友建山间别墅，劈柴喂马归隐田园，每天日出而作，日落而息，几盘小菜、几壶烧酒，喝喝热茶、聊聊往事，没有关系羁绊，没有利益交割，酒喝得纯粹干净。我向往这样的酒局，但我离这样的酒局似乎还很遥远，因为人还未老，因为心还未冷，因为志还未酬，因为情还未了，因为欲还未消，因为七窍已通六窍，因为六根独有一根未净，所以朋友还不纯净，知己还不能刎颈，酒杯还待洗，火炉还待烧，好酒还待酿。

我的老友已散布天涯、各奔前程，结婚的结婚，生子的生子，攀龙的攀龙，附凤的附凤，溜须的溜须，拍马的拍马。我跟他们比是五十步笑百步，虽还未鸡鸣狗盗，但尘世行走心头也难免蒙上厚厚一层猪油。眺望前路，各自失散在生活的雾霾之中，这顿酒何年何月何日才喝得上？

9

陈丹青的三封信

初去上海是在五年之前，是为稻粱之谋。彼时我还年轻，还气盛，还不更事，因为爱慕沪上风月和十里洋场的繁华，便离了广西的蛮荒和桂林的温柔，一心想在黄浦江的滩头闯一闯。

那一段岁月，好名山，好大川，好美酒，好宴饮，好结交，好评头论足。斯时，因为迷胡兰成迷得一塌糊涂，经常盘踞在搜狐的“张迷客厅”，也在各界的“胡粉”中以“研究胡兰成”而自居。加上此前刚刚去过南京采访完胡兰成的儿子胡纪元，给《南方人物周刊》写了一篇《我父亲是一个归不了档的人》的专稿，有私淑私亲的窃喜，想借胡某人在他出过头的上海出出风头。

识得复旦一位顾文豪，因为其与陈丹青先生相熟，我便跟他要了邮箱前去致意。顺便说，那时候顾兄的装扮很、非常、极其“陈丹青”，留着和陈丹青一样的板寸，戴着和陈丹青一样的眼镜，穿着和陈丹青一样的黑高领毛衣和黑西装，一翻眼就露出和陈丹青一样大的白眼珠，操着和陈丹青一样调性的抑扬顿挫，下笔便是“三月的上海，下雨，梁文道与我走在市区的一条喧嚣大道上”，实话说，我当时乃至现在都非常不喜欢这样的做派，所以相识没多久就渐行渐远了。

还说陈丹青，因为陈早岁在国内出过一本随笔《多余的素材》，有专门写胡兰成的一篇，那时候谈胡兰成还是一个犯忌讳的话题，辗转良久才得以出版。于是我便发了对胡纪元的专访给他，当时想必凡心炽热有炫才邀宠的心思，二来也因为他和广西师范大学出版社有颇深渊源，而我正好谋职于此。本想会泥牛入海，不想却天外来音，丹青先生收信不几天就回了一封邮件——

东林：

我在纽约家没宽带，收件很不易。今见信和照片，很谢谢。

原来你是广西师范（大学）出版社的么？你属猪。很高兴你的见识和兴致，很多事总算骗不过你们了。这是何等高兴的事。且家庭到底还是有作用，有你父祖的基因在。在今天的大陆读什么鸟书，进什么大学。这种事我愿向着胡兰成与毛润之，乡下村里出来，自己读书，自己闯世界。

再谢谢你的照片。纪元还真几分像年轻时的胡兰成。希望后几日能正常收信。

丹青

2009年8月29日

乡下人进城，难免会自惭形秽，有一种自谦，更有一种自卑，这自谦和自卑亦会转为一种自傲和自负。我那时刚毕业工作两年余，从桂林的温柔乡和南蛮之地，初入洋场风月，初尝摩登场的荣华，得丹青先生“自己读书，自己闯世界”的砥砺和期许，颇有一种不怕虎的勇。

平日里，我在沪上岁月忙于出版社的事，编书、写稿子、弄策划、做宣传，为稻粱谋，为趣味谋。闲下来百无聊赖，十里洋场走走看看，看看鲁迅和张爱玲的故居，逛逛福州路的书店，也不免由古思今，打量一下上海滩的文人们。一时看到毛尖的《乱来》，在《南方都市报》写文章骂她，顺带也骂了孙甘露，骂了陈子善，骂了董桥，骂了小宝，骂了上海的小圈子，也骂了北京的圈子，得罪不少人。

再后来，南方一家杂志有意让我代为专访毛尖，我本也不存什么芥蒂，想此地既然有互骂的传统，民国诸位先生台面上骂来骂去，大狗小狗地叫来叫去，私底下终归是客客气气，对我，一介屌丝和愤青，毛博士理应也有如许的雅量，于是电邮去采访的问题。不知是不是因为我的问题太过尖锐，或者有意无意地耸人听闻，电话里毛博士借此前的书评推却说："《南方都市报》里刊登的贵书评已经拜读，采访就不必了！"于是采访就只好不必了，终究是我错估了今夕何夕。

书评捅的马蜂窝，在毛尖那里吃了闭门羹，亦在她的几位弟子、相识那里炸了锅，网上骂来骂去一片，为我撑腰者有之，对我呵骂者有之，熙熙攘攘良久。我想既然遍地是圈子、是关系，那我只好围着圈子转转，转了几圈，终究没有去拜码头，没有投靠地头蛇，（也许是想投靠没投靠上？）悻悻然地扭头走开了。虽然我知道，不少朋友也对我说过，毛尖平日为人并不像她为文那样尖利攀援，甚至有几分羞涩内敛，然而我也只是对书不对人，《乱来》一书实在让我读得如鲠在喉不吐不快，加之牛犊初生、新来乍到，不免也想借一支笔冒冒风头，《南方都市报》的雷建峤兄看了叫好，要我不再给别家媒体，我欣然应允，谁知最后竟然弄成这局面，是我始料未及。

入夜，已进深秋的上海月入中天，夜凉如水。我租居在国年路复旦老师的公寓，房间外是一片蔓草齐腰无人打理的小花园，隔窗有狗吠，有煲汤的香气，有窸窸窣窣的脚步，有电单车偶尔的尖叫。我在如斯的夜半，给上海难得出一个的“老愤青”陈丹青写信，发去了一篇《上海文艺界的做派》，抱怨上海的没落和上海文人的失落，其中也不乏泛泛而空的指摘，毕竟经验隔了一层。丹青先生有火眼、有金睛，给我回信厘清上海和上海人、昨日的上海和今朝的上海——

东林：

来信收到了。你的文章是要发的吗？发在哪里？这样直率批评上海作家的，倒没见过。这些人我大都认识，你这样一写，使我知道外人怎样看上海和上海的作家。

上海文艺固然这二十年是没落了，但八十年代好些，再早，不是你的“上海的格局一向就是小格局，自古以来就如此”，因上海没有“从古以来”，有上海是十九世纪末，而当时上海气魄之大，整个都市文明和现代文艺，全从上海开始。共产党在那里成立，胡适陈独秀在那里开始闹事，都是二十世纪中国最大的事，鲁迅在上海时也格局大，胡兰成不也在上海弄过一弄么？四九年后上海才没落了。九十年代以来那是一路沦为地方城市了。

上海人也不像说的那样小气，你没见过以前上海的流氓和工人。现在可怜是连上海的市民气也没有了。

你在上海哪里工作呢？

丹青

2009年9月26日

我对丹青先生的抱怨，不乏是因自身事所发的牢骚，针刺一下就跳起来老高，属于个人失意，他这番话才真是点了上海的要害。在回信中，我略略说了一番在上海的情形，日常所接触的人事、抱怨和读的书，兼及在此地所经历的失落和无奈，顺带又说了毛尖的《乱来》和我的论评。丹青先生不嫌我叨唠啰唆，一日之后又回了一封信安慰，且警示不要成为曾看不起的“长辈”——

东林：

你倒说得不是闲话，只是骂上海与骂上海的文人，要分开。上海是可惜了，给糟蹋了。如今的文人也可怜，地盘弄得很小，互相摸摸弄弄，换取一点舒服。你是外人，上海这点慷慨还是有的，给外人可以待下来，自说自话。你们只是不要以后年纪大了，忘记年轻时看不起这些“长辈”，也变得和长辈一样。

丹青

2009年9月27日

整个近现代中国的“都市文明和现代文艺”，其实都从上海而始，这气象和脉络我也知道，甚至对90年代的上海也曾心向往之。唯我那时厕身其间，所失落的是两相对照之下的反差巨大，上海滩的格局日小、度量日窄，不再能提供全国性的供养。所谓作家，所谓文艺，关心的也只是自己的小兴趣和小情调，只自己在小圈子内玩玩而已，小做派十足，各人扫自家雪，不管他人霜，没有兼天下的视野和度量。虽然我后来也知道，别处的情形也不过如此，甚至是还不如上海。

丹青先生所说的上海那“给外人可以待下来的慷慨”，终究没能留我待下来——而我那时也不具待下来的俗世本领？我自忖前路茫茫，野心和抱负也都减以大半，在次年春日未尽时，便迅即离开了那待了不足半年的沪上，投奔了满地冰雪的帝都——虽然我也并不想那么快就离开。

文艺青年吴虹飞

刚到北京的时候，虽然已经是春天了，却赶上一场罕见的大雪，满地的冰碴子。

倒春寒寒得就像我当时的心境，偌大的帝都举目无亲无朋无熟人。单位在一段铁轨旁，每天我沿着铁轨上班下班，周末没事也沿着铁轨散步，我最熟悉的就是铁轨，每次我都走过2009根枕木，再沿着走过的枕木走回来。从枕木上把我解救出来的是个女的，叫吴虹飞。因为有个周末我在数枕木的时候，她在网上喊我去她西坝河三元大厦（我常认成“三光大厦”）旁的家里玩。

那时候，她以两个身份闻名于文青群体，一个是“幸福大街”的主唱，另一个是《南方人物周刊》的驻京记者。我跟她认识最早是在2008年，后来闹掰是在2010年，认识的原因是因为一本书——《今生今世》，胡兰成的书；闹掰也是因为一本书——《再不相爱就老了》，她自己的书。

我们俩好的时候，比最黏糊的情侣还要黏糊——虽然我们俩没谈过情，也没说过爱；我们俩掰的时候，比最反目的仇人还要反目，憋着，忍着，互不往来，隔着一道篱笆墙也鸡犬不相往来。不过我欣赏她的才气，虽然她唱的歌我不觉得很好听，很歇斯底里，很愤青少女，很上气不接下气，然而她灵光一现的时候，还是能狗嘴里吐出来象牙的，尤其是在很稀松、很平常的状态下。

她似乎很神经质，因为神经质，所以写诗，写歌，唱歌，写专访，写情书，写字条。搞得她的话和字不分白天黑夜、不分晨钟暮鼓，跳跃得神龙不见首尾，经常一句话、一个动作丢出来噎死人或笑死人。我跟她玩得好的时候，森森地记住了以下几件事情，权且作为一个歪传吧！

其一，阿飞家墙上挂了一只表，长年累月不走动的表，指针永远指向九点半钟，很有艺术范儿的样子。我说："我要写写你，写写你的表，名字就叫做《一只永远九点半钟的表》。"她说："那我是故意调的，故意弄坏了不让它走的，因为他最后一次从我家离开的时候是九点半钟。"

其二，2010年的春天，北京的大雪还未化完，路上还积着不少。我一路走过来，深一脚浅一脚，到阿飞家里，进屋子转了一圈，地上一串华丽丽的泥水大脚印子。阿飞怒目而视地说："怎么弄得跟杀人现场似的。"然后拿出一只拖把拖啊拖，终于拖干净，拖完也不把拖把放回去，一只刚打扫完"杀人现场"的拖把，就那样被她抱在怀里，坐在床边，十分端庄地和我聊天，旁若无事。

其三，某一次在她家聊天，阿飞突然说："我十分想诈死，那多好玩呐，谁都不知道，从这个世界上消失得干干净净，然后改头换面再出来，一个人销声匿迹了，一个新人横空出世了。"

其四，阿飞和一个朋友去吃饭，饭毕朋友拿钱要付账，阿飞呵斥了她，自己掏钱买单。我是喜欢她经常肆无忌惮、老不正经地用"呵斥”这个词，呵斥别人这样，呵斥别人那样，很温暖、很霸气、很损己利人地呵斥。“呵斥”这个词在我的脑海里，现在已经被她弄得很有喜感了。

其五，阿飞走路别具一格，尤其是从后面看。我跟她说：“阿飞，你走路很好玩！”她说：“罗圈腿嘛！”我说：“不是，像鸭子，一摇一摆的，两只鞋像没提起来。”她说：“我的鞋就是没提。”她说陈丹青有一次从背后看她歪歪扭扭的，哈哈大笑，于是她就变得更加歪歪扭扭了。

其六，在东安市场的“辣婆婆”吃饭，我十点要赶到上海。吃到八点多，阿飞送我下楼，我刚走到楼下一伸手要打车，一掏口袋，没钱了，我说：“没钱了，我去取钱！”阿飞遂极其大方地拿出十块钱递给我，我说：“不够，打车至少要二十块！”然后她十分爽快地给了我二十块。

其七，还有一次吃饭，席间有人说：“阿飞，蓝老师教文学的，怎么你却学会唱歌了？”阿飞略一沉思，吐出一句惊人之语：“因为蓝老师不会唱歌呀！”蓝老师是蓝棣之，清华中文系的教授，阿飞在清华读了一个环境工程，还读了一个中文系的科技编辑，所以蓝是她的老师。

其八，阿飞家里存了很多张专辑，都是她以前出的，但是都是空盒子，没有CD，我翻来翻去，阿飞说：“我们把这个拿出去卖怎么样，在网上卖，就卖空盒子，多行为艺术呀！”

其九，突然有一天，阿飞光着脚丫子跑来对我说：“我的心不见了。”我不觉得奇怪，就用手指了指她的胸，她说：“这是一座房子，不会再开门了。”（这个其九，是别人补充给我的。）

闹掰之后的某一年，听说她从《南方人物周刊》离职了，她就去各地演出，弄了一个她家乡的侗族大歌的歌队，在全国巡演，听说演出也经常被临时取消。还有就是去年，在新闻里听说她扬言要“炸建委”，结果被拘留了十几天。这就是我得到的她的全部音讯，我知道时至今日，她还是一如既往地穷，一如既往地歇斯底里，一如既往地愤青少女，孤身且绝望地永不回头！

我有点后悔当初那么对她，因为不愿意加一张光盘，而没有给她出她很看重的那本书。

林夕、香港和歌词

第一次见到林夕时，没想到他那么瘦那么矮小。抽烟多，牙齿都熏黑了。

他眼眶很深，手指很细，青筋一条条明显地突着。头发垂着，搭在眼镜框上，淡蓝色的眼镜下是深陷却又极聚光的瞳孔。右手上三个佛珠手链，木质的，两串小粒，一串大粒，一颗一颗数了静心；而左手上则是腕表，白色表盘，细表针，很精致。吃饭吃到中间，林夕停下来抽一支烟，谓之曰“中场休息”。活动开始之前，在休息室里会抽一支烟，做完活动之后也会抽一支烟。

那次在东莞作讲座，结束后又安排了媒体采访，但林夕已经憋不住了，一到休息室就抽起烟来，媒体围了一圈。林夕说，你们不要拍我抽烟啊，这是不好的生活习惯，小孩子看到了会学坏。他还有一些超凡脱俗的生活习惯，譬如不但早上不吃饭，中午也不吃饭，饿的时候，就吃一两块芝士蛋糕，其他口味的则不吃，只吃芝士的；他喜欢喝可乐，喜欢晚上吃大餐，喜欢吃鸡吃蛙肉，会旁若无人地大快朵颐，但他事先也会先向在座的诸位礼节性通告一声：“我不客气了啊！”

林夕喜欢民国，喜欢狂草，梁启超是他最大的偶像。有一次下楼，我问他看不看汪精卫，他说也看，但是现在为汪精卫翻案是时髦，就像说孔明不是圣人、曹操不是奸雄，是从另外的角度去翻看历史，时髦的表达而已。还有一次在路上，林夕和好友兼助手Xaddy谈话，两人有了不同看法，忽然一掉头，转而求证于我："韩愈是唐朝的吗？"我答："当然是，他写的《迎佛骨表》嘛。"林夕惭然一笑，对Xaddy说："给你说了是唐朝嘛，跟别人问这样的问题很失礼的。"

林夕在内地出过很多种书，我最喜欢的是前三本：《原来你非不快乐》、《曾经》和《我所爱的香港》。与第一本《原来你非不快乐》和第二本《曾经》相比，我更喜欢第三本《我所爱的香港》，因为落在了一个不缥缈、不发散的实处，更得人所依靠，也更让人有所思省。

香港是个小地方，地窄人挤，摩天大楼鳞次栉比，生活其间须有强大的心理，但环境作用于人，到底不是谁都能受得了的，所以香港会生病。但林夕这个江湖郎中，只望闻问切，却不开药方，他论评港人的生活观、工作观和精神之疾，都入木三分，时有温情，时有不满，时有期许，从种种细枝末节和幽微之处，以小见大，见微知著，审视并观照着一代香港的性格与文化。

令人想不到的是，林夕写香港，笔下竟花了三分之一的篇幅月旦政情民生。此一点，确出乎外界人的观感，很多人都不知在辞章小道和儿女私情之外，他还有着更大的视野与关怀。按说艺人对政治，一般唯恐避之不及，但林夕却不请自来，评论起特首、议员、政府、选举、经济、教育来，样样拿得起放得下，举重而若轻，用他从艺填词的直觉和敏感一一针砭，条分缕析。

看得出他对香港多有不满，更有无情面的直言不讳，但他的批评，却不是政治人物那样在操作意义上发声，更多的是在形而上层面替香港反思和自省，他对香港的政治与时事是“遥远的兴趣”，尽一份匹夫有责的担当。深爱香港，而又批评之到如许地步，只因为是恨铁不成钢。

对香港，林夕倾注了太多情意，一如他所言：“自小已很喜欢看香港地图，并把火柴盒当做楼宇，砌成太子道、弥敦道、窝打老道。我每条走过的街道街名都有感情，要我移民，不能再在铜锣湾逛光盘店，是不可能的事。”但他对香港用情之深，却终不能如恋爱般连对方瑕疵都爱上，“香港有病，我所写不能代医，但也希望病人了解病情所在”。在我们看来，做一个香港市民好像还不多，那么多人要拿香港永久居留权，孰不知生活于其间的林夕却积责于胸，不吐不快，对香港他自有更高的要求和说辞，人文知识阶层素以不满意现状为天职，林夕果然做到义无反顾。

深爱之，而又能自设距离作壁上观，且观得恰切，这到底是要有大本领和大智慧的。

而老实说，香港之于林夕，亦提供了它地缘和文化养成上的优异之处。从1841年的港英时代开始，除却“二战”中日治时期的三年零八个月，香港自始至终全盘西化，照搬英国的各种制度规矩和生活，大到资本主义，小到吃喝拉撒，百多年来已渐渐自塑成其自身的一部分。

此外，香港纵然再怎么西化，依然是中国人的底子，它保留着传统中国的价值和文化，尤其是1949年之后的香港，国民政府败退大陆之际，很多人选择去了香港，这些人亦带去了传统中国社会的文化基础和生活点滴。所以，在1841年之后乃至今天两岸三地的格局中，香港即以这种特别保证了其特色与地位，而生于斯长于斯求学于斯工作于斯的林夕耳濡目染良久，被熏化陶冶成不中不西、亦中亦西的香港文化的一块通灵宝玉，误坠红尘凡世，难怪让人爱不释手。

红遍两岸三地的他，出道20年来词作3000余首，写得那么玲珑剔透、洞悉世情，即是拜香港这块中西杂汇的宝地所赐。他的词最玩味的是一个“情”字，男女之情，儿女私情，他的底子是最最中国的，有柳永、纳兰容若、李煜的影子，亦有老庄和佛家的底子，尤其是在近年学佛之后，他笔下渐渐多了一份自省和通明。近代以来，中西之间的激烈碰撞与耳鬓厮磨，因有香港这么一块试验田折冲缓和总还是好的，殖民地的名声虽不好听，但也不至于全是坏的一面，更何况今天的香港中西皆好。而对内陆的我们来说，幸甚至哉，多亏有一个香港，多亏还有一个林夕。

我还记得陪他在广州暨南大学活动，结束后林夕从后门出来，为了避免粉丝，我安排了一个假象，伪装成林夕还在休息室接受采访，记者也先不要出门。但仍不乏熟悉个中关节的人，一个女生还是在后门等着，拿着一本书索要签名，她疾声说：“林夕老师，只要五秒钟，只要五秒钟。”林夕草草一签，车子发动时，她大喊一声：“中国的文坛太干涸了。”声音回荡在岭南空旷寂寞的黑夜里！

那一句“中国的文坛太干涸了”，我不知道林夕听到没有，听到了又作何感想。于他可能无所谓，而于我则心中不免一紧：我们常说香港是文化沙漠，而现在的文化沙漠到底是哪里？

如果冯唐不闷骚

我的90后女朋友，最近很迷冯唐。她说，冯唐是金牛座，她见过的所有金牛座都是十里之外能闻到一身的钱味儿，极其具有商人头脑，阴毒那种，气场里带着风情万种。她买了一本《活着活着就老了》，死活要在微博上给冯唐网签，在我的威逼利诱、软磨硬泡之下，她终于作罢。

冯唐属猪，我也属猪，他1971年，我1983年，他大我整整一轮还要多大半年。我所不明白的是，虽然冯老师唐是一尊金牛，但为啥他那行文里一股藏着掖着明着露着的闷骚，比摩羯还摩羯呢？我和冯唐并不认识，没有任何瓜葛和恩仇，跟他也没有任何可比性。钱他比我挣得多，酒他比我喝得多，名气他比我大，人他比我聪明，书他比我读得多，世面他比我见得广，妞他比我上得好，情他比我调得有水平。唯一的瓜葛是文字同行，我现在就来说说这文字生长的两种土壤。

家世。冯唐的家世比我好，至少父母兄姊都是知识分子，血脉里流淌有舞文弄墨的基因，又在皇城根儿这个“这里的水比海深”的京城居了那么久，见多识广，见广识多，比小时候只能点油灯儿看家谱听父辈讲家史听邻居说鬼故事的我辈强多了，至于从几十万里过独木桥、跳龙门考进北大清华协和留学欧美我更是不敢奢望。文字连通着家世，虽然表面无甚关系，但却每每在背后发力，给我发力的只能是那个小镇小县城小大学和爷娘叔伯舅，没有北京城这个天下去靠背。

并不是找客观理由，而是事实如此，人和人不能比，也不应该比，只是天生的东西由不得你嫌寒憎暑，怪只能怪投胎路上眼神儿不好没能拣一个大户人家。还没出世，就已经失败了。

读书。我没读过协和医科大学，不是学妇科治卵巢的临床医学博士。虽然我始终觉得，学医是一门挺好的手艺，学医的人写东西都写得老牛逼了，像牙医余华，像心理医生毕淑敏，还有鲁迅、郁达夫、陈存仁也都是学医的。但是冯唐学医不从医，字里字外倒是一股沾沾自喜，仿佛在说：老子就是聪明，就是有魄力，拿了个博士没什么了不起，老子靠写字经商做战略一样能混。

不过我得承认，医学于文字是一种难得的经验和底气。纯写字儿的作家，文字里都有一股积习难改的匠气，像掂大勺掂了几十年的厨子，上来就有固定的招式和顺序，医生牛逼的是解剖过五脏六腑大脑小脑胳膊腿儿，对生死已经知道一半，这不但是一门手艺，更是关于精神和心理。所以有过医学训练的人写东西，字里行间有一种普通作家永远也难以实现的超迈和洒脱。学医的冯唐写文字，得了一半的超迈和洒脱，另一半又被他心底深处那个“作家的欲望”拽了回去。

江湖。我不是北京混子，不结识张弛、艾丹、狗子、黄集伟，不入大场面的酒局圈子，不会把黄集伟的书捧成天书、河图洛书，也不会在我的书中只写和我喝过大酒的有名的人。虽然哥哥在前弟弟在后是拜码头的规矩，也是扬名立万钓誉江湖的不二法门，只是我天生太狂太野，不想有师承，也不想入谱系，更不想在酒色肉色美色中揩名揩油，只想自己当大哥，自己立谱系，自力更生。

孩子扶起老太被勒索，女孩送孕妇归家被奸杀，婊子熬出了热气腾腾的心灵鸡汤，贪官双规前大义凛然地做廉政楷模。冯唐的文字，就是老太、孕妇、鸡汤、楷模，望之俨然，甘之如饴，喝完才知道有点鸩酒的意思，他虽然并不是要毒死你，却能像迷香一样迷倒你的七魂六魄。

商场。冯唐做了十年麦肯锡的全球合伙人，现在是大型国企华润医疗的总裁。商场如战场，文章里也一样要排兵布阵。冯唐不去做个职业作家是对的，在商海里载浮载沉过，匪气附身，精明上头，写出来的文字接地气儿接人气儿。我认识的写得不错的作家，很多都混过生意圈儿，很多都混得很成功，反过来很多写字儿写得不错的，去经商也经得很赫然，比如出版圈儿的"四大波"：路金波、沈浩波、张小波、黎波。商道和写字之道，在最深处定是有一条暗河相通的。

写字的人不把自己看得高尚时，写得才好；经商的人不把生意看得低贱时，经得才好。恃才傲物、仗靓行凶，其实跟穷得只剩下钱是一回事。有人用财泡妞，有人以才泡妞，最后都把人甩了，你能说写两篇华丽文章的比有几个臭钱的高尚到哪去吗？这个道理冯唐应该明白，只是他揣着明白装糊涂，三尺的小水沟被他装得水深浪阔，老哥哥的几本小书被他夸得乱云飞渡，害得广大文艺女青年们要死要活地看冯唐的书，看得欲仙欲死。其实她们爱的不是文学，而是流氓气，冯唐的文字太痞，痞过头了，读完如竹篮打水，你本以为是网了一兜鱼，其实只不过是一兜泥。

以前，每年都会有一大批黄花大闺女被送到一个地方相继免费破处，这个地方叫大学；现在，每年都会有一大批身体基本都破了处的文艺女青年被送到一个人那里精神破处，这个人是冯唐。冯老师唐有苏秦张仪合纵连横之才，把其三寸不烂之胯下变成三寸不烂之舌，天南海北的酒局饭局美色江湖老爹长老妈短老哥大老姐小地乱炖一炉，把垂杨柳说成是天堂，把商场鼓捣成文坛。

其才是痞是匪是油是滑，是北京小青年70年代的形而上遇到90年代的形而下养成的调性。

钱钟书说，年轻的时候我们容易把自己的创作冲动理解为创作能力。这话让我觉得我之前写的百分之九十五以上的东西都是准垃圾，每个字都只是创作冲动射出来的小蝌蚪，而于创作能力、意义含量、精神深度、情感密度还大欠火候，炉子才只烧到几百度就想炼制出秘色瓷，那纯粹是没有金刚钻也揽瓷器活。不知道冯唐知不知道钱钟书这句话，他若不知，我在此转送。

都说冯唐文字好。文字再好，说到大天破，说到莲花开，也只能是形式和载体。心之所想，文字之淌。粉饰的太平终究会被饿殍遍地戳穿，上好的文字无华无味，甚至是禅宗的不立文字。真正的宣泄和创作，是不选择机巧的，不选文字的机巧，也不选谋篇和主题的机巧，只是老老实实地写，只膜拜自己的感受，不叫嚣不引导不解释。废尽机巧，除却浮华，一锤打碎，大道坦然。

不过冯唐写东西不老实，为人似乎还算老实，大概是经商玩不了虚头巴脑，学医也扎扎实实做够十年冷板凳，他文字虽浮夸跃进，终究还是有马可倚，在香港书展的访问和演讲，也一板一眼地做起了好好青年作家。柴静也说他：“他文字上嚣张得厉害，怪力乱神，但说起话很平常。这个挺好，怕就怕反过来。”这种文字和话的反差把冯唐分裂得犹如一道马尼亚纳海沟。

冯唐说，他的诗比小说好，小说比杂文好。我只读过几句他的诗，没买，觉得买那样一本书跟买一个笔记本差不多，花的不是买书的钱，而是买纸的钱；他的小说我只读过半部《万物生长》，遣词造句幽默而有味，精神流浪如狗却无所归依，年轻人看看可以学点谈资和把妹术，我老了。

只买过一本他钦定的《活着活着就老了》，是他说的“有这一版其他版本可以送人了”的那一版。文字犹如妖娆盛世里的妖娆女，倚门说王道，虽然不乏切中人生和文字的要意精旨，但是太缺虔敬。人说看冯唐的书幽默而有快感，譬如他写美女就用词勾魂摄魄，仿若美色来到现场。我看他写美色，就像一个男人跟我说：“好兄弟，当你需要女人的时候，我来做你的女人。”

北外的同学们弄过一个比《阴道独白》还露骨的话剧叫《婊》，《婊》的表演被放到了网上，演员念着台词：“从明天起做一个婊子，自慰、呻吟、不戴胸罩；从明天起关心妇科和套套，从明天起关心高潮和阴道；陌生人，祝你们面朝大海，春暖花开，而我只愿一辈子做一个婊子。”

我觉得北外同学们的创意非常好，只是演员选得不太好，那台词其实最适合冯唐念!

我为什么不骂柴静

这是一个放大镜的时代，是一个显微镜的时代。每个人的言行都被放大无数倍，混合着网络无处不在的疯传、草根民粹们的呐喊、虚假高置的正义良知，筑造成人人都当判官的审判台。

看，又有主持人出国了，又有主持人出国生孩子了，这次是央视的“公知女神”柴静。

柴静从“长沙新青年”而“央视女青年”，作为快速崛起的文艺标杆，她一直以爱国的形象出现在世人面前。2009年，她在北京记者协会上的爱国演讲更是一度令人热血沸腾。而如今在美国生女，听起来似乎是讽刺。有了这个靶子，很多人开骂：“我不否定她的观点，我只否定她的人格。”

作为这场骂战中的看客，我最早不“砍柴”，也不“挺柴”；不送鲜花，也不扔臭鸡蛋。我自忖，如果我是柴静，我会怎么样？这个问题很好回答，我肯定而且必定跟她是一样的选择。

一个人的内心和现实出现碰撞是再正常不过的事，不能因为我们封了她一顶“公知”的帽子、一顶“女神”的帽子，就可以要求她按照我们也做不到的道德良知行事。即使她是一个知名的公众人物，但也依然是一个弱势无依的小人物，她有不做英雄不去革命的权利，有懦弱地做一个升斗小民的权利，对抗未必就伟大，迂回未必就卑劣。

董路在他那篇著名的、貌似雄文的《柴静，你看见自己了吗？》的博文中，说柴静是靠老男人的饭局成的名，说她唯一的出路只有演，说她和于丹之间只差一本《论语》。其实没有抓住要害，他应该再顺势问一下，柴静别后的平台为什么需要她去演？那么多人为什么去鸡汤《论语》中寻找滋养？柴静只不过是一个棋子，我们也都是棋子，只不过她是一枚能影响很多棋子的棋子，而我们是能影响少数棋子的棋子，但棋子何必难为棋子？

我觉得从柴静选择出国生女可以看出的是，她还是有判断真伪优劣的能力的，只是她看到的，她的平台不允许她说，她不得不去当一只祖国的木偶，通过当一只木偶去获得比没被选中当木偶的我们更大的个人回报，但是为了争着当上那只木偶，骂着柴静的人有多少互相打得头破血流？在沉默的大多数里又有多少人眼巴巴地想当那个木偶？而且跟那些把地狱当梦想且无比虔诚地当梦想的人比起来，柴静真是好太多了，至少出国生女这件事是完全遵循她内心深处认知的。

我想问问骂柴静的人，你们能看出来吗？柴静出国生女，其实是在用行动告诉你她的价值选择，而你们还非要用她不得不表过的态、说过的话、采过的访去给她过漏勺，逼着她殉体制，逼着她去就义。今天已不是80年前，且即使是80年前，她也应该有投降的、暗度陈仓的权利。我的态度是，能出国的都出国吧，不能出国的也想办法出国吧，出国的人多了，出国的人回来得多了，我们的日子就越来越好过了，光明不是集体受难带来的，火把是由一颗颗火种点起来的。

在《看见》刚出来的时候，我还在北京的798艺术区上班，身边做艺术的朋友几乎人手一本，其实他们大多都不看书，买书都是按照畅销书排行榜，我没有买，并不是因为我平日看的书比他们高深，而是我的阅读从来都慢半拍。后来去跟一个青年作家圈子的朋友聚会，不知道怎么说到柴静，说到她的新书《看见》，他们几乎异口同声说“最不喜欢的就是柴静”，原因是她“太装了”。后来我也去买了一本，翻了一半我就觉得，柴静没有大家捧得那么好，也没有青年作家们说得那么坏，其实文字里的柴静比电视里的柴静真诚多了，一个重要原因是：TV是喉舌，而文字是个人化的东西。在TV里，她是柴欲静而风不止；而在书中，她是躲进小楼暂且成一统。

女神是被一层层放大的，女神的道德也是被一层层放大的。柴静有柴静的舞台，是舞台就要有舞步，她是在为一种需要而独舞，而在私下生活中，柴静也有柴静的柴米油盐和爱恨情仇，我们为什么非要把她的私事放到舞台上围观，而且还要用比女神还女神的道德要求她？不得不承认，如果我将来成了TV里的腕儿，我可能还没有柴静那么静，风还没刮而我已经开始朝风的方向奔跑了，而我在因腕儿而当上委员和代表时可能已经是个裸官，我写的每个字可能都充满虚假。

还是要引用那个著名的故事：犹太人抓到一个行淫的妇女，要用石头砸死她，耶稣先对他们说：“你们中间谁是没有罪的，谁就可以先拿石头打她。”对柴静，我没有举起石头的勇气。

我不骂柴静，而当你们都骂柴静不地道的时候，我选择站在她这一边，不是因为她有多对，而是因为你们有多错。当现实压迫得每个人都想逃上岸的时候，有个人侥幸逃上了岸，我们就集体摇旗呐喊、白马银枪地跳将上去，非要把那个人捉回来跟我们一起受罪，这不成了一种帮凶吗？我欣赏柴静的是，她代表了我眼前一个奔驰的方向，代表了我内心一种懦弱的方式。

身边卧一只老猫

许是在皇城根儿待久了，跟全国别的地方的男人相比，北京男人有两大特点，一个是痞，一个是油。譬如说，满嘴都是京骂，一句话里大半句都是生殖器和对方母亲跟大爷的所谓痞（这一点东北老爷们儿也有），而满嘴跑火车、说话不着调儿、从东城到西城很多大官儿都是他哥们儿的所谓油。实话说，我对北京男人没多少好感，比对东北老爷们儿的印象好点儿吧。

老猫可能是唯一一个例外，唯一一个让我在偌大的京城里扒扒捡捡发现除此一人可以结交其他皆四顾茫然的北京人。我是三年前认识他的，我是编辑，他是作者，我还未到而立，而他已经不惑。他个头儿不高，头发不长，酒量不大，肚子挺大，心眼不多，话还挺多。有烟瘾，基本上手里的烟就没有断过；有猫瘾，养猫的历史有几十年，养过的猫有上百只。那时候他可能还正单身，或者是处于将恋未恋的阶段，还有空儿经常带我去吃羊蝎子、杨家火锅、沪菜和川菜。

对老猫的印象就是从他不那么像北京男人开始的，不痞，不油，脾气挺好，最初认识的一年里轻易没见过他动怒。后来见过唯一的一次，跟书有关，跟我给他做的一本书有关。我还在北京一家出版社当差时，正赶上80年代的怀旧热，给他策划过一本《我的故乡在1980》，卖得挺好，还加印了8000册，但出版社却赖着不给结算版税，而在我离开那家出版社之后，更赖着不给结算。老猫联合凤凰卫视的朋友，一起给出版社发了律师函，最后版税终于结了出来，不过却是在本该结算的一年后。除了这种不得不发飙的事情外，我基本没见过老猫怒于色，所见的基本上都是他喜于色，何况他现在已经找到了一个历史系女硕士做女朋友，估计更是喜形于色了。

老猫不是个顽主儿，他是个闲主儿，爱吃，还做得一手好菜。可能是人到中年的缘故，很多野心就这么没了，很多梦想就这么淡了，就像他自己说的“最想做的事就是，希望有一天能安下心来踏实地写自己喜欢的东西”——虽然他写的也并不是太好，愚以为。这个资深文艺老男人，就这么盘桓厮混在远离京城的村子里，与几只捡来的猫朝夕相伴，偶尔敲敲文艺圈子的边鼓，却不靠混圈子扬名立万。如今更是少见他出户，每天在家抽烟（这个估计一时半会儿难戒）、写稿子（这个估计一辈子都戒不掉），生活无比简单，简单到只剩下和一个女人、一台电脑、几只猫、几千本书为伍：“欲望已经被压缩了，从追求登高一呼应者云集到偏居一隅与世无争，从追求泡尽天下适龄女青年到寻找一个安稳有乐趣的女性过普通生活，从追求吆五喝六一掷万金到衣食无忧只图保暖……一点点地懂事，一点点地不招事，一点点地实际下来，却仍然感觉树欲静而风不止。”

关于他的出身，我所了解的是，他其实不是地地道道的北京人，老爹的祖籍是江苏，后来来的北京，他自己倒是从小在北京长大的。老猫比我大二十多岁，我刚一岁多点儿的时候，他已经考入了人大读新闻系；后来我准备读小学的时候，他毕业分配到了中国青年报社；再后来我读中学的时候，他估计是在参与《三联生活周刊》的复刊（任社会新闻主笔）；据说后来他还自己办过报纸和杂志，给天南海北的纸媒写过专栏（持续至今）；而在我还正面朝试卷背朝灯泡做习题准备高考时，他已经在我五年之后要去的广西师范大学出版社出版了一本《谣言不问出处》。

上次在他那喝酒，碰到他当年的一个发小，现在的老板、表商、一个专演反派的业余演员，他跟我揭老底说，当年他们在一个单位上班，老猫当过一段时间的工会主席（主要是管食堂，估计还分管妇联工作），加上他一直喜欢养猫，就留下了"猫主席"的美名。除了"猫主席"和"老猫"以及"村长"（他的村里村民都是猫，他自己是村长），而他的本名已经没太多人知道了，我跟诸位普及一下，他出生在20世纪60年代那个如火如荼的年代，他的爹妈都是一心向太阳的革命干部，为了纪念毛老人家发起的运动，给他取名为"程赤兵"，多么红多么专的名字。

迄今为止，老猫出过很多很多本书，我经手的有三本，分别是《我的故乡在1980》、《喵了个咪》和《风月有痕》，一本写旧时岁月、一本写猫、一本写历史段子。而我没经手的还有《城市的性别》、《谣言不问出处》、《闲人的眼神》、《优雅与恐惧》、《天天天黑》、《城市从此开始》、《生于一九六×年》、《废帝》、《我爱米臻》等等。他涉猎的范围很广，写的东西很杂，既有怀旧80年代和60年代的散文，也有各种社会热点新闻的评论，也有在古代笔记和史料里的发见钩沉，也有教年轻男女谈情说爱的情感小品，还有写飞来飞去的空姐一族的剧本，除了这些竟然还有与他年龄并不太符的恐怖小说。对了，他还喜欢看足球看球评且写得还很精到（虽然我是个伪球迷）。我有时候疑心在文字的世界中，他还有什么不能写、不会写。

去年我在嘉里中心做过一场新书发布会，邀请他去做嘉宾，记得他跟读者说我和他的区别：他虽然也写历史，但都是写的历史风云里某年某月某个人某天晚上的小事情，而我则是动辄几百年上千年地描绘大事件和大场面。这跟年龄有关，跟性格有关，我还是一个壮怀激烈、初生牛不怕虎（也不怕唬）的年龄，而他已经没什么野心，波澜不惊，不想去做毛主席，而宁愿做一个猫主席。实话说，这没什么好与不好，我甚至还觉得他所做事情还更有必要，时刻提醒我们一些细枝末节中的必要价值，提醒我们一再忘记和忽视的那些卑微但有用的常识。就像他上一次喝酒时跟我说他能一眼辨别出点5的中南海是不是假烟，标准就是看烟卷队形是不是776排列的，因为全中国只有北京卷烟厂一条生产线能排出来776的队形，其他的都假。这我现在养成的新习惯是，无论在哪儿买了点5的中南海，都会先拆看是不是776队形，这成了一个严重的强迫症。

跟老猫认识有三年了，回想一下，真没有什么惊天动地的来往。没有结过梁子，也谈不上深厚的友谊，只是经常见见面、吃吃饭、喝喝酒、吹吹牛。我和他之间，熟吗？还算熟；不熟吗？也不算很熟。我是他的编辑、细佬、朋友，而他是我的作者、大佬、哥们儿，就这么淡如水地来往着，不甜如蜜，不酸如醋，也不浓如酒，就这么淡如水下去吧，挺好！总有一天你会发现，你身边的人总有几个（也许是一个）平时跟你平淡到无味，而又让你舍不得不品的人，让你在相见亦无事时不来忽忆君：忆君，忆君家的猫，忆君家的书，也忆君家的烟，也忆君家的五粮液和茅台。

毛尖的上海圈

在上海时，有一次去福州路闲逛，在古旧书店盘桓良久。临出门时，一眼瞥见毛尖的新书《乱来》，翻了两页，略迟疑，放下，走出去，匆匆转了一圈，还是放不下，又折回店里，一狠心买了下来，出了门，书拿在手里，而心里却还在纠结难平：这书到底值不值得买？

就在几天之前，我还在《外滩画报》读到刘绍铭写《乱来》的书评，几乎不忍卒读，捧场之外不知所云，仅是抄了几个桥段加了几句闲话而已，海内外知名如刘绍铭教授者，竟也写些绣花枕头，不知是慑于毛尖日愈隆起的盛名捧个人场，还是东发一篇西发一篇为自己捧个钱场？

都说上海人势利精明，我倒要替上海人喊一声冤枉，土生土长的老上海人实在不如此，而是涌入上海的外地人、江苏人、浙江人，在摇身一变成为所谓的上海人之后，却比上海人还要上海人，且有过之而无不及，精明、势利、尖刻、油滑，于是老派上海人的声名日毁于此。

而外人自是不辨菽麦，一概言之为上海人若何若何，倒冤枉了那么多在背黑锅的上海人，真正的上海人是被外来的上海人败坏了。

譬如身为宁波人的毛尖，虽于上海日久，倒是不脱宁波人的泼辣，又染上上海此地的油滑世故，眼睛里越发只有自己和小圈子一班人：孙甘露、小宝、陆灏、陈村、陈子善、陆谷孙、沈宏非。对上海，对广州，对北京，她都不买账，在书里还左不忘揶揄一下冯小刚，右不忘挖苦一下《南方周末》。想毛尖早年写《非常罪，非常美》时，倒还老老实实，一本正经，这几年却开始写些“乱来”的东西，上海滩十里洋场变人之快，可以想见。

从性情上来说，毛尖倒近于苏青，都是宁波人，都有那股子泼辣生动，但相较于苏青，毛尖却更受名利场的害，度世不艰，故此入世亦不深，为文更是轻飘飘了。你读《浣锦集》，读《结婚十年》，对时代，对婚姻，对人生，对人性，真是入骨之深，到底不负张爱玲的一句“把我与苏青相比，我倒是甘心的”。而你再读《乱来》，读着读着，不由得要让人掷书而叹了，到底是两样人生，两重感觉，六七十年过去，上海的女作家知人论世为文，到底是一蟹不如一蟹了。

专栏文章，虽然是方寸之间的豆腐块儿，但亦到底是几百字里能见乾坤，写得风生水起了，逼人耳目地自现格局。而眼下的专栏文章，以毛博士的为例，云山雾罩，纵扯横扯，一路子尽写些下水道的事儿。1949年以前的小文章，储安平的、曹聚仁的、柯灵的、施蛰存的、鲁迅的、胡兰成的，真叫人怀念，寥寥几百字，真是窗明几净里看时代、看世界，句句洞见人情百态，字字皆简，却又字字皆见功夫，一如那个时代，纵然是兵荒马乱之下，亦到底还是优渥人生、激扬文字。而现在却是人生亦贫乏了，所以连文字也不足以供养。专栏文章的坠于今世，其实也是大的风气使然，一个时代过去了，一个时代到来了，物不是，人亦非，文章更是明日黄花。

那个时代的人有家教、有根底、有学养，倚马千言，皆言之有物。而现在的作家学者，都是消费主义和商业主义的，性情学养皆毁于消费和名利，所以下笔纵是千言万语，亦写不出什么，所以只好顾左右而言他，看似涉猎广泛，旁征博引，不明就里的人看了被这气势吓倒，其实呢，徒然糊裱一些花架子而已，说些口水话来填充版面。说老实话，《乱来》里的文章，仅是个人杂事、朋友调侃，拿出来给众生看，不免是抖一些自以为是的光鲜，于文学和读者毫不相益。

如今的文坛，确实变化快。不知从什么时候开始，作家们皆耻言大，改为作兴写小了，遂一个个都往吃喝拉撒、鸡零狗碎、阿猫阿狗的路子上靠，倒也没见着谁要独抒性灵，而是铁了心地下三滥。而孙甘露亦居然捧人不辞，大言不惭地称毛尖为“天才率性的作家”，“知人论世通达晓畅”，“为随笔写作做出了别开生面的示范”，成名甚早的孙甘露近年来是把工夫用在琢磨溢美之词上了，都说上海是小圈子文人，从今往后上海文艺小圈子捧人当以孙甘露为标准矣！

陈子善、陈村、孙甘露、陆灏、陆谷孙、小宝他们之于毛尖，与其说把她当做一个作家，倒还不如说把她当做一个女人，女人家恣意卖浪，文章里“SM”、“避孕套”、“一夜情”，不避荤腥，专挑刺激的来，是最让一干文艺老爷们儿意淫不尽，所以一帮老的会乐此不疲地带一个小的，趁机满足一下自己那老而不僵、老而弥举的荡漾春心。而聪明如毛博士者亦不甘示弱，被老家伙们意淫了那么久，自己也要发飙上阵了，所以不吝卖弄起她与这些个沪上文坛头面人物的交往和熟识，偶或装作漫不经心实则刻意算计地，点出他们的别样嗜好、独家秘闻，着实满足了列位看官们的名人窥私癖。而傻里傻气的大小读者们，80后的文字男女们，亦抵死了吹捧毛姐姐这文笔之高妙、立意之深远，仿佛不说出一番好便欣赏口味低下了，跟不上文学的时髦和前沿了，会被当众耻笑，于是都拼命憋着，却没有人愿去做那个真诚的小男孩，一揭毛博士这身“皇帝的新装”！

我偶识沪上一位张先生，大名张伟群，是老派上海人家出身，自是道行极深，文字学识教养也皆比上海滩文艺圈这些台面人物深远倜傥，与陈村、王安忆、毛尖他们也都相识，却不入其局，兀自关起门来弄自己的。这位张先生，倒是眼下不蒙尘，自是明白学问与文学到底最后都要归结于个人主义作为，结识的人再多，赴的饭局再密，办的PARTY再风光，在作品上其实都等于零，人也日渐平庸下去。这是怎么了？上海滩水深浪阔，藏龙卧虎之辈不显山不露水，倒是台面上几个跑龙套的叽叽喳喳、花里胡哨舞个不停，叫不明就里的人真以为沪上无人了。

在看《乱来》的时候，我同时看到另一本书：《商州故人》。作者是陕西的高信先生，写“木匠刘爷”、“邮差刘朝伯”、“蛮婆婆”、“泥塑匠永青”、“小广叔”、“李家轿夫”、“扁担客”等，虽是写乡下小人物，读来却别有温情与敬意，几句话不妨抄一段：

> 在这方便面式的大师充斥江湖、批量生产的教授专家泛滥成灾、名人崇拜依然盲目到疯狂且成为时尚，而一些名人为其名其利而感到寡廉鲜耻，忘乎根本，下作到沽名钓誉，无所不为的今天，不去凑时尚的热闹而把笔墨贯注到草根阶层，是有些不合时宜，不与时俱进了吧？但似乎也不是这样。我犹记十多年前在杭

州西湖之滨拜访版画家赵延年先生时，赵先生说过的一段话。他说，50年代和“文革”后期，他几次到江南写生，接触过几位农村大娘，这些世代务农的农村妇女，虽不识字，但识大礼，讲情义，持家劳作，干练勤勉，接人待物，慈和周到，那真是有学问的文化人难以比附的，这让他感慨百端。

这不由让人想起一句老话：仗义每从屠狗辈，负心多是读书人。对劳碌民众，鲁迅当年亦多有赞辞，说他们大多数人固然不能断字识文，没有所谓的文化，更“不明史法，不解在瑜中求瑕，屎里觅道”，但正是这些社会最底层的人，走出了一批批时代精英，维系了古国数千年文明于不坠。与村夫村妇们相见，与上海滩的老一辈相见，不知毛尖博士会作何感想?

我有个朋友易立竞一次采访徐克，问他演员的操守，徐克说：“做演员未必要先学会做人，但是你成了名演员之后，就一定要注意做人了。”在这里，我照徐克的葫芦给毛尖画个瓢，写专栏未必要先学会做人，但写专栏写成名之后，就一定要注意做人作文了。俗话说，上梁不正下梁歪，榜样的力量是无穷的，上海滩、全中国那么多文字男女在盯着你毛尖偷看偷学，你尽写这种油滑尖酸的文章，还要别人怎么做？都来吹吹打打地奉你为文学教母？都写些鸡毛蒜皮、阿猫阿狗的下水道文章？在中国，什么时候都是身教重于言教，所以毛尖博士毛副教授，还是省省吧!

整本书我就看到一段最惬意：“最近一段时间，孙（甘露）老师非常非常忙，因为谁都想请他吃饭，被他补充到《上海流水》里去，要不然书出来，整整两百页找不到自己的名字，以后还能在上海滩混？”毛尖想来自然是不甘落后的，所以序言、封面推荐、封底推荐都一股脑儿交由孙甘露包办了，她这段看似自嘲的话，竟切实地成了写照。上海那么大，而上海圈竟那么小？

酒后吐真言，想来是毛尖写字醉字，没有吐出莲花和象牙，倒是吐出这么一句大实话。

70后女作家的贼光

六年前在桂林，一个夏日午后去漓江边的刀锋书店。偶然间翻到一本书，深黄色的封面上是一幅古代的仕女花鸟画，下方的女子丰腴安然，正抬头看着停在斜上方铁架上的那只鸟。

书名是《黄金牡丹》，下面是作者的签名：须兰。一笔一画，清晰可辨，细眉凤眼中藏着几分稚拙。翻开来一看，装帧设计得别有一番兴味，简约、干净，白纸黑字，旧照片，裁剪得玲珑婉致的油画插图，是迈克尔·尼曼奉行的那种极简主义在视觉中恰如其分地运用。

从篇幅上来说，这本小书真是可以称之为小，所选文章仅仅八篇。八篇文章，说长皆不长，说短也不能算短，除了末尾那篇谈四部电影和导演的寥寥数语外，其余七篇皆四五千字篇幅。所谈都是小资风物，《狐狸的棋局》写20世纪30年代的沪上名媛闺秀；《好色》写日本的浮世绘，从喜多川歌麿、柳柳居辰斋、鸟居清信、歌川贞景，写到能剧演员出身的画师东洲斋；《非相》写“巴黎画派”意大利象征主义的代表人物莫迪格利阿尼；《切割》写生于俄国喜欢在画中述说乡愁的犹太画家夏加尔；《黄金》写卡拉瓦乔；《凤凰委羽》写高更；《牡丹》写明式家具。

书中文章并非初次面世，皆是须兰1998年以来陆续在《万象》杂志上刊载过的文字。《万象》、《文景》还有《书屋》风味类似，都是国内为数不多的我喜欢的杂志，清静、安闲，谈历史掌故，说流年往事，像一个落魄的前朝遗老蹲在城墙根儿的暖暖太阳下细谈沧桑，怀旧的色彩十足。这薄薄一册《黄金牡丹》，养足了这股味道，同时又兼具表达的诗词、禅意和文言之美。

须兰写民国上海女子，个个得其风采神貌，她为那些烟视媚行、俏净如狐的女子们或赞词、或微责、或开脱，到底是真懂得上海万千气象的根本——世俗。“世俗”两个字，最最是上海情怀——也是后来的香港情怀，所以遑论袁世凯的女公子、康有为的小姐、巨商大贾的掌珠，又或是闾巷里弄人家的女儿，“眉眼间都有人间的烟火气，再美到极处，亦是下凡的织女”。

然而，20世纪30年代的上海是俗世，却又是乱世。乱世之中才有佳人，佳人亦多是慷慨女子，因为“上海是有杀气的城市”，有“古小说里用竹管捅破窗户纸吹进屋子的迷香”，所以无论出身富贵、摩登或者平民，“都染上了这个城市的美和杀伐”，妩媚妖娆而又亮烈。

须兰这本《黄金牡丹》，我最喜欢她写卡拉瓦乔和高更的两篇。名画家卡拉瓦乔是文艺复兴的“遗腹子”，他的画萌发着一种激进的自然主义，兼具精确的观察和生动，构图饱满、集中，完美而有重量感，像古早的陶罐和钟鼎，须兰则比之以“上古的黄金庙宇”。她又说卡拉瓦乔之美是物质的，譬若泥土经过水火而成空，因而能容万物，可谓是一箭打中靶心的中的之言。

她又以宗教来解《诞生图》、《圣马太蒙召》诸画，以宗教解释宗教，以基督论说基督，而卡拉瓦乔便是她笔下自始至终不断续的那行字，那个方法论。她写得风生水起、动魄惊心，我看得有如乘了诺亚方舟在风雨苍茫的世间走了一遭，虽遭受重重劫难却有惊无险，最后归于物质，归于温暖，“生命中沉重的背弃，救赎，认知，皈依，觉悟的每一幕都慈悲，都贴人心”。

须兰又说高更，说他有了塔希堤岛是“新帖绣罗襦，双双金鹧鸪”，是“乱世儿女乍相逢，狂喜不是，缠绵不是，惟是顺从。惟是低眉俯首，是真实逼到眼前来时温婉的哀”，这是以最中国的话语来解。那时的高更别妻儿，辞工作，只身一人来到塔希堤寻盛大的阳光、高密的树林和未经文明沾染的原始——因了这些他才自身分明。须兰说，高更是佛，塔希堤也是佛，但高更做不到遇佛杀佛，这虽是他“笔下慈悲”，但“亦可算是他的好处，岁月沧桑皆可以化作一年一度的青竹黄花的寻常面目，归来依傍人身”，“是天地有亲，人世的大吉祥”。高更想来不懂佛，亦不懂得慈悲，但须兰如今用佛来解他，亦无有不好，反倒像一斧子劈开了天地，有那别开生面的清洁。

我后来才知道，这须兰虽笔下一股子清末民初的遗老遗少姿韵，然而却还年轻得很，还是20世纪70年代才出生的上海摩登女子，写过不少小说，叫得出来名目的有《红檀板》、《捕快》、《少年英雄史》、《思凡》等，我是一本也没有看过，就连她的名字也才是第一次听说。

一本《黄金牡丹》，我前后看了两个多礼拜，看出一点眉目。须兰的文言功底很好，会用禅宗释解人和物，古诗词旧派小说也引用得活灵活现，笔端温婉华丽，飘荡着一片彩云祥瑞，但又不失言之有物，并不曾沦陷于广大都市摩登女作家和供中产阶级、波波族与小资们消遣的华丽刊物那种精致的空洞——这样的女子，这样的人，这样的优雅，想来差不多已绝种许久了，时代在破坏中，还有更大的破坏要来——竟不曾想见多少年后，几十年后，一层又一层的割裂、断绝之后，它又在层层破坏中冒出了头角，蔷薇蔷薇一处开，虽开得寂寞，倒也开得多姿又多彩。

又有《牡丹》一篇，写明式家具，虽枝叶烂漫，从头到尾洋溢着奢华与得意，但我却不喜欢，须兰是有她的武断在里面，只知这明式家具的虚实变化与物质之美，却不懂得物要在伦常的使用中才为好。陶器如果只为观赏性，慢慢就会变得单薄、小气以至于最后走向怪癖，所以要经常烧制一些日用的东西来。家具也是这个道理，好的东西原来都不单单为好，却还要有一瓢饮、一箪食的真实，在触摸与使用中，方才能成其美、成其大。王羲之的字再好，也是用来写信的。

须兰又爱用作比，她以杰克逊的舞蹈、从《雪国》到《睡美人》处于“破”和“立”之间的川端康成和禅门公案来比附莫迪格利阿尼的画，以爱森斯坦拍《伊凡雷帝》、所罗门情歌和蓓拉的传记解说夏加尔，以数学、礼仪、物质、光、基督和命运来写卡拉瓦乔，以古诗词、梁山好汉、《山海经》里西王母的仙女、九天诸神、古代的士、唐玄宗宴群臣、民间的守门神、《镜花缘》里因私自开花被谪人间的牡丹仙子和委羽而去的凤凰来解高更，又以电影导演布努艾尔、戚继光练兵、黑泽明的《乱》和京剧诠释明式家具，将天南海北熔于一炉，渺渺世间好似都在她心中。

当初我第一眼看上去，只觉得字字惊艳绝世，确实为这种漫天花雨的气势和征引心惊不已，想这须兰必定是手眼通天之辈，在艺术的通感里，竟然可以如此翻转回环、翻江倒海，全然没有一丝滞碍。然而等我读了几天之后，却开始不满于她的这般比附来，心头盘踞着不少隔阂。

想她围着一个点，拉拉杂杂地扯了许多，历数古往今来的人人事事，遍引东西方典故、著作、电影和音乐，比得虽然看似恰切，十八般兵器件件耍得密不透风，又如抛花撒玉一般落了诸人一身，地上亦星星点点的难分辨，但是端的不敞阳明亮，让人虽然起了意，却难落下心，只是七上八下、惴惴不安地揣着，不踏实，无所依。这大概是因为，一来她过于流于形式主义的致密和广博，二来她痴人说梦般的自言自语里终究没有她自己，难得同大家一起站在这春风浩荡里。

要说比，上好的比、《诗经》里赋比兴的那种“比”，全然不是这种笔法，就连胡兰成的“比”也不是，他们的那种比，是前面正在说好多话，说着说着后面忽然轻轻一笔荡开，好像西湖泛舟双桨划过的水痕，给人留下许多浩渺的无尽想象，有四两拨千斤的功力，然而却又海晏河清，像是什么都没说，竟不像须兰这番车水马龙般地比来比去，热闹是热闹了，却终究嘈杂。

须兰学胡兰成，半文半白妩媚妖娆地表达学得好，行文中偶尔来一两句恰切至极的诗词学得好，那股子日月山川、诗书礼乐、天意人世、儒释道兼备的架势，也拿捏得有板有眼，仿若是私淑胡兰成多年的女弟子，然而到底不如胡某人地道（她比胡兰成还多了许多西洋绘画、电影和音乐的见识），端的会在疏漏处现出马脚，渐至于迷失了她自己——这是她的失落与不足。

对于天意和人事的理解，须兰自命见多识广，自以为悟得深刻，自以为可以倚马得意，其实却还只是字面上的，大欠火候。她的沾沾自喜里透露着一股穷人乍富的小家子气，就像做旧的瓷器泛着亮亮的贼光，不润、不透、不沁，比起真正的老瓷器，没有岁月、土壤和历史所赋予的那种从里到外的通透。说句伤人心的话，须兰玩弄玩弄文字，打打嘴仗和笔仗，陶醉一下自己，偶尔也陶醉一下别人，这些都还可以，但是与身世之悟相比，终究是结结实实地隔了许多层。

岁月倏忽过去，纵使须兰再流连于过去的时代和光景，再流连于优雅而富足的那些古诗词、旧派小说、神话、大师绘画、老电影和音乐，她也端的是回不去了，终究不能去投入其间生活，不能以身世通达学问，而只能在禅门公案、诗书礼乐、旧照片、线装书、旧报刊、复制油画、老碟片和磁带中，在那片由十里洋场改造成的洋上加洋、新上加新的上海马路街头，用文字和想象去缅怀那些能编织绮梦、道理和悟的奢华风物。这也要算她的失落了，花已落去，春不在。

前几年在成都的送仙桥，我花80块钱从一个面相甚为憨厚的老农民手里买过一个元末清初的盘子，是民窑的“一簇莲”。那盘子通体泛着幽幽暗暗的古气，盘底也有明显的一片火石红，从画意和手艺上看也的确像老东西。后来给一个懂行的朋友看，说是20世纪八九十年代仿的东西，应该是在地下埋过几年，所以看上去显得老而润，不泛贼光，不信可以捶碎了试试看。

那块老农民的“老”盘子至今还摆在我的书房，我之所以不愿意捶碎是有侥幸心理，万一真是老东西呢，至少看起来像老东西吧。须兰写《黄金牡丹》也应如同此心。但只要她不打碎，就永远看不透参不破“老”的色和空，永远做文字的旧做下去，骨子里依然泛着70后的贼光！

梁文道的牙口

几家书店逛下来，显要之处总能见到梁文道的书，看来他这几年开坛布道，真是要无处不在了。

这一年梁文道转战内地，一月《常识》初试啼声，三月是《噪音太多》，四月是《我执》，连我朋友的MSN签名一时都换成了“《常识》是姐，《我执》是妹，道长是爹”。而九月刚过，《读者》又大面积地铺开，而随之梁文道那张著名的头颅和酷脸也跟着辗转腾挪于各地。

《常识》和《我执》这两本是广西师范大学出版社，《噪音太多》是花城出版社，而《读者》是法律出版社，四本书换了三家出版社，似乎并不多见，想来是梁文道的书十分畅销，每家出版社都来活动，争着分要“一杯羹”，以至于弄到道长也为难，只给哪家也不是，不给哪家也不是，索性多分几家平平怨气，多撒撒网捞捞鱼。他红啊，红得我的眼圈都红了，有什么办法呢?

这几本书，我都看了，翻来翻去，一例庄严，一例郑重。似乎只有那本《噪音太多》还可爱一些，小资虽然小资了点，但相比起来，更可见一个私家知识分子的轨迹，也更可见他这个活生生的人，纯粹音乐怎么听，电光幻影怎么迷，电视末日到没到，都是私家偏好。不正经，也不假装正经，闲闲碎碎，生活随波，都脱口秀一般道破，妙论横生、性情本色也都一一跃然纸上。

而说到梁文道梁道长，这也是近年来两岸三地的红人一个了。但他的成名，却也着实要拜凤凰TV所赐。梁文道参与的节目，凤凰台专辟有两档，一档是“开卷八分钟”，由梁文道介绍时新读物，虽仅八分钟，却也旁征博引、侃侃而谈；而另一档则是“锵锵三人行”，每期一般是窦文涛、梁文道再搭档一个嘉宾，笑谈时髦话题，嬉笑怒骂，纵论古今中外。道长的盛名，即是靠这两档节目日积月累地狂轰滥炸所致，观点已没那么重要，重要的是由牛逼的平台和后台发布出去。

不过梁文道的走红，其实说白了，只是电视媒体的走红，并不是梁文道思想的走红。说起来道长也真谈不上思想，说来说去都是拾人牙慧的东西，假他之口说出来罢了，只是他比较勤快，看的书多，又博闻强识，节目上能随时随地用起来，但他也仅是个纽带，穿针引线，把这些东西穿起来而已，他就是筋，是韧带，是经纬。而他的作用，却不是原创性和思想性的意义，他的意义是传播学的意义。你翻看他的书，满书满篇里都是意义，都是思想，但是你找不到人，找不到感情，找不到关怀，或许你说他不是文学家，不承担这样的义务，不错，他是不承担这样的义务，然而我要说的是，你也不要把他捧到一个多么高的地位，他普度不了泥海里的汪洋众生。

几年前在广州时，和中山大学的谢有顺先生吃饭，说到文学的载道与启蒙，他有一句话挺有意思，他说：“是不是民主政治实现以后，文学家们就要去死？”于我也心有戚戚焉。殊不知，“革命文学”的中心词是“革命”，而不是“文学”，更不是“人”，而在革命的血与火的残酷之外，在思想和启蒙的恢复与伸张之外，却还有待于“文学革命”来抚慰人心人性的褶皱与创伤。所以梁文道不是神，不应承受顶礼膜拜，他只是现代传播链条上的一环，可惜我们只记住了道长，没记住道。其实就是牙齿和牙慧的关系，传播就是牙齿，牙慧就是内容，现在谁掌握传播谁就掌握内容。

如今，实在要算是电视媒体最走红的时代。央视的《百家讲坛》捧红了那么多主讲，凤凰卫视捧红了那么多主持和评论员，这是前所未有的，电视媒体在现代社会所扮演的角色和意义被充分开掘了出来，传播评论，传播见解——你不会分析不要紧，有人帮你分析；你不明白怎么回事不要紧，有人帮你评论。电视不再是靓女帅哥的天下，电视要扮演深度，要扮演智囊，要启迪，于是各色人等都可以来走一遭，所以阮次山、曹景行、杨锦麟、窦文涛、梁文道们都来走红。

这不由让我想起一句老话，世无英雄，遂使竖子成名——现在是遂使像英雄的竖子成名。

但是请不要误会，我这不是骂梁文道等诸位，也不是骂凤凰卫视，对事不对人，我的意思是：这就是那么个时代，贫乏，苍白，庸碌，自卑，所以要借谈思想、意义来掩饰贫乏和苍白，掩饰不自信。最飞扬、最自足的时代是不会奢谈意义和思想的，谈人、谈故事、谈创造就足够了。而我们这个时代的贫乏，说到底，不是思想的贫乏，也不是意义的贫乏，而是原创的贫乏、故事的贫乏、人的贫乏、人生的贫乏，这也是评论和评论员在眼下为什么能那么红火的根本原因。

但一个时代伟大不伟大，我觉得还是要看原创的力量、创造的力量、人的力量。譬如春秋战国贡献了诸子并出，三国贡献了征战与政治智慧，而西方轴心时代则贡献了苏格拉底、柏拉图和亚里士多德。

然而我们这个时代，你环顾周遭看看，你上溯历史看看，我们这个时代贡献了什么？我们这个时代能贡献什么？评论再怎么热闹红火，也都是谈资，是消费，是消遣，是茶余饭后，是细枝末节，是过度解读，只有人、人生、创造、故事才最能体现一个时代的强大和风姿。

而评论之能大红大紫，由此也足足可见，时代也似乎干涸已久了，每个脑袋都在干涸。

近年来梁文道走红，网上有好事者也跟着列举了20条爱他的理由，诸如“他什么都懂，是百科全书”，“他性感”，“他儒雅中又带着痞气”，“他乐于自嘲和暴露缺陷”，“他的EQ超高”等等，真叫人忍不住要感叹世俗力量对一个人的放大。而道长的签售，读者，尤其是年轻读者，尤其是年轻读者中的女性读者少不了趋之若鹜，摩肩接踵，络绎不绝，“少女杀手”梁文道果然非浪得虚名。

不过，我真的怀疑来买书的人，尤其是女人，有几个在回家后能把书从头到尾看完的？有哪个还会念兹在兹地关心他所普及的常识、伦理和思想？我只能捏着鼻子看完三分之一，或许她们不是去买书，而是去买“梁文道”这三个字，或许也不是去买这三个字，而是去买一种文化的、思想的、偶像的标签贴给自己。再或许我们都多想了，伊们说不定只是冲着道长酷酷坏坏的脸和光头而去的。而他也正好可以满足文艺女青年们对坏坏老男人的那种遐想，可以很酷，也可以很温情，还可以天南地北地懂很多学问，又是个单身汉，这样的人，想不叫人多想一脑子都不成。

只是我依稀记得，在网上至今还流传着道长的多封情书，甚至还有他在同时期周旋在四个女人之间的风流韵事。如果你也有被纳入群芳谱的打算，那我也就不劝你什么了！

无恶不作的少妇

有一种文字，到底是人大过字，读久了只觉得文字很小，而背后的人却很大。

亨利·米勒就是这种人，不是作家，而是这样的人。他一辈子思考，写作，嫖妓，鬼混。劳伦斯说生活不外乎两种方式，一种是纵欲式的，一种是宗教式的。米勒肯定是纵欲式的，一辈子五个正牌太太，无数个情人，从文学到画画，职业之变换，阅历之丰富，如牛毛，还潜心研究禅宗、犹太教苦修派、星相学、浮世绘稀奇古怪的玩意儿。说美国文学始于米勒，终于米勒，不为过。

我看《北回归线》、《黑色春天》、《南回归线》，看他的淫乱、自由、下层生活，一地元气，看的不是文学，仿佛读的不是字，到处都是亨利·米勒这个人，这个流氓，这个杂种，这个不是作家的作家。从任何一页看起，从任何一个字看起，杂树生花，群英乱飞，姿势、姿态、呼吸、表情都是他的，他放出一群小米勒来勾引我。我很少这样写字，因为我缺这样的养料，我的生活枯燥简练如流水，缺阅女，缺淫乱，缺春梦，缺天花乱坠，缺五谷丰登。我的朋友蔚蓝——名是真名，貌似纯得一塌糊涂，却是米勒一样的人物，她的米勒式生活无恶不作，劣迹斑斑。

这个少妇，心真狠，手真辣，不放弃每一次作恶，也不放弃每一次享乐。去年某月某天，她跟我说，她要去豆瓣的后台找一个贱人的IP地址。我一听就知道，她好斗逞凶的劲儿又上来了，前几次说要跟我赌书的销量，如果我的书销量超过她，她就输给我一瓶哈不拉；如果她的书销量超过我，她就来北京把我吃穷。这次，她也许并不是好斗逞凶，是她咽不得那口恶气，咽不得相熟的人灌给她的恶气。天不报应，我当出手，一味隐忍只能换来头上拉屎，这道理我懂。

原来，看着高妙在上的女人，我真不想她们低将下去，不管这出于被逼还是自愿。

一个平日玲珑婉致的嫂嫂，当年与她的婆婆我的伯母粗言大骂，甚至说出“我操你八辈祖宗”，骇得我把吃了半只的鸡蛋生生吐出来后，我就彻底对她亲近不起了。我不愿她们在生活里低下去，在精神上低下去，在恶和乐里都低下去，见不得女人疏狂和张狂、发神经或者歇斯底里。那样的女人，破坏了我对女人的想象。蔚蓝不是下作到这田地的女人，但我一样是不忍，所以她干的荒唐事、糊涂事，于她是报仇雪恨的爽利、为民除害的大德，而于我则不忍看作青面獠牙。

她的生活我未必全了解，在工地上像民工般吃喝拉撒，在生意场上跟各色诸侯觥筹交错斗智斗勇，也在午夜的酒吧里纵情豪饮，都是她这个女人的沙场点兵。她常常说：“我不是一个写字的女人，而是一个吃喝玩乐的女人。”这话我信。云南有餐厅，珠海有酒窖，朋友有小开，闺蜜有美色，膝下有娇女，你说她怎么能无恶不作、无乐不作，换作我，也许早就喝遍天下酒、睡遍海内女了。每个人的文字，都是从他生活里长出来的枝枝桠桠和漫天花叶，有的长臂及天，有的匍匐面地，有的杂树生花，细部并非生活本义，但依然可呈人之本相。可是蔚蓝这个女人，她从木本、藤本、草本的生活里却炼的是铁是钢，长出来的枝杈如剑，遇佛杀佛，见祖呵祖。她本就没有道德逻辑，她自己就是道德，就是逻辑，粗野是，文雅也是；放浪是，贞节也是。

古龙的文字，明快爽利，字字封喉，也是因为他的大侠本色如此："在静心裁剪的衣着掩饰下，他看起来还是要比他的实际岁数年轻得多。还是可以骑快马、喝烈酒，满足最难满足的女人！"文是缸，人是料，什么样的稻谷、高粱、苞米放进去，就酿出什么样的酒气。李白酿盛唐，东坡映北宋，都是料好，无论怎么酿，无论什么样的缸，都会出好酒。是故，对蔚蓝这个"无恶不作"的女人，你不能不恨，恨铁不成花；但也不能不爱，爱乌是因屋。我对她的态度，也渐渐达然起来，既非我妻，又非我女，她要骑快马就给她骑，她要喝烈酒就给她喝，她要满足最难满足的男人就让她去满足，她要砸别人店就给她砸，她要杀贱人就给她杀，只是最后酿出哈不拉就成。

那天晚上我看她改签名，要"携刀潜入夜，割脉细无声"，我知道这个女人又要轻裘快马上战场了，所以我半夜起来看看她的书，卜一卦测一测吉凶。《路途遥远，我们在一起吧》（书名真烂），这本她目前唯一的书，命运多舛，到出来了还舛得厉害，封面坏，书名更坏，鸡屎粉、鸡屎黑、鸡屎黄，温暖治愈系的鸡屎书名。看了半宿，看了半本，无数男女的无数故事，看完后只记住了她自己。

她写的世美是写她，写的苏苏也是写她，写的ROSE也是写她，什么张小姐、刘太太也还是写她，这是一本有元气的书，她有自己。她在作恶作乐之余，拿出万分之一的时间细批流年，我不看治愈，也不看温暖，我只看那背后的快意恩仇，看她的剑怎么刺破男人胯间。应该说，她的人比文要耐看，或者文对人挂一漏万。跟她相比，跟米勒相比，我大缺他们酣畅淋漓的元气。

我的我我我我其实都是别人，而她的他他她她都是自己，她的轻裘在衣柜、快马在院落、刀剑在枕下，我的十八般兵器还在火炉上，我的麒麟坐骑还在娘胎里。我，酿不成哈不拉！

那帮写球评的男人

大学刚毕业时很想当一名记者，觉得自由自在，不用坐班，不用打卡，到处转悠转悠把稿子写了就能换银子花，写得好了还能扬名立万。这十分符合有多动症、坐不了冷板凳，但是又贪名爱利好大喜功的我的天性。老天还算待我不薄，还真给了我一个当实习记者的机会。

那是一家地级市的晚报，我要做的就是负责给专职记者当好小跟班儿。市委领导出现在哪儿，我们就打到哪儿，然后把在什么地方、接见了谁、谈了什么事整理成报道。专职记者负责带我出马，我负责为他跑马，说白了我就是个替他写稿的，而且写的都是不用动脑子的稿。实习了半年，觉得现实太瘦而我的梦想太肥，遂辞了。就此我的记者梦想关山路断，断了也没想再找。

中国的记者数量其实非常庞大，不缺我一个。据说，有采编证的专职记者将近25万人，如果再加上一些打零工的、该给采编证不给的、自由采访的，估计能翻一番，达到52万人之多，我于是心安理得、心有旁骛地做了图书编辑。十年之后，在这么多行业的新闻记者中，还有没有吸引我的一行？虽然基本没有，不过也不能说完全没有，最近就发现了十分吸引我的一类记者：足球记者（兼有足球评论员、足球比赛解说员等）——看看我是一个多么没有新闻理想的人。

其实，我是一个标标准准、彻头彻尾、十分容易辨认的伪劣球迷：我是先看球评看上瘾之后才看球赛的，我能叫得出名字的球星还没有两把手指头两把脚趾头多，我还分不清什么是越位、什么是角球、什么是界外球、什么是K联赛、什么是J联赛、什么是德比，当然更不要提弧线球、鱼跃扑球、清道夫、自由人、全攻全守、沉底传中、外围传中、交叉换位、长传突破、区域防守、补位、密集防守、造越位、反越位战术、篱笆战术、撞墙式了。我不懂的，远远超过我懂的。

不过也不要低估了我的理解能力。基本上说，我还是能分得清一些简单足球概念的，诸如世界杯、亚冠、欧冠、欧洲杯、世界波、香蕉球、帽子戏法、梅开二度这样可以望文生义的名词。即使不是很懂，看看李彦宏的百度百科也懂了。我当伪球迷的时间很短，短到和广州恒大的队史差不多一样长，不要脸地说，我真是看着这家球队成长起来的，不过跟我一样因为恒大才看足球的人估计也不少吧。总而言之，感谢球评让我对足球有了兴趣，感谢恒大让我看起了足球。

看谁的球评呢，看大家耳熟能详的韩乔生、李承鹏、董路和刘原。不装逼地说，我是在挂羊头卖狗肉，我看他们写足球的东西，其实远没有看他们跟足球无关的文字多。我这种看热闹的看客，被职业球迷骂过很多次，因为他们几个，“大多都是中文或新闻专业毕业的，干足球记者的大多都是三流院校的，他们几乎从小除了体育课和跳皮筋儿根本没参加过任何体育锻炼，从足球角度看，别说大学的校队了，连小学的班队都没进过，因此写出的足球评论既滑稽又可笑。”

不过我自有我的小道理，有我的小伎俩和小算盘。说我不懂足球没关系，说我是伪劣球迷也没关系，我的确是借足球浇胸中的块垒，借韩、黄、董、李、刘的口水浇心中的自留地。

常常去扒韩乔生的大嘴语录，韩老师独创了意识流解说法，也就是不完全按照比赛场面来进行描述和评论，解说员所说的言语是为了衬托和渲染比赛场面的意境，是为了将赛场上观众的意识与情绪传达给电视前的观众，并引导观众的意识。说白了，能插科打诨，把幕后的边角料在适当的时机抖出来，这个解说法控制得好了是奇迹，控制不好就成了“韩乔生定律”：眼睛里看着球员A，脑子里想起球员B，嘴里说着球员C，实际指的是球员D，观众听起来以为是球员E。

看韩老师的大嘴，就是为了在他的一百句废话之中，发现一句“迅雷不及掩耳之势”，听到一句“范志毅前几天还在发高烧，高烧36度8；守门员区楚良身高1米82，体重28公斤”，笑翻一句“已经有很多俱乐部表示要购买皮耶罗，拉齐奥出价3000万美元，曼联出价更高，2800万美元”。比赛很紧张，球迷很紧张，球员更紧张，韩乔生不必紧张，他卖的就是碎嘴、笑料、八卦、矛盾，因为四平八稳的解说员太多，韩乔生才能成为韩乔生，锥刺囊中，不得不破。

对于“大眼”李承鹏，之前一直存有偏见。觉得这个后生实在爱作秀，爱装，爱名，爱利，靠代言和贩卖民主正义公平博取无数粉丝和巨大喧哗。但是在看了他的《全世界人民都知道》之后，我偷偷把偏见改成了偏爱。我的意思是，一个一开始写足球评论出身、靠写足球评论为生的人，慢慢成长为当代中国具有重要话语地位的公共意见表达者和思想者，很不容易，不是所有读过鲁迅的文学青年都能去学鲁迅，也不是所有写字的人面对诽谤、黑道威胁、省长“官二代”施压、教练起诉等压力，都能让腰杆和笔杆硬起来。更难得的是，一个作为足球评论员的李承鹏“已故”，一个作为公知和意见领袖的李承鹏“新生”，远离足坛和球评的他，还真是对得起足球！

该说董路了，董路无论写球评还是说足球，口水话废话太多，从“小罗的发带戴上去，比老太太还难看”到“里皮的表至少5万欧，最近我也开始研究表，我去年买了个表”，从“AC米兰的队员怎么都胡子拉碴的”到“金英权，他最近是恋爱？还是追全智贤被拒绝啊”，再到对比里皮和高洪波：“高洪波本来骑到颐和园就30分钟，你弄一下链子，弄一下车铃，现在两个小时还没出门。你看里皮骑车也是歪歪扭扭，至少他在动啊。”有董路在，韩乔生可以交班了。

其实我喜欢看的，是董路在博客上那些跟足球无关的文字。譬如《今天我们家吃醋》，譬如《世无英雄，遂使竖子成名》，譬如《足球不是生活的全部》，再譬如《西服罩我去解说》。在表面的幽你一默、插你一科和打你一诨背后，他其实有着一丝一线的深沉、无奈和悲悯，就像他说的，足球给他提供了一个据点，而他要借着这个据点去发现和发泄很多别的东西：发泄生活中没边没沿的细枝末节和鸡毛蒜皮背后的道理和定理，发泄小切口背后的巨大。跟生活比起来，足球还太小，你不能要求他以对足球的专业牺牲掉足球之外的关怀，那是一种巨大的残忍。

刘原现在不怎么写球评了，写了我也没看到，我经常看的是他在《南都周刊》的“黄色专栏”。如今他以黄色文学高手闻名，但在他的“流亡三部曲”《丧家犬也有乡愁》、《领先处男半目》、《丢下宝钏走西凉》中，在那些黄色幽默嬉皮的字与字、句与句、段与段背后游走着若有若无的苍凉和悲悯，那是广州的杨箕村给他的，他在那里练出了在乱哄哄的鸡飞狗跳中游刃于的嬉皮和荒凉的“杨箕体”，杨箕村之于他“一如波德莱尔的巴黎，博尔赫斯的布宜诺斯艾利斯”。

我看刘原的文章一般都在晚上睡觉前。不过这有个坏处，看完容易睡不着，睡着了也睡不好，脑子里经常在跟着他的笔在笑，笑完了哭。他无论段子再搞笑、观点再戏谑、行文再不轨、描写再露骨，浮现在我心头的依然是他名动江湖的《国门苍凉：寻找张惠康》。我在梦里想，为什么那么多记者那么多文字高手，只有刘原写了扑出无数必进险球、为中国足球冲出亚洲走向世界立下战功、被评为“亚洲最佳守门员”、受伤退役后靠卖彩票谋生的张惠康？偌大的中国报坛那么多主编总编主笔，又为什么只有《南国早报》副总编刘原写出了《少年戒网被打死》被撤职查办？

一个不盛产球员的国家，却盛产足球记者，且盛产的足球记者主动承担起了文字的、文学的、思想的、民主的、梦想的道义和责任，这不能不说是一件非常吊诡的事，也不能不说是中国足球这个如今聊有希望、曾经超级染缸的池子无心插柳的贡献。这种事，只闷头看球的职业球迷不懂，作为一个伪劣球迷的我懂，这多么令人欣喜鼓舞啊：中国足球阳痿了，中国足球记者没阳痿；中国足球评论阳痿了，中国足球评论员的其他评论没阳痿。足够了，中国足球功莫大焉！

事到如今，我这个伪球迷似乎发现了一条中国足球的超级真理：中国的绿茵场上，有血有性唯独没有血性，有血性的足球精神转移到了足球评论员的文字之中，韩乔生守门，董路后卫，李承鹏和刘原当前锋，我是球迷，他们用一个个文字当球，球以载道，球以载梦，一次次踢进我的心门——这就是我觉得中国足球记者的贡献要远远大于五个新闻学院和十个文学院的理由！

不是偏爱 就是偏见

>>>

富得像个人样
四十岁就够了
忙着扯闲篇儿
段子是日子的盐
大师都伫立在风中
三十岁开始偏爱
手艺是最后的武器
胡一刀的刀
最后一个伴侣是烟
民主是一根稻草
命运攥在手心里
一生只爱野路子
有一种境界叫癖
骚是女人的通行证
有钱人终成眷属
只对岁月充满敬意

富得像个人样

几个月前读《红楼梦》，周汝昌老爷子的校订批点本，上下两册，厚厚如两块红砖，号称老爷子耗时近60年精心磨炼于90高龄之际完成的。想着这书是从编辑刘文莉那窃来的，想着老爷子仙逝前一年过生日刘文莉还拉着我去给他磕过四个响头，便沐浴更衣悉心读一读。

读完我验证了一点，高鹗果然是狗尾续貂，续的还不是貂，而是草。前80回写贾家，不会刻意写富贵，不会硬凸显奢侈，高鹗老弟的后40回里再写，什么汉朝的玉、唐朝的铜镜都出来了，以此写贾家之富之奢；一部“红楼”，曹雪芹写的是宿命因缘，而高鹗则是为宿命而宿命，为因缘而因缘，在后半部中以怪力乱神、妖魔鬼灵来附会。曹雪芹看了估计会伏地挺尸而起。

由此发一点如鲠在喉之言，不吐不快，不吐不爽，不吐不足以承当给周老爷子磕的头。

世间没有神，人都是以人想象神。癞蛤蟆看天鹅，也是以它的方式想象天鹅。就像我们看比自己阔的人家，总以自己揣度他们，想象人家喝酒吃肉，肯定是左手一只鸡右手一只鸭，想吃鸡肉吃鸡肉想吃鸭肉吃鸭肉，肯定是左手拿红糖右手拿白糖，想吃红糖吃红糖想吃白糖吃白糖。对超出自我经验的部分，再大胆的想象也不过是对自我经验的修饰和叠加，而想突破则万难。

我爱喝汤，爱吃肉。猪肉、牛肉、马肉、羊肉、鸡肉、鸭肉都吃，以前还吃汤里的肉，后来吃多了才知道无味，柴、老、干、涩，世上最难吃的饭是鸿门里的宴，世上最难吃的肉是高汤里的肉。现在明白了，富贵人家只喝汤不吃肉，汤是鱼翅燕窝小文火要炖足48小时，再把料一一捞出去沥干净，用这汤做面、烧菜、调味、煨豆腐，豆腐要手工磨的老豆腐，用鱼翅燕窝汤煨润煨足煨透煨到从里到外都是一个味，再把外面一层老豆腐切掉，只吃里面最嫩最柔的一小块。

这样的吃法，我想不出来，我爹想不出来，我爷爷估计也想不出来，但我太爷爷也许会做，祖上阔气过，有这个技艺。轮到我只能在这里阿Q一下，馋一下自己，也馋一下刚乍富的土豪们。

富可以乍富，攀个关系开个矿、走个私、盘块地、炒个楼、洗个钱都能富，快速敛财暴富的法子无非就那么几样，狠准稳就行，然而却不容易贵，尤其不容易乍贵。三代才出一个贵族，贵气是养出来的，靠荫蔽，靠岁月，靠积累，靠沉淀，靠内化。养贵气，第一代要养身、第二代要养肾、第三代要养神。养身是养口腹之欲、生存之欲，养肾是养饱暖之后的淫欲和隐逸，养神才是养骨子里的淡和散，养洗尽铅华，养看山还是山看水还是水，养五花马千金裘呼儿将出换美酒。

所以最难堪的事莫过于穷人乍富，虽然也一掷千金，也车马豪宅，但裤腿上还沾满了泥点子、黑皮鞋下还穿着白袜子，一股子呛人耳目口鼻的土豪味儿，富了却不知怎么富，想贵却不知怎么贵。养三五个小蜜、置两三套别墅那不叫贵，买一辆悍马路虎劳斯莱斯那不叫贵，收一些方力钧、毕加索、张大千、齐白石的字画那也不叫贵，那是花自己的钱买别人的眼。贵是一种生活方式，生活方式是自己的，不是拿来给别人仰望的。在别人看来是风景，在自己用来是庭院，那才叫贵气。

我最喜欢的演员是焦晃，他演话剧出身，《雍正王朝》里演康熙演得好，《乾隆王朝》里演乾隆演得更好，演完这爷孙俩，他就不用再演皇帝了，演腻了，也演绝了，连他自己都超越不了自己了。

陈道明、唐国强、陈宝国演帝王和他比，那是假皇帝和真皇帝的区别、狸猫和老虎的区别，焦晃演康熙、乾隆是内紧外松、举重若轻，以千斤之力作用于一根头发丝儿，力道全用在骨子里，所以雷霆万钧也是江海泛舟，语笑晏晏也是山崩海啸，有那股子血脉里、娘胎里、脐带里带出来的帝王范儿。所以在演戏上说，唐国强是小农，陈宝国是中农，陈道明顶多算富农，焦晃才是地主资本家。贵气靠的就是这一点，不用演，直接拿出来就行了，没有演也演不出来，演得了出形演不了出神。

王维的画淡，陶渊明的诗淡，王羲之的字淡，李煜的江山淡。淡到奢侈，淡到富贵，都是因为人淡。家道破落的世家子弟，亡国亡家的遗老遗少，富没有了，贵还在，淡淡地奢侈着，江左风流着，贫寒也风流，也风，也流。李煜真是奢侈，千里江山都是棋子闲云，都是词的景深。

什么叫贵，不比吃喝用度，不比衣食住行，单比比玩法就看出高矮了。古代的世家子弟都怎么玩，高卧、静坐、尝酒、试茶、阅书、临帖、对画、诵经、咏歌、鼓琴、焚香、莳花、候月、听雨、望云、瞻星、负暄、赏雪、看鸟、观鱼、漱泉、濯足、倚竹、抚松、远眺、俯瞰、散步、荡舟、游山、玩水、访古、寻幽、消寒、避暑、随缘、忘愁、慰亲、为善，多么雅多么淡多么贵的牛逼！搁现在的人来看，这算什么富？这算什么贵？这就是一屌丝行为。其实，倒不是世家子弟屌丝，是现在没有世家了，自然也没世家子了，社会形态变了，士农工商变成商工农士了。

这不是装逼，即使真是装逼，也是人家顽主王朔说的，“逼是一样的逼，装上见高低”。

我没过过富贵日子，我爹更是没过过，我80多岁的伯父看到过，也没过过，一门三代只有我祖父早年做少爷时过过。我听说过，没亲见过，所以至今想象不出他的流水席是怎么摆的，他的白菜心是怎么吃的，他的鱼羊菜是怎么做的，他的黄金汤是怎么煲的。我没富贵经验，然而多少还算明白富贵的三昧，富贵不是雪中炭而是锦上花，富贵不是东西多少而是规矩多少，富贵不是富有四海而是可以四海为家。富贵是淡，是远，是幽，是静，是养，是雍，是沉，是密。

如今可称富贵的中国人极少，有也是新中国成立前就出去的，欧洲有，美国有，加国有，中国港台有，大陆几乎没有。可怜我对着一帮疲于奔命的人（我在此列）和一帮以财为命（目前我志在于此）的人，在这里说什么富贵，还是索尔仁尼琴说得好：“除了知情权以外，人也应该拥有不知情权，后者的价值要大得多。过度的信息对一个过着充实生活的人来说，是一种不必要的负担。”

早在《红楼梦》的第五回，曹雪芹就用一支曲子道破了：“为官的家业凋零，富贵的金银散尽。有恩的死里逃生，无情的分明报应。

欠命的命已还，欠泪的泪已尽。冤冤相报实非轻，分离聚合皆前定。欲知命短问前生，老来富贵也真侥幸。看破的遁入空门，痴迷的枉送了性命。好一似食尽鸟投林，落了片白茫茫大地真干净。”富贵之于今世，也是一片白茫茫大地真干净！

不说了，以上两千多字全是瞎扯淡，看不懂的权当个传奇，看得懂的权当个稀奇吧！

四十岁就够了

过一次春节，新闻没听说几个，却听到不少死闻：57岁的邻居从17楼摔下来，死了，赔了70万；一个常年以屠狗卖肉为生的邻居，一口气没上来，憋死了。

我不怜悯，也不乐祸，只是心生不少感慨。

关于生死，我有个极端的看法，男人活到40岁，女人活到35岁，就足够了。再活下去就是了无意义的重复，重复吃，重复喝，重复做爱，重复生气，重复走路，重复挣钱，重复作。一波未平一波又起，波波相似；福如东海寿比南山，福福相似。走过五湖四海，也一样二五八万。

死是一件很怕人的事，但也是一件很迷人的事，尤其是在你曾经沧海、除却巫山之后，尤其是在你经历过寿则多辱、苦海无边之后。该经历不该经历的都经历了，不念过去，不望将来。

人的一生可以轰轰烈烈，也可以兢兢业业，也可以庸庸碌碌，为生存，为生活，为生命。奋斗的层次可以有高低，但是生死的必然性和偶然性却不分多寡，困于浅滩的巨龙渴死，一分钱难倒的英雄汉饿死，低头走路的老汉小水沟淹死，勤勤恳恳的医生被患者一锤子敲死，死都是要死的，从生下来那一刻起就注定了要死，这是必然性；而至于何时死、怎么死，那是偶然性。

网友算过一笔账，一个努力上进的医生的命运可能是这样的：5年本科+3年硕士+3年博士+3年规范化培训+主治考试+论文基金=14年的小主治+5年+几篇SCI论文+省厅级别课题至少2项+考试通过=19年的副主任医师+5年+国家自然+3分以上SCI论文几篇+考试顺利=24年的牛逼的主任医师+患者咣咣两锤子=死了。值么？不值；亏么？巨亏。但是，这却是事实！这不是悲观，也不是今朝有酒今朝醉的借口，以无观点零观点的角度看，死是一件随时会来的事。

对于这随时会来的死，我有以下期待，如果死可以由我来选择时间、地点和方式的话。

像海子一样死。1989年3月26日，25岁的海子跑到山海关，当一列冒着黑烟的火车轰轰隆隆地朝他开过来时，他在锃亮而冰凉的铁轨上贴上了自己温暖而决绝的头颅，惨烈、壮观，感性地理性，理性地感性，没有意义，也有绝大意义。不理解的人说他是神经病，理解的人说他是天才梦。抛却责任和社会性来说，我觉得生死不关他人，是一种自我选择。当你知道死之后的清醒还义无反顾地去死时，那死是你的一种绝对，可被懂，可被知。像海子一样的人很多，视生如死，视死如生，不一样的是海子卧轨，海明威饮弹，芥川龙之介切腹。自杀是罗马，到罗马，路条条。

像卡帕一样死。因为年轻，因为偶然，因为转瞬即逝，因为英年早逝，才美，才永恒。看多了生死，不得不信命，世事如棋局，盘盘新，但盘盘有定数，有劫数，有一语成谶，有从来死生困英雄。人生乍始，死神来了，可以感慨，可以遗憾，可以漠然，但死在生的路途上就是那么若隐若现、若有若无。卡帕说，拍得不够好，是因为离得不够近。所以他近一点，近一点，再近一点，最后在越南采访第一次印支战争时，误入雷区，一声巨响，死神犹似按下他生命的快门，所有温柔，所有英姿，所有传奇，都血肉斑斑横布四野。像这样死的，还有47岁死于车祸的加缪。

像王国维一样死。这种死法，壮烈、豪气、千古，当然首先是得有王国维那样的才学盛名，不然贩夫走卒、引车卖浆之流，投再小的湖也激不起人世间的涟漪。与王同为清华导师且精神相通、过从甚密的陈寅恪先是以“殉清”论王之死，后又说：“凡一种文化值衰落之时，为此文化所化之人必感苦痛，其表现此文化之程量愈宏，则其所受之苦痛亦愈甚；迨既达极深之度，殆非出于自杀无以求一己之心安而义尽也。”所谓烈女投江，在某种意义上和王国维投湖，有等同之处，只是一个殉于贞节一个殉于文化，贞节也是一种文化。所以我觉得，陈寅恪基本说对了。

像牛皋一样死。这是《说岳全传》里说的，金兀术第五次入侵中原，打了败仗，被牛皋骑在脖子上，一气之下气死了，而牛皋也因为高兴过度，一口气没上来笑死了。恩怨同时结，也同时解，不是人解，是天解。我觉得牛皋这是世间最爽的死法，无病无灾，无痛无罪，不管死得像泰山还是像鸿毛，都死得安乐舒爽。世界太憋屈了，生活太憋屈了，一辈子太憋屈了，所以朝闻道，夕可死，在梦中死，在笑中死，在不知不觉中死，在麻将桌上死，在性爱高潮的战栗中死。省了卧床，省了屎尿，省了白眼，省了插管，省了电击，省了人工呼吸，死逢其时，死得其所。

像彭加木一样死。地球之耳罗布泊的神秘，远有楼兰古国的无端消失，近有彭加木的不知所踪，在这片“上无飞鸟，下无走兽，遍及望目，唯以死人枯骨为标识耳”的地方死，死得神秘，死得像还活着，死得如同走进了平行宇宙。从生物学的意义上说，死不是一件神秘的事，但是死的方法可以很神秘，彭加木那样的失踪就是，生不见人，死不见尸，找了几十年也一样找不到蛛丝马迹。所以百慕大、澎湖海域、黄泉大道、神农架这样的灵异之地，我始终心向往之，等到哪一天六欲清静、七情灭绝时，我一定会去走一遭，到时如果回不来，诸位就不必费心再找了。

之前有个美剧叫《一千种死法》，其实我们不需要一千种死法，一千种死法对集体有意义，对个体无意义，对死之前有意义，对死之后没有意义。一个人，一种死法，就足够了。张国荣的死法还不错，但是楼层太低，视野太窄，我自己设想的最牛逼的死法，一个是跑到珠穆朗玛峰峰顶，看着皑皑白雪和矮矮世界一头栽下来；另一个是从万米高空的飞机上跳到大海里。无论从8848米的珠峰顶栽下来还是从万米高空跳下来，都可以俯视万物和人世，耳边有风，心中无梦。

忙着扯闲篇儿

命理说我不适合戴玉，宜于披金。不过我还是喜欢玉，金多俗啊，只有混社会的粗短男人才戴大金链子，只有风韵不存的半老徐娘才镶大金牙。玉跟人一样，有仁义智勇洁五德，上好的玉就像女人的脸、婴儿的面，光、滑、紧、嫩、润，望之俨然，即之也温。好玉要配好工，雕之于玉，就像妆容之于女人。汉八刀是好工，陆子冈也是好工，好的工匠不炫耀技术，而是随形，巧夺天工里杂糅了鬼斧神工，台北故宫里的翠玉白菜和红烧肉都深谙此道，技不夺形，不像今天的雕工毁上等材成下等工。如今巧工难觅，玉雕界的金童玉女李东、苏然也不过是个技术控，所以好玉不雕也罢，粗头乱服，不掩国色。美人胚子穿了一件小花袄，反倒因为衣陋人变得更勾魂。

波伏娃说，女人的性别是被社会化的，其实没有女权，只有人权，女人应该争取的是回到跟男人一样的起点。然而作为男人，我却是一个女权主义者，我曾一心想回到母系氏族社会，当一个全心全意伺候蜂后的工蜂，日出采蜜，日落献媚。我是属贾宝玉的，见了男人便觉得污浊，见了女人便觉得欢喜。所以我喜欢给女人买衣服，买花衣服，花姑娘当然要配花衣服。因为女人说没衣服穿，意思其实是没新衣服穿；而男人说没衣服穿，意思其实是没干净衣服穿。形容男人只有五个字：脏、臭、锉、穷、丑；形容女人也只有五个字：白、嫩、秀、幼、瘦。女人如衣服，兄弟如手足，这话大谬，女人鲜衣怒马是为悦己者容，而男人两肋插刀是把刀插在兄弟的两肋上。

鸡越来越多，鸡汤也越来越多，所以鸡肉越来越不好吃，鸡汤也越来越淡而无味。情感泛滥，女人书泛滥。书店里大量的女性情感书，堆得小山似的一座座，概而言之，无非是两点，要么传达了鸡一样的价值观，要么传达了老母鸡一样的价值观。不读，大难临头同林鸟要各自飞；读了，鸡一样要飞蛋一样要打。十二的书是鸡汤，艾明雅的书是鸡汤，蔚蓝的书是鸡汤，张小娴、亦舒、陆琪、庄雅婷、六六也都是炖鸡好手，我的《情到浓时情转薄》也是鸡汤。鸡汤喝多了，和打鸡血是一样的效果，昂然、挺立、伸爪、扑腾、闹人。但别人的经验之谈对你是隔靴搔痒，舶来的情感秘籍非经切肤历练仍旧无法内化。你依然无法改变的是，生活仍然一地的臭鸡毛。

最爱一句诗："此时语笑得人意，此时歌舞动人情。"我是个悲观的乐观主义者，是个今朝有酒今朝醉的人，悲观是方向悲观，乐观是方法乐观，于是乎白日纵酒，黑夜纵欲。所以问我如何抵抗苦难、美化人生，我只有少儿不宜的四个字：及时行乐。天塌下来先砸个儿高的，地陷下去先埋个儿矮的，反正我不高不低，稳坐中间一把交椅。家有千钟粟，一顿不过三两米，后宫三千佳丽，一夜也不过御数女。对世间事，不妨心胸开阔一些，再开阔一些，开阔成你窗外浪奔浪流的大海，开阔成你庭院里枝杈下聚散离合的光阴，开阔成大家小时候都穿过的care down cool或者红肚兜。除了生死没有什么大事，除了病老没有什么坎坷，计较越多，皱纹就越盘踞笑意。

据说男人成熟的标志之一，是不劝夜总会的小姐从良。如果以此为标准，我可能还远没有成熟，我不但劝过夜总会的小姐从良，还劝过几个年已不惑的老哥哥莫嫖娼，惹得几个老哥哥非说我要么不是男人，要么有问题。克己复礼，存天理灭人欲，我经常像宋儒一样觉得有天命在身，大义凛然地维护着这个社会的公序良俗；也经常像白头老翁一样好为人师，喋喋不休地劝三里屯MIX的90后少女多读点书，书中自有黄金屋，书中自有帅呆酷毙的蜀黍，少女们或两耳不闻，或左耳进右耳出，筛照摇，凯照钓，舞照跳。不过我本性难移，此刻依然还在鼓浪屿木香居的天台上敲字，看破人生一样地对着11寸屏幕奋笔讲大道理，醉舞经阁半卷书，坐井说天阔。

我比我爸要迷信，我信鬼，信命，信邪，信神，我爸什么都不信，他是一个比马克思主义者还要马克思、比无神论主义者还要无神论的人。然而最不信的人往往最得验证，我老爹生前做厨师，杀生无数，业报是六十多岁去世，和之前巫婆算的阳寿也一致。贾宝玉也有验证，《红楼梦》第三十六回他说："我此时若果有造化，趁着你们都在眼前，我就死了，再能够你们哭我的眼泪，流成大河，把我的尸首漂起来，送到那鸦雀不到的幽僻去处，随风化了，自此再不托生为人，这就是我死的得时了。"所谓金玉良缘，所谓木石前缘，所谓玉带林中挂，所谓金钗雪里埋，因因果果，果果因因。现在流下的泪，都是前世浇过的水；现在扯的闲，都是前半生吃过的盐。

时间和空间是可以转换的。我曾给老猫取过一个自认为很牛逼的书名，叫《我的故乡在1980》，后来被《新周刊》拿过去做纪念80年代的封面专题了，我问老猫："可以告他不？"老猫说那是他一哥们儿弄的，我的时空转换创意就这样被窃取，《新周刊》吃了我好大一块豆腐。可以时空转换的还有江南。江南的美是一种草长莺飞、杂树生花的地理之美，也是一种吴越之美和六朝之美，因历史而江南，而美。所有在江南定都的王朝，几乎都是军事上弱而文化上强，江南的战场不是供打仗的，而是供凭吊的，六朝旧事如流水，南宋如流水，民国如流水，这水是长江之水，孤帆远影，皓月长空，柔到江山美人迟暮。南方的美是庄子的美，灵性、飘远、空明，北方的美是孔子的美，中庸、和谐、阔大。庄子和孔子多牛逼，他们的宅邸以长江作分界线。

段子是日子的盐

最近出山，跟几年没喝过酒的于一爽在东四的孔乙己喝了一顿。座中有年过半百、喝得脑梗后又复喝的作家丁晓禾，有年不过四十却一口好段子的文化记者丁杨，有开口必笑、笑必掩口的爽朗川妹子编辑罗皓菱，还有相识多年见面却不过几次的卜老师昌伟，以及我的朋友朱首彦。酒没过三巡，烟没吸三盒，段子却已经满桌子在飞，听了两则中国大妈的段子，先说来过过瘾。

丁杨说，某一年的华语文学传媒大奖请来了余光中，老余做完讲座后签书。很多人排队，几个不知余光中为何人的大妈以为有赠品要领，也跟着排起了队。等到大妈排到余光中跟前儿时，有一个记者跟余光中说想采访他，问他要电子邮箱，一个大妈估计以为是可以打电话预约到什么福利之类的，也忙不迭地问余光中："你有手机号码不？"紧接着又问了一句："你有小灵通不？"

于一爽说，她某次跟大仙交易完在广场上遛弯，看到两个老太太穿着紧身裤在跳广场舞，两个老头也在旁边跟着跳。其中一个老太太人虽徐娘或者老娘了，但还颇有几分姿色，风韵犹存。两个老头都在打她的主意，都想单独约她去跳，结果其中一个老头胜出了，约着老太太去旁边单独跳舞去了，另一个老头指着他不禁喊道："你跟我抢什么抢，我都多少年没有过过性生活了！"

言归正传，说说我跟段子的往事。

几年前我开始感叹职场越来越不好混：职员像蚂蚁，整天爬来爬去忙碌不停。而老板就像蜜蜂，整天飞来飞去的在外面忙碌不停，一回到办公室，就时不时地蜇你一下。在工作上，我虽然不像蚂蚁那么勤快，但我跟过的几个老板，却从来都是像蜜蜂一样忙个不停地蜇人。

刚毕业的时候，跟过一个老板，香港人，女的，单身（据说单身几十年了），将近50岁了吧，脸上还是那么阴晴不定，不知道是不是跟长期内分泌失调有关。她对下属的折磨跟下属做的事让她满意不满意无关，跟她的心情好坏有关，心情好的时候少折磨一点，心情不好的时候多折磨一点，不折磨是不可能的，她的快乐专门建立在下属的痛苦之上，你越哭，她就越笑。

无时无刻要加班、天冷天热没空调、一年到头无福利还算是轻的，她还会在你午后刚吃完饭最困的时候找你写方案，在每天临近下班时给你塞满工作，会在周末命令你去给她家的"咪咪"买狗粮，会安排行政吃饭时在食堂看水果盘，不停地吆喝"西瓜只能拿一块，橘子只能拿一瓣"。

对这样的极品老板，我一开始的策略是毕恭毕敬、能躲就躲。但终究不是办法，她绕得开我，我绕不开她，宣传归她直接管，我几乎每天都要找她签一次单。直到有一天，我发现跟她说话的时候讲一些段子能缓和她的心情，换来她长年淫威里难得一见的一笑，从而保住我摇摇欲坠的薪水和卑微的职位，我才觉得无比阴暗的天空裂开了一道小缝儿，投下略微灿烂的几寸阳光。

我不是给点儿阳光就灿烂的人，为了保住平稳上升的苗头，我跟段子打起了交道。为了谄女老板的媚，我自掏腰包给她买了很多段子书，奶猪、东东枪、张发财、作业本、王小柔、桑格格，段子书每出一本我就买一本。后来我发现，段子书的出版速度远远赶不上老板的阅读速度，我就转而上网找各种各样的段子，一条一条分门别类地复制粘贴下来，打印装订成册，取名为《段子奏折》，以每半个月一本的速度呈送给总裁办。不过最后我还是被炒了鱿鱼，不是我从网上扒的段子不够好，而是因为女老板眼尖，发现了我的某一期《段子奏折》中有三条是重复的。

自从辞别了“段子老板”，我就发誓今后不再看段子，我换了新的行业，找了新的单位，跟了新的老板，不过入职没多久我就发现了段子的无处不在。单位要办一个马爹利赞助的艺术答谢晚宴，有一个新入职的马姑娘，被安排邀请艺术圈的各路人马前来参加，她一个电话一个电话地打，很热情、很敬业，在电话里跟对方各种套近乎，极力宣传晚宴的规格和档次，中午吃完饭同事们都跃跃欲睡，她还在努力打电话，只听她跟一个艺术家说：“苏老师，您可一定得来啊，谁都少得了就是少不了您，什么？谁的艺术晚宴？哎呀，您不知道？马老师的啊，马爹利老师的！”一句话给所有即将困觉倒地的同僚们打了一管鸡血，爆笑声响彻办公室，直插九霄云外。

我现在的老板是艺术圈的风云人物，靠做印刷起家，靠做艺术壮大，得了CCTV的年度经济人物，还得了一顶政协委员的帽子，很是风光。他有一段得了抑郁症，甚是狂躁，对什么都不满意，见谁骂谁，当然骂的都是高管，像我这样一年都见不了他几次的低级职员，还没资格领骂。

据说，有一次集团开高管会，几十人洋洋洒洒坐在那里被老板骂，有人闷声不语，有人低头叹气，还有人埋首做笔记。老板骂了一阵儿，华东区的老总虎哥慢条斯理地站起来跟老板说：“老板，我要给你提个意见。”这时候，所有的高管都眼巴巴地看着他，心想：虎哥估计是不想好了，这时候还敢给老板提意见。只听虎哥摸着不满一寸的板寸儿头玉口轻吐：“老板，我观察很久了，你最大的问题就是在痛骂下属的时候太不注意自己的身体！”全体高管顿时哄堂大笑，连老板自己听了都笑得合不拢嘴，我估计他在感叹：见过拍马屁的，还没见过这么拍马屁的。

所以虎哥的位子，坐得不是安稳，那是相当地安稳（当然虎哥80%靠能力），十分有我当年的风采。这是个靠段子闯江湖的时代，作业本靠段子成了名，东东枪靠段子发了财，连万通的老板冯仑也在一天到晚地讲段子，小屌丝们靠读段子意淫，大老板们也靠段子运筹帷幄。所以，努力吧孩儿们，当你能把段子讲得滚瓜烂熟的时候，你在职场上就能一往无前、所向披靡了。

段子的流行，让字句变得琐碎轻飘起来，让文章变得无地自容起来，让书变得可以看一页撕一页擦屁股起来，三两句话，短短几十个字，顷刻间就能传遍五湖四海、众人皆知，就能让你笑得眼泪和老尿齐飞。这让像我这样写载道文字写久了的人很是不爽，凭什么别人一本段子书轻轻松松写来就能卖十几万册，而我吭哧吭哧弄一年多的长篇大论才刚刚能卖一万册，天理何在？哥们儿安慰我说，文不载道的时候，能载笑也是不错的事，不要自作多情，整天以世界为己任。

也许他是对的，没有什么永垂不朽，不要庸人自扰、杞人忧天。

有些事并不像表面上那么坏，塞翁失马，塞翁还高兴呢，哥们儿自己就是个塞翁：他和老婆离婚了，白天有忙碌的工作充实倒是还好，可一到了晚上就再也抑制不住内心的情感，一个人蒙在被子里偷偷地笑了起来！

大师都伫立在风中

看过一个段子，说的是青年靠什么混日子，头等青年靠出身，二等青年靠关系，三等青年靠天资，四等青年靠努力，五等青年耍文艺，六等青年打游戏、穷游、看美剧。有道理，出身是根本，没有出身你再能混也只不过从五流六流混到三流四流，不可能进到一流二流。

回过头来看，近60年来我们犯过一个大错误：国家说阶级，社会讲出身，人人论成分。这造成的一个结果就是乱点鸳鸯谱：出身名门和大家的小姐嫁给根红苗正、祖上扛了一辈子锄头的工人，生了一个四肢发达、头脑简单、家风沦落的汉子；大地主和资本家的公子被改造后娶了出身三代贫农、满脸满身都充满凛然正气的姑娘，生了一个江郎才尽、泯然众人矣的姑娘。

按正常的逻辑，这样的小姐和这样工人、这样的公子和这样的姑娘，是根本不可能相遇相爱在一起的，门第不对，家风不对，审美不对，而之所以造成了他们在一起，是时局乱点鸳鸯。

我爹妈算是躲过一劫，都是地主出身，我姥爷是国民党的保长，我爷爷是地主，所以我爹娶不上老婆——出身太坏，成分低的人家不愿嫁；所以我娘嫁不上汉子——成分太高，根红苗正的人家怕连累。最后我爹三十好几了还是单身汉，没办法，三家换亲，我姑姑嫁给了另一个老地主的儿子，那老地主的姑娘嫁给了我的二舅舅成了我的妗子，我妈才得以嫁给我爸才有了我。

盘根错节的姻亲关系就这样由此建立起来了。据我爹说，我姥爷对这门亲事相当满意，他早就知道我爷爷林潜修的大名，我爷爷当然也很欢喜跟我姥爷胡成法当亲家，说是“家风相当”，老地主和老保长结亲家倒是其次，重要是都是读书人家，姑娘知书达理，公子家风绵长。

这么说起来，貌似是在自夸，其实我的意思是，近朱者赤，近墨者黑。虽然我们家没出过大师、大家、高人、才士，但是我坚信一点：相似的景深才辈出大师，同样的世家才出牛人如牛毛，像春笋般雨后漫山遍野地冒出来，像竹子发根一枝连着一枝般，像兔子打洞一条连着一条。龙生龙凤生凤，天生的老鼠会打洞，我不是血统论或基因决定论者，但我相信家族和家风的力量。

譬如义宁陈氏家族，虽然最知名的是陈寅恪这座高峰，但他也是拔起于群峰并峙之中。

一部《辞海》，陈宝箴、陈三立、陈衡恪、陈寅恪四人分立条目，一家三代祖孙四人享此殊荣怕翻遍《辞海》也难再见。开山者陈宝箴乃清末著名的维新派人士，领湖南一代风气大开，其子陈三立与谭嗣同等并称“维新四公子”，诗文开同光体诗派，有“吏部诗名满海内”之誉，其长孙陈衡恪以画名世，诗书画印兼善多能，与鲁迅、杨怀中、齐白石、李叔同、徐悲鸿交谊深厚。

再譬如俞大维家族，两朝皇亲、三代翰林、三代部长，满门文武，分别效忠两大阵营。

俞家和曾国藩家族联姻，和清代大儒陈宝箴家族联姻，和蒋介石家族联姻。俞大维的母亲是曾国藩的孙女，表哥是陈寅恪，老婆是陈寅恪的妹妹，他们俩两代姻亲、三代世交、七年同学，同时又是那一代最好的读书种子，是吴宓眼中哈佛大学读书最多最有希望的两个人。后世之所以说“俞大维家族”，是“大”字辈承上启下，人才辈出，俞大维职务最高，从政时间最长，学问最大。

很多人都知道俞大维当过台湾的“国防部长”，却不知他1918年到哈佛读哲学，三年拿博士，12门课皆A，获得奖学金去读柏林大学，随Dr.Riehl学康德“纯粹理性批判”，听爱因斯坦讲“相对论”。他的考试秘诀是“大考大玩、小考小玩、不考不玩”，一生涵盖各个门类，25岁就在顶级数学杂志发文章，比华罗庚还早，精通英文、德文、经济学、微积分、化学、哲学、数学和物理，是数理逻辑博士和弹道学专家，是“兵工之父”，最早研究原子弹也是他组织起来的。

在台湾，俞大维60岁做“国防部长”，最惊人的举动是到大陆单机侦巡十几次，有一次和我们的战斗机只有2.5公里，以“部长”之尊深入虎穴的还有第二人乎？他90岁时有一次摔跤跌破后脑勺，治疗完叫人找了一本微积分，指着书本跟他说：“你念一道习题，我来做做看。”结果算出来答案一点不差，他得意地说：“我脑子没跌坏。”去世前五个月皈依佛门，法号“净维”。

再再譬如曾国藩家族，一门才漫金山，人才之多、影响之大，早已人尽皆知，不多说了。

狼行千里吃肉，狗行千里吃屎。平庸的人无论身处何地，在哪里都平庸；牛逼的人无论老少，到多大都依然牛逼。事是人做的，人品是人挣的，无论学问还是为人做事都出自最初的原点，家产是实的，家风是虚的，但是家产可以败、可以分、可以争、可以散，家风却是定海神针，规定了一个家族的精神走向，决定了后人所能达到的高度和深度。是一流还是三流，从此江分两岸。

当今天下，为什么假和尚越来越多了？为什么得道高僧越来越少了？从佛法上讲，有所谓正法、像法和末法三个时期。在释迦牟尼佛入灭之后五百年，为正法；之后一千年，为像法；再之后一万年，为末法。到了末法时代，邪师说法如恒河沙，和尚不像和尚，尼姑不像尼姑，无庙不设功德箱，无寺不受香火钱。想成为高僧难，想成为能炼出舍利子的高僧更难，山高月小，水落石出，背景太暗淡，瘸子里挑出来的将军有相对高度，难有绝对高度，困于家族、困于时代。

万法同法。为什么现在出不了大师了？为什么现在人人争相平庸了？为什么家族不家、家族不族了？在某种程度上说，跟佛法的末法时代一样，根上出了大问题。怎么样才能牛逼？挣了钱，不要想着享受和炫富，老老实实恢复家族，恢复家风，恢复家世，记住老话“三代出一个贵族”，补充一句，动家产不要动家风！大师都伫立在风中，不是孤单，而是孤独；不是冷风，而是家风。

三十岁开始偏爱

这么多年来，我真正热爱过什么呢，是烟、酒、茶、肉，还是名、利、书、妞？

我用古老而常新的官能去爱过很多东西，爱吃肉，爱喝酒，爱品茶，嗜咸，嗜辣，嗜妞，沉醉于黑和白——黑是少女头发的乌黑，白是少女皮肤的雪白。然而似乎我的所爱，尤其是深爱，都是有时间段的，不过一时一地一人之爱而已，能从一开始持续到现在的热爱似乎寥寥无几。

不是烟替酒，就是茶代肉；不是名换利，就是书更妞。你方唱罢我登场地“轮奸”我。

小时候爱肉，一日无肉不欢，但过了30岁就热情大减，吃也可，不吃也可，一是吃的肉都不像肉了，二是口腹之欲也没那么强烈了；没成名时也爱名，有了点小名气后发现，盛名之下其实难副，人追着名跑太费心费力，也像王朔说的，有名不就是傻逼都知道你么？所以，无所谓；之前那么爱妞，其实是爱自己的欲望，色欲、美欲、情欲，而欲望开始走下坡路之后，我的爱妞已从下半身转为上半身，爱脑子性感的妞，爱视野宽广、识见深刻的妞，而这样的妞又太少。

如果以30岁作为一个分水岭，那么在而立之后，我所迷恋的跟之前已经大不一样。所爱的都是物，物理的物，格物致知的物，信物的物，在对物的把玩和琢磨中完成对物性的体念。

爱表。我天生守时，守分际，爱标准，爱刻度。对表的热爱，源于表的隐喻和象征，仿若世间大法则疏而不漏，一分一寸、一分一秒，都刻画着青春和衰老、红颜和白发，作用于世间万物，记录着逝者如斯，有一种沧海桑田、亘古如初的美。从小爱玩表，常常大卸八块，卸完就组装不上，抽屉里堆了碎碎散散的零件，不愿丢，想着哪天学了机械原理再组装好，一等等到今天。

其实没那么在意牌子，最大的牌子是在旺角买的一款EPOS机械表。在如恒河之沙般众多的表阵中，初见一眼就喜欢上了，极简主义的设计，黑表带，白表盘，细指针，瘦长的罗马字母，原价9300港币，打完折六千多人民币，狠狠心，咬咬牙，买了。后来才知道，并不如雷贯耳的EPOS，1983年和我同时来到这个世界。这份爱看似无缘无由，谁知有渊有源，我跑赢几十亿精子以哇哇大哭来到人间，而它带着滴滴答答声被Peter Hofer先生从千钟万表中创造于瑞士。

爱皮。爱小牛皮，爱羊皮，爱貂皮，爱皮就像爱女人的肤，上好的皮都像女人的肤，即之很温、很柔、很通透又很有密度，有情有义，有湘女多情的温柔，也有烈女投江的贞节。我买过很多烂钱包、烂皮带、烂挎包，粗糙、简陋，松、硬、脆，骗得了手眼一时，骗不了一世，后来真应了那句话：“便宜没好货，好货不便宜。”一分价钱一分货，即使好的假皮子也只是花瓶女，仔细一看不如乍一看，皮囊虽好，接触久了感觉脑子就像风干的萝卜干，糠、柴、疲、垮。

好的皮子，是皮质和牌子合二为一，以美人打比方，皮质就是条儿，就是美人胚子的胚子，牌子则是妆容、气质、诗书、琴棋、家世，两者融合在一起，才是经典的物什。很多知名品牌的皮具，其实已经远远超越了用的功能，超越了物的价值，于巅峰之处演绎着更为复杂的美感与文明的继承，就像爱马仕在挑选皮料时，哪怕皮料上有一条纹路歪了，整个皮料都会重新换一张。

爱石。石贵温、贵润、贵透，除了人工用玉粉压的玉器，我爱各样的玉、各种各样的石，无论刻章弄印的青田石、寿山石、巴林石、昌化石，还是山涧河边的鹅卵石，或者烧土而成的瓷和石，都给我以静、以定、以安、以恒。行旅中我捡拾过很多石头，譬如垦丁的形形色色被海浪海风冲刷得浑圆剔透的贝壳，纽扣状、金针状，就像和田玉的籽料，山崩石裂，散落于大河滔滔之中，在亿万年中被冲刷沉淀成为玉，物质的作用力加上时间的作用力，打磨得犹如入定老僧。

在人工作用下，我只爱一种石头，即源于土、源于火的瓷。汝哥官钧定自不必说，新烧的陶瓷也极出彩，Chanel新出了一款山茶花珠宝Camélia Galbé，不用玉，不用金，不用银，不用翡翠，颠覆过去的珠宝法则，撷取J12元素——高科技精密陶瓷烧制。陶本为土，遇热成石，经过高温淬炼化成墨色与穿透的亮白，透过层叠花瓣铺排搭配贵金属细呈蜿蜒枝叶。大美出于尘。

爱木。我的姓里有两个木，名字里也有两个木，不知道是不是还是木命，我之所以爱木与姓、名、命都没有关系，而是爱木的本味。在建筑上，西方多用石，东方多用木，木比石软且易腐易朽，但石也没有木那么温良恭俭让。爱楠木的滑润，爱沉香如幽兰，爱紫檀的缓生慢长和细雨流光，也爱桐木槐木榆木刨花味儿，每一种木的长成都得水土风霜之利，各有各的被珍爱之处。

人有人性，木有木性；人有人间，木有木间。万物同道同修，以人来观之，木也有仁义智勇洁，也有温良恭俭让，也有七情六欲，也有贪嗔痴，也有戒定慧。我爱木这些形而上的品，也爱木本身的纹理、质地、色泽和味道，如果要学一门实在的手艺，我的上选一定是木匠，曾做白日梦：一人披星戴月，山中伐木、煮酒、拜师、练艺，打出一整套的传世家具，写一本藏诸名山的《木经》，一辈子不出山、不迎娶，以树为妻，以木为子，以木性证得人性，以木生证得人生。

我爱器，也爱道，爱形而下者，也爱形而上者。所以爱金、木、水、火、土，也爱意念、价值、逻辑、判断、情感。一个地下，一个天上，一个有形，一个无形，物质的流转给我以现世安定和人间温暖，形而上的无形无迹则给我以求仙问道的路标和归宿，各归各位，各有各爱。

爱理性。我大学是偏理科的文科，要学模拟电路、数字电路、概率论和数理统计、C语言、VC、C++、计算机组成原理，虽然以上诸科我都挂过，甚至挂过不止一次，挂的时候摔桌子、捶板凳、骂老师，但现在想来还是很怀念，学得虽然无比烂，却给我造成了一种理性和逻辑的训练。所以至今我虽搞文、搞艺、被文搞、被艺搞，始终条理明晰、逻辑清明，不含不混，必清必楚。

作为一个天生多愁、多情（好色的狡辩？）、多感、多才（太自恋？）的人，我也十分不解我的理科色彩和学术化倾向，喜欢纯粹数学，喜欢理论物理，喜欢人类学和社会学，喜欢宏观经济学，喜欢科技哲学和科技史，喜欢读霍金的《时间简史》和库恩《科学革命的结构》，喜欢读张五常的《佃农理论》，喜欢读小说评论远胜于喜欢读小说，尤其是西方角度的视野和方法论，常常沉迷于其中的逻辑推理和层层内证，博而不杂，野而专精，他们怎么可以那么牛逼？

爱感性。先纠正一点，感性未必就是伤春悲秋、黛玉葬花，未必就是临水而叹逝者如斯夫，我所以为的感性，是直觉，是第六感，是白日梦，是本能思维。不得不承认，有些人的第六感比女人感觉到男人出轨还要准，可以不证即得，不算即明，脑子不发力就能准确无误地捕获转瞬即逝的灵光一现，靠体验洞察世界。这就像1991年的诺贝尔经济学奖得主科斯，不谈逻辑，不用数学，任何问题都先用预感找答案，因为他认为若要用理论解释世界，首先就要知道世界是怎样的。

我的右脑远胜左脑，所以数理化差，直觉能力好。右脑里藏着“本能的五感”，控制着自律神经与宇宙波动共振，是潜意识的大本营，听音辨色，闻味知肉，对世界有一种本能的“共感”。跟科斯一样，对所有事情我也几乎都以感性开路，所以方向感好，视野宏阔，有高屋建瓴的俯视感，能以感性外求诸人，同时也能内求于己，惟愿以此建立起对世事的洞明和对人情的练达。

爱理性地感性。上一次，跟香港科技大学的陈波涛兄坐在清水湾的海岸边纵论感性和理性，研究水利学的他跟出身多媒体的我得出一样的结论：理性是感性的方法论，最高的境界一定是理性地感性。譬如被一个苹果砸出科学头脑的牛顿，最后找第一推动力找到了上帝，爱因斯坦想相对论也不是推导求证，而是在科学理性地拍脑袋，拍得灵光一现，想出了智能方程式$E=mc^2$。

再譬如小说，我始终认为人类最高境界的读物一定不是散文，不是杂文，不是论文，也不是历史，更不是感动得你鼻涕一把泪一把的心灵鸡汤，而是小说。最好的小说不在过程中卖弄感性、卖弄泪水，一定是慢慢理性、科学求证，最后给你一个浮生若大梦般的感性，摩擦和找G点都是理性，高潮才是感性。看看《红楼梦》和《追忆逝水年华》，多少世间事、世间情都密密麻麻、层层铺排，有条不紊地前进，这理性便是桥、是路，只有最后一叹才是山巅，才能一览众山小。

手艺是最后的武器

路过广州，去文昌北路的古玩一条街闲逛。近些年文物市场大发达，人人想捡漏，千里之外奔袭而来驻扎周遭的老农民、小妇女、中年汉子倾巢而出，瓶瓶罐罐摆了满满几个里弄。

如今造假的技术老高了，笔描、高含铁砂、谷壳和含铁细沙垫地、南方红泥浆涂抹、窑前底部抹铁粉都可以造出瓷器逼真的火石红。青铜器做旧更是“旧出于新而胜于旧”，涂抹、喷弹、点描矿物颜料和氧化粉已经落后，2.0版本的做旧已经将旧铜器脱落下来的锈料用黏合剂黏上了，东西虽假，旧却很真。敢说如果搜罗出市场与藏家手中的假青铜器，包管能造两艘青铜航母。

在一个头皮清亮、面容黝黑的汉子摊前盘桓良久，不说话，只看。我看东西，他看我。

酒壮英雄胆，烟是开路虎，最后老话起了作用，一根烟递过去果然化解了江湖初见之时陌生的敌意和亘古的心计。汉子慢慢打开话匣子侃侃而谈，推心置腹道，这是摆的兄弟摊，老幺主内负责在家造假，他主外负责跑出销路，老弟家里蹲出身，但弄出来的定窑官瓷号称糊弄过马未都、迷倒过王世襄，靠这本事养活了当年兄弟俩没钱买杜蕾斯而造出的六条人命外加俩妯娌。

我且当他吹牛逼不上税。谁知道一会儿工夫竟然来了俩貌似捡漏大咖的主顾，又是掏放大镜看又是摸手电筒照，最后花两千七买了三件破旧小碗，不由得我不倒吸一口冷气打一个冷战。

怪不得考古所的老教授、文物所的发掘专家搞不过扛洛阳铲的泥腿子盗墓贼，人家那技术是一座座千秋大坟里挖出来的，每一铲都是当成挖金矿去铲的，能不练得炉火纯青、炭火通明？龙美术馆从苏富比花5000万买的苏轼《功甫帖》，也被上海博物馆的专家说成是赝品，这造假的技术可就高了，骗过了“故宫八老”之一的徐邦达，骗过了顶级拍卖行苏富比，以假乱了真。

虽然挖坟损阴德还犯法，造假不道德还被追责，不过愚私自以为，这些人练成的本领还是叫人不得不踮起脚跟仰望和佩服的，所谓“道高一尺，魔高一丈”，假作真时真亦假。一技之长在手，吃喝拉撒自不必说，小盗窃珠，大盗窃国，盗亦有道，那一技里其实藏着天下的道理。

闲话不表，言归正传。我不是鼓励诸位去学造假秘籍、盗墓绝招，而是说这一技之长乃人生在世安身安心之本，广州一见让正在通往“灵”的道路上狂奔的我不由端详起“技”来。

第一，技跟道一样，甚至厉害于道，道生一生二生三生万物，技却能生道，是万物的爹妈。长于一技而臻于炉火纯青者，定能用这一技触类旁通，小能发家致富、养妻活儿，大能经国济世、经天纬地。学而优则仕，演而优则导，庖丁解牛能做哲学家，华罗庚烧开水能总结归纳法，大道出于世间，只要你肯付出双手和心思琢磨，假以时日和造化，定能举一反三迁移它用。

第二，正是《镜花缘》里所言："凡琴棋书画，医卜星相，如有一技之长者，前来进谒，莫不优礼以待。"家有万顷地、千金裘、五花马、成群妻妾，在大病到来时对能救命的江湖郎中也得磕头如捣蒜，哪怕最后的药方是童子尿一两加甘草片八钱，能开出这药方治病的就是牛逼。吾友梅帅元，号称山水实景演出创始人，自从策划《印象刘三姐》在阳朔演出之后，此地地皮大涨，农民都成了演员，门脸房都开了大饭店，从此梅总吃遍百家饭，不掏一文钱，受之不愧嘛！

第三，孤单的时候看电影看小说，越看越空虚寂寞冷，意淫别人最后摔伤的是自己，阿Q睡不了宁式床、摸不了小尼姑的白脑袋，有空闲不如玩玩和田玉学学篆刻，看看《明式家具研究》，研究研究《木鉴》，不必一定学会鉴定真伪优劣，能沉迷到里面去就行，爱好若能培养成一技之长当然更好。冬日，我在一月难得一天艳阳高照的北京城里，泡上一壶金骏眉，摆出仅有的一方闲章、沉泥古砚、金丝楠木雕、青花瓷盘，带着无比的满足游目骋怀在古今纵横的器物之美里，心中一遍又一遍地念叨着列维·施特劳斯的名言："技艺，是人在宇宙中为自己找到的位置。"

第四，写文字不算是一技。我最想学的是木工，其次是厨师，再次是中医。学木匠可以打全套嫁妆，能自己做桌椅板凳，每天带着祖师爷鲁班传下来的十八般兵器木花里来木花里去，跟吸了自然灵气的木头打交道，就像是独与天地精神往来；学厨师上可以做满汉全席，下可以烹饪家常小菜，当了大厨做国宴时能偷吃不说，学不成为妻女煎小鱼时也仿佛能享受到治大国之乐；学中医能治未病，古语说不为良相便为良医，医近于巫，学中医要学好，得先通晓周易八卦奇门遁甲，老庄孔孟二十四史也要知道个大概，学成大技，即使不去治病，摆摊算命看风水也饿不死。

第五，三百六十行，行行出状元，学成文武艺，以前货于帝王家，而今货于资本家。唐代的主业只有三十六行，肉肆、宫粉、成衣、玉石、珠宝、丝绸、纸、海味、鲜鱼、文房用具、茶、竹木、酒米、铁器、顾绣、针线、汤店、药肆、扎作、陶土、仵作、巫、驿传、棺木、皮革、故旧、酱料、柴、网罟、花纱、杂耍、彩舆、鼓乐、花果，也照样是大唐盛世万民乐业。今天的行业何止三万六千行，只要做得成了精，卖水可以发家，卖肉也可以致富，最后还能被政协一下、人大一下，既能满足马斯洛第一层次的需求，也能满足最高层次的要求，从肉到灵无一不爽。

第六，俗话说“技不压身”，越多越好，至少要有一个，但不能冒充，冒充的早晚要摔死。裘千仞大侠精擅铁掌和轻功，外号铁掌水上漂，他的双胞胎老哥裘千丈武功稀松如稀泥，却总爱在江湖上冒充其弟的威名。外人不知道时，河心打暗桩，手托铁空缸，也能秀一把“铁掌水上漂”。只是初一好过十五难躲，铁掌峰一战，他攀上黄蓉的大雕却不慎坠落，摔死在铁掌峰。（裘“铁掌”死铁掌峰，戴笠死戴山，偶然？必然？）可见高帽子不能乱戴，没绝技不能随便往怀里揣。

第七，不怕没后路。出版界有“双飞”兄弟，大飞是原来“黑马文丛”的贺雄飞，小飞是“字里行间”书店的老板贺鹏飞。小飞原来放羊，放过羊后做厨师，做了十年厨师后跟老哥做书商。贺鹏飞江湖人称“贺老三”，他开公司员工的办公桌都是原木的，厚实、方正，犹如案板，人问其故，贺总答说：“哪天不搞出版了，方便开饭馆，支起摊子就能开张。”贺老三的经验告诉我，有一技之长在身，不管你做书商还是电商，干不好或不想干了能撒丫子就跑，回老本行刨食。

第八，学手艺，别学口技。已过而立之年的我回首前尘，一技无成，盗墓不说没那个技术，也没那个胆量；造假不是不能造，只是造得比假的还假。翻翻检检，发现在下几乎不会动手的任何一项技能，不会谋生，亦不会谋爱，唯只有两片薄嘴可以贫一贫，刻下心中甚是万分怅然。

一天，老友看出我身无长物（也有，不能随便看）后说，不如组个地下电台，说说相声，逗逗闷子，以发挥吾辈接话茬、捧哏、指桑骂槐、尖牙利嘴的长处。这我想起少时学的《口技》，写某人善于口技，在某家大宴宾客时表演一家四口人由梦而醒，由醒而梦，火起后众人慌乱之景。我记得结尾是："忽然抚尺一下，群响毕绝。撤屏视之，一人、一桌、一椅、一扇、一抚尺而已。"

我会心一坏笑说，弄这倒是好，只怕哪天被看多了东瀛片的同类夸赞成"口技专家"！

胡一刀的刀

在一个不能革命、不能起义、不能占山为王的时代，冷兵器的作用，一个是延续手艺的传统；另一个是满足意淫和想象，就像我曾装逼地用一把一米长的刀给一个登门拜访的才女削苹果。

自幼爱刀。少时用铁钉制刀，用铁钉一枚，在火车经过前置于铁轨之上，借助火车经过时车轮和铁轨之间的碾压，铁钉能压成铁片，然后再磨成刀；还偷过一次刀，一个堂哥结婚，我在众人嬉闹新婚之际施展迅雷不及掩耳盗铃之功，掠去了一把垂涎已久的、嫂子的精致水果刀（垂涎的是刀，不是嫂子）。

后来收集过很多刀，瑞士军刀、藏刀、龙泉刀、翠鸟刀、老尼泊尔狗腿刀、大马士革折刀。刀来刀去，人来人往，很多刀都送了人，我只留了几把藏刀在书架上，养养阳气和尚武精神。

某年去宁波玩时，直接从厂家买过一把龙泉刀，700多元，长约一米，纯钢锻造，刀身清冽明亮，好似一把剑，只在刀头有一抹弯。已经开好了刃，可以割发丝，可以砍硬币，可以断钢条，刀刃不损不卷。我曾经试过用它砍一元的硬币，双手握柄，使足了力砍下去，硬币上被砍了一个大口子，而刀刃丝毫没变，只是留下一个白印子。这刀在我书房里挂了半年，冬天陪我走过漆黑夜路，春被我上山砍过枝蔓藤条，后来被我送给了一个当年一手把我带上写字道路的师兄。

最喜欢刀。十八般兵器中，刀排第一不是没有理由的。敝人私下以为，男人就该喜欢刀，很暴力，很MAN，很美，即使不用刀，也应该藏几把刀。春天里出游巡山，可牵一只猎狗，可带一把长刀，可携一枚美女，可背一壶烈酒，有刀在手，可以开路，可以劈柴，可以决斗情敌。

日本人比我们有刀性，本尼迪克特的《菊与刀》讲透了。日本最有名的刀是村正刀，斩切能力极强，饰纹华丽。德川家康的家养武士几乎人手一把村正刀，然而村正刀也是德川家康最恨的刀，他一门三代差点都死于此刀：祖父松平清康被家臣用千子村正一刀从右肩一直劈到左腹，父亲松平広忠被近臣用村正刀斩伤了大腿，儿子信康切腹自杀用的也是村正刀，后来他自己也被村正斩伤手指。所以村正刀被他说成“妖刀”，他统一日本后颁布“禁刀令”，敢用者斩立决。

次喜欢剑。一直喜欢剑，一直没怎么玩过剑。我原来的老板、现在的朋友欧阳欢，前些年做出版弄杂志，如今鼓捣些古董文物，收过一把七星宝剑。有一年在深圳，他提着那把剑来找我，剑也不算年岁太老，但已然有两三百年的历史，长约两尺，剑匣已经不见，用两根竹片套着，剑柄上的木托已朽烂，剑身已经有些生锈，只是那七颗金星镶嵌完好，放肆地冒着高贵而金黄的光。

喜欢剑的人一般都孤独，有贵族气，喜欢吹箫，喜欢下围棋，喜欢研读兵法，常常佩剑而不常用剑，不到迫不得已不出手，而出手则必出高手，杀人不见血，颈下一点红。古龙笔下有十大剑客，西门吹雪、谢晓峰、燕南天、叶孤城、紫衣侯、薛衣人、阿飞、燕十三、木道人、方宝玉。剑客第一当是西门吹雪，他根本不是人，而是神；他玩的也不是剑，而是剑道。他用剑的神韵，不在于闪电般的拔剑出剑，而在于收剑时剑锋上的那一串血花，西门吹雪其实是西门吹血。

刀为匪，剑出侠。一度痴迷过刀剑英雄，金庸小说里的刀客，古龙小说里的剑客，刀客粗犷、仁厚、豪气，剑客阴柔、飘逸、潇洒。金庸笔下刀客无数，“飞雪连天射白鹿，笑书神侠倚碧鸳”，本本都有刀客，血刀老祖、狄云、慕容复、郭靖、梁长老、胡逸之、田伯光、王维扬、文泰来、公孙止、石中坚、谢逊、华山高矮老者都是刀客高手，不过刀法第一的是胡一刀：一个粗豪丑陋的汉子，一柄凛然自威的钢刀，天空飘着鹅毛大雪，旁边俏立着一位温柔的佳人。

最近又看了一遍《双旗镇刀客》，像是讲了什么，又像是什么都没讲，轻柔，用力，太极功夫，力道深远。何平早年的武侠片深具史书中的游侠精神，和他自己后来的、和别人的都差别极大，我十分怀念他最早那种浓浓的古龙味，那是一种在现世中从来没有落地但人人都想寻找的东西。我想起《雪山飞狐》中，胡一刀自己是这样解释他的名字的：“我姓胡，生平只要遇到做坏事的，立时一刀杀了，所以名字叫做胡一刀。”胡一刀爱女人，爱孩子，也爱刀，为了苗人凤决斗时心无牵挂，他累死五匹马一夜之间来回六百里斩了其大敌的人头，大战后才拿出人头。决斗之道胜于决斗之刀。

这样的刀客都死绝了，这样的人似乎也都死绝了，只有我还在这里做着白日梦，意淫刀剑！在残阳如血的午后，我取出书架最里侧的那把藏刀，给自己削了四个苹果，一遍又一遍地削。

最后一个伴侣是烟

台湾样样好，山好水好吃食好，有长腿辣妹，有诚品书店，如果没有包二奶三奶的野心，中等收入者完全可以优哉游哉。市井生活，人生百态，就这样过江之鲫地在人海中做个升斗小民。

这么好的地方，唯独一样不好。烟盒上到处都是烂肺、坏牙齿、大肚子，抽烟的人看了，刻下先生出三分寒气与胆怯。我每次都在瘸子里面挑将军、瞎子里面挑青光眼，还能稍微入得眼帘的就是坏牙齿的包装，虽然每取一支就心颤一阵，但比起烂心烂肺的画面，已经能大为心安了。

台湾的朋友说，这是心理暗示，不去想就好了，或者找个山清水秀的所在抽，平衡一下烂牙齿带来的刺激。于是，我在垦丁的海边抽，在花莲的风里抽，在风景如画的慈湖和大溪抽，果然有所收效。是这样，抽烟要选对地方，即使没有烂心烂肺烂牙齿的烟盒，也要选个心旷神怡、青山楼外的平旷疏阔之地，才能抽得出烟草的滋味。选不对地方，再抽也不过是烧枯枝燃败叶。

有的人抽烟，是夜深人静、沐浴更衣后燃上一支，抽的是孤独；

有的人是推杯换盏、猜拳行令中还忙不迭地抽，抽的是江湖；有的人是跟香艳女子、情妇姘头巫山云雨后，半倚在床头枕头上抽，抽的是满足；民工怎么抽？垒砖砌瓦、锯木粉墙后三两人或蹲或立地抽，捏着烟蒂抽，抽的是解乏。

加缪一生手不离烟，在出版公司办公室的阳台上抽，在母亲遗体前边喝咖啡边抽，和妻子弗朗辛抱着他们的双生龙凤胎，加缪依然叼着烟。我买过一本台版的《局外人》，封面是加缪最著名那张照片，神似亨弗莱·鲍嘉，他嘴里斜叼着烟，毛呢大衣的领子翻起来微微遮住耳朵，露出四分之三张大脸，头发卷曲着向后梳，宽阔的额头上两道不深不浅的皱纹。又热情，又不屑。

烟这种东西，其实在哪抽都无所谓，各人有各人的钟爱。只是我个人觉得，选个不一样的地方抽烟，能抽出一加一大于二的效果，抽得七情六欲也跟着抽。

最不喜欢的抽烟之处是吸烟室，名为吸烟室的其实都不宜吸烟。无论是机场的吸烟室，还是商场的吸烟室，或者写字楼里的吸烟室，再或者麻将场、棋牌室，都是一群老男人挤着缩着，烟雾缭绕，能见度为3米，即使只有你一个人抽烟，也对那种被长期熏染的地方提不起精神。

从来至美之物，皆利于孤行。一个人抽烟才能抽出感觉，天地之间，只有渺渺一人一烟，烟圈漫过栏杆，一圈一圈地飘散空中，消失在一个不知去向之处，思绪也一同前往。山河大地，满目春色，浩浩荡荡的不腐流水和皓月长空作吸烟室。一呼一吸之间，世界清晰，模糊，再清晰，再模糊。就这样一帧一帧地如幻灯片，切换的是世间万物，不变的是鼻腔、肺和脑子的站位。

很难说，抽烟让你更清醒还是更朦胧。或者说，你抽的到底是烟还是抽烟的节奏和姿势。

以在下短暂的烟史经历看，室内抽烟当有三个首选，一是饭后，一是云雨后，一是出恭时。饭后一根烟，赛过活神仙，先满足胃再满足肺，助消化，利清醒，坐卧皆可，抽得肺腑通体都爽。云雨后吞云吐雾，解乏消累，舒活筋骨，松弛高度紧张的性神经，女人的胴体也越发妖娆妩媚。蹲厕时抽烟看书，眼手肛并用，读到欣然妄言，烟圈一吐，臀下一夹，水花四溢，犹如大功一件。

至于在室外抽烟，我推荐三个地方，一是天台，一是旷野，一是水边。天台上可以俯视万家灯火、市井百态，抽的不是烟，而是眺望世间的感觉，一根烟抽完，世上仿佛已过千年，下楼归来又是重新做人的暖意；旷野是天低树、月近人的所在，可以万籁俱寂，也可以虫鸣鸟叫，可以白云悠悠，也可以鬼火粼粼，有烟在手，仿佛知己同行、女神相伴，抽的是惺惺相惜；而水边抽烟，不必找烟灰缸，不必怕酿火灾，滚滚春水绿如蓝，逝者如斯夫，抽一支烟就是跟时间做伴。

曾经有几天想戒烟，便痴迷起谈器物、丝竹、美食、植物、词曲的闲杂书，虽然不懂管弦、不精肴馔、不侍花草，读读也是一种转移，培养起一点风雅清冽、回甘悠长的嗜好。于是便翻检出旧书箱里的明清小品来，张岱的《陶庵梦忆》、沈三白的《浮生六记》、袁枚的《随园食单》、李渔的《闲情偶寄》在床头摆了一排，读来也不按顺序，抽出翻开即读，每有会意欣欣然。

张岱不抽烟。他另有所欢，极爱繁华，好精舍，好美婢，好娈童，好鲜衣，好美食，好骏马，好华灯，好烟火——不是烟，好梨园，好鼓吹，好古董，好花鸟，兼以茶淫橘虐，书蠹诗魔；沈复不抽烟，一辈子只做两件事，玩山水和玩女人，不过他只玩一个女人——表姐林芸。袁枚不抽烟，他感叹说："烟草是何味？女子足小有何佳处？举世趋之若狂，悲夫!"李渔也不大抽烟，他醉心于亭台楼阁、廊轩桥亭，寄情于男色、女色、乐色，吃喝是专家，跟张岱真像亲兄弟。

我没有张岱的兼爱，没有沈复的多情，没有袁枚的敞亮，也没有李渔的雅好，不去夜店，不好运动，不打麻将，不听音乐，所爱不过书、烟、酒、女人几样尔尔。于是下半夜，下意识地摸出一支烟点上，斯时正读到李渔《闲情偶寄》里的序：我思古人，如子胥吹箫，正平挝鼓，叔夜弹琴，季长弄笛，王维为"琵琶弟子"，和凝称"曲子相公"，以至京兆画眉，幼舆折齿，子建傅粉，相如挂冠，子京之半臂忍寒，熙载之衲衣乞食，此皆绝世才人，落魄无聊，有所托而逃焉。

半截"兰州"忽明忽暗，犹如鬼火点点。窗外正值三九之季，风声鹤唳，寺观浮屠、云烟竹树，一派萧瑟凄凉。屋内有灯如豆，仿若良辰，此时万物皆远，唯有人烟相伴，我大哭不止。

民主是一根稻草

关于陈独秀和胡适，鲁迅有一段著名的比喻：“假如将韬略比作一间仓库罢，独秀先生的是外面竖一面大旗，大书道：‘内皆武器，来者小心！’但那门却开着，里面有几支枪，几把刀，一目了然，用不着提防。适之先生的是紧紧地关着门，门上贴一条小纸条道：‘内无武器，请忽（勿）疑虑。’这自然可以是真的，但有些人——至少是我这样的人——有时总不免侧着头想一想。”

引这话或许不恰当，但是我读杨恒均，读熊培云，前者流水汤汤，但是图穷匕首见；后者旌旗猎猎，然而万马齐喑究可哀。确实是一个读出了胡适，一个读出了陈独秀。自刘瑜挟《民主的细节》走红以来，庙堂坊间一时热议民主，但是无论怎么讲民主，基本都言必称欧美，人必称苏格拉底、托克维尔。而杨恒均是有意另辟蹊径，开讲匹夫民主之先河，他走的是胡适的路子，“为你个人争取自由，就是为国家争取自由”。相比于熊培云《重新发现社会》和《自由在高处》的粉丝无数，杨恒均的《黑眼睛看世界》并不声名显赫，作为一个有着多年海外生活经验的人，他不谈理念，不讲主义，不提欧洲，不言美国，而是说自己的经历、家庭，他讲的是一个人的民主。

杨恒均的不足，是他点太多，线不足，所以连不成面，读了一时一地或有大悟之感，读多了才知道只是一时之悟，任督二脉不通，不过他的用意不在宇宙，而是苍蝇，拳拳之心在于告诉你不要做一个民主旁观者。带着书的大卖，熊培云一时俨然五四的接班人，新启蒙时代的思想祭酒，人望无数，赞誉无数。熊培云的优点在于，他能把苏格拉底、托克维尔、阿伦特与《小王子》、《蝴蝶与潜水钟》以及“小时候松紧带上别着的铅笔”、“巴黎大学的雪”共冶于一炉，他能把政治的东西、思想的东西文学化，读起来唇齿留香，“是上帝给我们中文世界的礼物”，就连经济学家、耶鲁大学教授陈志武也“恨不得重回小学，对自己的文学功底、人文社会科学推倒重来”。

但是熊培云致命的问题也在于这一点，民主一旦讲成了心灵鸡汤，也就只满足于字面了，能明其心却害其志。熊培云的另一个问题在于，读他的书，你基本读不到熊培云说了什么，你读到的俯拾皆是熊培云在转述别人说了什么，在这一点上，他与早几年先他而红的思想界兄弟们许知远、梁文道不相上下。我佩服他们的博闻强识和勇气，却羞谈于其创见和深度。丘吉尔说，宁愿失去一个印度，也不愿失去一个莎士比亚。在这个意义上讲，我宁愿失去一本《重新发现社会》，也不愿失去一个熊培云，书易写而人难成，独立思想更难。所以读久了熊培云，不妨读读杨恒均。漫步云端可以俯视大地，奔跑大地能够仰望云端。但是在看遍云端和大地之后，我仍不满足。

熊培云也好，杨恒均也罢，介绍主义，授人以渔，都是好事情。但我一直觉得，中国的民主缺的还不全是这些。我更关心的，是在欧美的主义和理念基础上，在90年前新文化运动的历史上，今天的知识分子能对先贤的理论补充些什么？能对当下的民众启蒙些什么？毕竟在光明中拉开灯不算什么本事，在一片黑暗中找到火烛以达黎明，才是伟大之处。熊培云的《重新发现社会》一时风头无两，新启蒙还没到来，他俨然已祭酒加身。但是读完书，你会发现这起因于两点，一是这个年代的好书太少了；二是我们对好书的标准降低了。所以熊培云获奖无数，让我有点悲观。还是尚红科说得好，思想要沉淀，非有两三年功力不足以磨一本书，出版也应以两年一本为宜，不然学问做不扎实，读者也消化不透。我们不要学术上的走马灯，我们要的是思想上的马蹄疾。

中国知识分子们，更是越老越写得不像话，年轻时打得了江山，年老时丢掉了自己。与之相反，西方则是人越老越值钱，越登堂奥之妙，重回江山重骑马，不为仇雠不为恩。中国人原也是可以的，但是后来丢掉了，到现在也没有谁捡起来，也没有谁能捡起来。所以无论是刘瑜还是杨恒均和熊培云，民主学家们讲民主，不要越讲越没有底气，越讲越形而上学，越老越不像话，要接上原来的传统，跟上几百年前西方先贤的梦，中国的知识分子们才能抬起头。

民主家和民主学家是两码事，一字之差，天差地别。真正的民主，并不是要求每个人都去做民主家，但也不是要所有人都通过民主学家把民主当成意淫式的救赎，营造一片文学式的梦境望梅止渴，而看不到什么是民主的真相和真义。民主不是最好的制度，只是最不坏的制度，不要顶礼膜拜、三拜九叩。民主不是《圣经》，抛头颅、洒热血、摇笔杆地实现民主之后，民主本身对每一个人来说就不再有任何意义，不增加你的精神深度，也不丰富你的生命厚度，民主没有那么玄奥。只是这话现在不宜说，因为真正的民主还没实现，宣扬民主的不好等于害了民主的路！

最后说，我要的民主很简单：国家不以国之名要挟我的家，也不以集体之名要求我个人，我有不毁家纾难而不被道德批判的权利，有不选择做英雄选择做懦夫的权利，有房子风能进雨能进国王不能进的权利，我能自由自在无所顾忌地吃喝拉撒：吃不用担心危害健康的食物，喝水龙头里就能直接饮用的水，拉坐马桶如坐江山般快意恩仇、指点四海的屎，撒野地里弧线高扬过头顶的尿。当然，民主所赋予我的这些也都能赋予别人，每个人都能真正地当民、做主，且互不妨害。

我要的民主虽然简单，但依然遥远，相信你要的也一样。那是一根稻草，然而却能救命。

命运攥在手心里

最近安徽发生了一起拆迁事件，阜阳颍州区副区长桑汤非法拆迁五里庙，队伍浩浩荡荡，不但有武警战情保障车和20多辆汽车，还有鸣笛的120。副区长带队，以拆违为名，在屏蔽手机的情况下强拆了派出所副所长白云霄祖孙三代蜗居的老宅，家具一应被埋在废墟中。

我在网上看到了副所长被强拆的家，满地瓦砾，一片零落，就像是爆炸和地震现场。副所长和同为公职的老婆站在废墟上打出了一行白布标语："我被拆，我骄傲！我自豪，因为我不苟且！我捍卫我作为人的尊严！我将以天为房，以地为床！"在神州大地上，强拆每天都在上演。不论你身为平头百姓还是体制内的一员，即使是身披国旗怀抱领导人照片，也难挡开来的挖掘机。

今年美国也发生了一起抗拆，拆的是美国联邦政府骑警，抗拆的是内华达州西部农场主。联邦政府的骑警全副武装，搭乘警车和直升机，气势汹汹地来到西部牛仔们的农场家园，遇到的是67岁的农民克雷福·邦迪，以及他背后由西部牛仔们组成的持枪对抗的民兵队伍。

内幕是这样的：近年来内华达大开发，国会参议员里德家族盯上了邦迪的农场，想开发房地产和建一家太阳能发电厂。邦迪不配合，于是里德推动政府罗织邦迪的罪名，并出动骑警没收邦迪的400多头牛，罪名是：联邦国土局BLM立法保护一种珍稀乌龟，而邦迪的牧场正好在乌龟保护区。邦迪派儿子去理论，结果被警察放狗咬，被用枪指头，被用电棍电。邦迪怎么也不明白，他家自1877年就在这里放牛了，而1993年联邦国土局才成立，1877年乌龟也还不是濒危动物，怎么却要罚他？邦迪认为政府根本就是为了强占他的农场，乌龟只不过是个借口。

西部牛仔们就像西部的野牛，且比野牛还要厉害，不但能吃苦耐劳，还要学会机智、勇敢、沉着、冷静。要想管束半驯服的牛，特别是性情凶野的西班牙牛，牛仔必须紧紧盯住它们，沿途更得留意狼群等野兽和毒蛇、毒虫的袭击，防范印第安人的冷箭、标枪。有时候可能会突遇大雷雨，电闪雷鸣往往会导致惊群，牛乱奔乱窜，牛仔就要沉着地兜转它们，围成一圈消除惊恐。

头戴墨西哥式宽檐高顶毡帽、腰挎柯尔特左轮连发手枪或肩扛温彻斯特来复枪、身缠子弹带、穿着牛仔裤皮上衣以及束袖紧身多袋牛仔服、足蹬饰有刺马钉的高筒皮套靴、颈围色彩鲜艳的印花大方巾、骑着快马风驰电掣的西部牛仔，身上流淌着个人主义、英雄情结和自由精神，这一群“马背上的英雄”是历史上开发西部的先锋，看过《关山飞渡》就知道，他们是天生的红脖子，打仗时总是踊跃参军，男人都像林果一样，桀骜不羁，头戴宽檐帽，手持左轮枪，为复仇而战。

一夜间，牛仔们就在邦迪家牛群的围栏外边架设了营地，设立了民兵路口检查站，带着马队、狗群、皮卡、房车和各种武器对包围他们的警察实现了反包围。牛仔们宣布：他们是为了保护邦迪一家，也是为了他们的共同利益而造反，政府今天可以逼死邦迪，明天就可能轮到他们，这次起兵不是为了抢牛，而是为了自由。

牛仔们布下战网，在高地和远处的立交桥上设立了狙击手阵地，同时组织马队占据高地，用人马墙堵截道路，堵住前来增援的警察，狙击手瞄准被堵截停车的增援警察车队，还动用私人直升机防备警方空中增援。同时他们还在公路边架设宣传板，刷上托马斯·杰斐逊的名言："美国人民自由的最大威胁是践踏宪法的政府。"引用独立战争时期的宣传画："我问，大人，什么是民兵？民兵就是全体人民。"贴上标语："这不只是为了一群牛，这是为了我们的自由。""如果你是一个暴君，那民兵绝对就是一个坏名词。"不但用武，而且用嘴，上兵伐谋，攻心为上，牛仔们真牛。

面对越来越多的武装民兵，美国骑警束手无策，且自身难保。如此对峙下去，警察未必是牛仔们的对手，只有调度美军了。可谁能承担调动军队、镇压人民、挑起内战的责任呢？奥巴马？他才不会背这黑锅，美国政府只好宣布撤回警察，取消行动，归还邦迪的牛。

这次对峙，以美国警察的完败、内华达牛仔们的完胜而结束，政府低下了高傲的头颅。

事实上，这告诉美国老百姓，所谓"宪法第二修正案"是先哲们留给他们的无价之宝，如果他们没有枪，那就只有被抢；此次事件也告诉我们，所谓自由，所谓普世价值，并不迎风飘扬在高处，也不是在一本本书页中，而是在你紧紧攥住的手心里。我并不是劝你也像西部牛仔邦迪一样组织人去起兵，你也没那个本事，也不会得到那样的结果，而是告诉你少读些民主鸡汤，与其在别人的故事里意淫式地满足，倒不如脚踏实地匍匐着挣扎。

白菜有时候比玫瑰香，石头有时候比钻石亮，因为那是你每天安身立命时都要用到的。你能攥在手心里的东西最结实也最踏实，就像邦迪拿着的枪比国旗、杰弗逊的照片和名言更管用！所以副区长强拆副所长的家，副所长和老婆打出正义标语，过瘾，得人心，但没有用，那标语远远不如一根木棍管用。

一生只爱野路子

真是费思量，20世纪80年代的文坛，被禁锢了许久的芽，萌是萌了，却久不见好作品。作家们嘛，自然也一直都在写，但始终是不温不火的老套路，结不了蟠桃果。万马齐喑之时，阿城完成了处女作《棋王》，先是给《北京文学》，遭到退稿，后来转投《上海文学》，很快在1984年7月号发表，大受欢迎，文坛瞩目，人人争睹为快。后来登陆台湾，卖到排行榜第一位，叫台湾读者和文学界刮目相看，朱天文读了甚至说："哇，惊为天人，怎么可能呢！"

至此，蓬勃了一段的新时期文学，才终算有所斩获，"寻根文学"的大旗，也才迎风招展开来。然而让作家们大失颜面的是，写出了《棋王》的阿城，那时还不是作家，他中学尚未读完"文革"即开始，于是去山西农村插队，后来学画画，为到草原写生，先是转往内蒙古，而后又去云南建设兵团农场落户，"文革"结束后经在云南结识的著名画家范曾推荐，被《世界图书》编辑部破格录用，才得以重返北京。写《棋王》时，他才卸下知青之身，刚谋了个小编辑的差事。

世事往往就是这么吊诡，科班出身的总难敌半路出家的。《棋王》给文坛带来那么大反映，说到底，其实也就是野路子和套路子的问题。野路子，就是不曾进过科班，没有师承因循，没有名分，半道上自己冒出来的；套路子呢，则是按一套约定俗成的条条框框走，不能出了界，其实这个套路子，也多少包含一些正路子的意思在里面，和传统搭一点界。走野路子出身的，古往今来举不胜举，诸葛亮没带过一天兵，马都不会骑，一出场就是羽扇纶巾，坐个小车还得有小兵推着，但却用兵如神，战无不胜，辅佐刘皇叔三分天下有其一；英相丘吉尔本来是个政治家，带领英国打赢了二战，晚年闲来无趣乱涂鸦，却凭《不需要的战争》获得了诺贝尔文学奖。

从别的路子出来，弄弄文字，且弄得还不错的还有两个例子。其一是陈丹青，陈本是画家，但自从摆弄起来文字，就一发不可收拾，出版了《纽约琐记》、《退步集》、《退步集续编》等；其二是陈存仁，他乃民国时四大中医之一，其后移居香港也是重操旧业，如今却凭《银元时代生活史》、《抗战时代生活史》风靡海内外，文名反而压倒了医名。“二陈”的书，我都看过，由画而文，由医而文，那是有真性情和人生的底子在里面，虽不是传世之作，但至少可风行五十年一百年。这类书，除了他二人还真没谁能写得出来，职业作家们根本不必说。可惜的是，野路子虽多，至今好像还没有人研究过，更没有形成一种野路子文化。读过《棋王》，汪曾祺老先生曾经说：“我觉得，这样的小说我写不出来。我相信，不但是我，很多人都写不出来。这样就增加了一篇新的小说，给小说的这个概念带进了一点新的东西。否则，多写一篇，少写一篇，写，或不写，都差不多。”汪老的意思，他其实不是自谦，而是真懂得阿城给小说所带来的革命性意义。

读正史，大家都不怎么沉得住气，翻几页就拉倒了，反倒是看野史看得津津有味，为什么呢？因为野史好玩，一路上插科打诨、荤腥不避，不像正史那样正襟危坐，一股子教训人的口吻。野路子也是同一个理儿，世间的事，我怕就怕个“职业”二字，职业作家、职业画家、职业历史学家，凡是带一个“职业”的，我都不喜欢，都是限制死了的。职业者，现在大多是为了衣食，以前有的是为了使命，但都掺杂了功利在里面，文以载道，这“道”也算另一种功利吧？一如此，心思便正经得歪了，再写不好，远不如业余者那股子为了好玩而兴师动众。做老师有句行话叫“教无定法”，写东西的也有句行话叫“文无定法”，其实讲的都是同一层意思。只不过这话说起来容易做起来难，世人懒惰，为了讨便宜，总想依葫芦画瓢，所以“世间本没有路，走的人多了，也就成了路”，就这么顺着人多的一路走了下来，后来者再寻旁门左道，就成了野路子！

吴冠中有一句话，他说传统是传统、反传统、反反传统的集合。依我看，吴先生这句话，说了等于没说，不过他也说得真是好，和我讲的套路子、野路子也很相近，但他是回过头来自述身世，站在总结的、“史”的立场上说的，不具有操作的意义。对于身体力行者，倒还是不妨打破套路子，走走野路子，业余者也不妨挑战挑战职业者——革命不也是换一种花样换出来的么？

有一种境界叫癖

我身边的哥们儿可以分几大类，一类爱沾烟，少则一包一包半多则两包三包；一类爱沾酒，有爱喝而每喝每醉的，也有不能喝也每喝必醉的；另一类既不沾烟也不沾酒的，则爱沾点色。

这是癖。我小时候就有不少癖，一是爱听鸡鸣，一是爱离家出走。无论是半夜三更听到鸡寒夜里凄凄地打鸣，还是午后时分听到清脆绵长的叫唤，我都有一种惆怅，我享受那种乡愁式的惆怅；而出走，则是另一种癖，出走不是离家不归，而是暮春时节或者周末时候，一个人去远行，即使走不了多远，只是越过几个村庄和阡陌，却有一种远意，乐于一路上的树木花草和天高地广。

长大后我的癖好里又多了几种，譬如常翻翻书，再譬如动动笔。我虽然也读书写字，但是很多书买来却未必看，很多纸笔买了却未必写，而是看到了，天然地有一种喜欢和亲近，然后就要拥有，即使只是看着舒服，拿在手里安心，所以多年来我囤积了很多书和纸笔，陪我共度日月。

有人爱酒如命，有人嗜色如食，有人喜欢喝茶，有人喜欢山水，有人偏爱鞭名马，有人偏爱累美人。无论你钟情于什么，总要有一种钟情，这是人之为人的一种标签。似乎有了癖，才对得起自己，才对得起这人世的灿烂。同时，正因为有一种癖好，人才能像一个人，才能有其至情至性的一面，就像明朝的张岱所说的：“人无癖不可与交，以其无深情也；人无疵不可与交，以其无真气也。”对很多男人来说，当有四大癖好的归属，烟、酒、茶、女人，归于一种或多种。

我有一个养兰花的朋友方平，一天三包烟，一根接一根抽。我一开始不大理解，后来我自己学着抽烟后终于明白，抽烟抽的也许不是那种味道，不是为肺寻找麻醉，而是那种孤独和清醒，点燃一根烟才让你对自己有一种觉悟，话才能娓娓道来，一举一止才能有依附。

而酒，则更是男人的必备，酒的烈性、醉性正契合了男人的雄性、匪气、流氓气。往俗里说，酒后吐真言，在醉的状态中人才能有一种自然的流露，才会有一种真诚以待，才会有一种无拘束的自由，卸去平日的装逼甲壳，袒露柔软的真实内心。王羲之的《兰亭序》就是一种“酒后真言”，在曲水流觞的微醺后，他才能褪去郑重，放下技术，用最本真的书写达成一种心理的释放。

喝茶喝的也不是茶，而是一种水的柔载着植物的香，那种香里融合了山川雨露和岁月节气。喝好茶必要有知己同饮，或谈天论道，或闲话家常，都在舌头与茶水的婉转咬合中有一种顺理成章，一种自我升华；而自己独饮清茶一杯，也有一种随心自得，人虽然在尘世的浊污中前行，却能偶尔衔着自然的精华自清。喝茶的癖，可以是一种净化和归属，洗尽鸡鸣狗吠、男盗女娼。

说到喜欢女人，则是男人的一种生殖本能，同时也是一种情感和人性的本能，妻尽天下想妻之女。而对女人能上升到癖好，无论是肉体上的癖好，还是美和情感上的癖好，就说明男人在异性那里找到了一种归属，这种归属和道德无关，而是他耽于那种阴性、温柔和美，不愿早朝。

古龙的人生传奇，就像他在武侠小说江湖中的地位一样惊世独立。古龙也是有大癖的，一个大癖好是酒，一个大癖好是女人，另一个癖好是朋友。我不敢说他的传奇建立在他的癖好上，但是少了这两种癖，古龙却不能成为古龙了。他豪气干云，嗜酒如命，最终也因酒殒命，48岁便撒手人寰；他为人风流，曾与多名女性有过感情纠葛；他生性豪爽，广交朋友，常常纵酒狂歌。就是死了之后，一干狐朋狗友还在他墓中放了四十八瓶XO，真是酒色两不误，做鬼也风流。

于很多女人而言，也当有一种癖好的归属，口红、美、花草、闺蜜、怀抱、男人、日子、衣服、布娃娃、宠物、美容乃至整容，都可以是癖。女性的癖是一种淡淡的癖好，不如男性的那么霸占和分明，但是却绵长而有力，后劲充足，这种癖好不是女性的全部，而是支撑、是补充，分担着她们时而的情绪和脆弱，不像男人的癖好那么独立，甚至只凭着一个癖好而孤独终老。

癖好不是爱好，而是对一个人对一个物的偏爱成了习惯，就像“癖”字的偏旁所说的，有一种病态的爱恋，癖好是在爱好中做减法，直到成为他自己的一部分。癖是病，得治！但我不觉得癖好是一种不健康，也不觉得是病入膏肓非治不可，在生活的层面当然可能是不健康，但是在人性的层面却是不得不如此的。在这个那个的癖好里，他才能成为自己，成为万人如海中的一个自我的标志。在一个小小的癖好里，犹如躲进小楼里成一统，在那里俯仰古今，自得其乐。往大里说，癖好未必是一个人、一种实物，也可能是一种情绪、一种方式，甚至可以是冥想和白日梦，烟酒茶可以是癖好，自由、流浪和旅行也可以是，孤独也可以是一种癖好，这种孤独的感觉让他有一种清明的自觉，意识到天下千山万水迢迢，有他一个人独行的爱恨悲欢。

纪晓岚最爱吃肉，他平生不吃米饭，进餐时只吃猪肉10盘，喝浓茶一壶即可。每逢他大宴宾客时，桌上一派水陆肴撰，精美洁净，但是他举著邀客，自己则只是光吃肉而已。他又极度的欲火中烧，一天不和女人发生关系就会皮肤欲裂、筋骨被抽，甚至在乾隆面前也不加掩饰，在宫中编《四库全书》时，数日没有接触女人，两只眼睛就赤红赤红的，颧骨像着了火，乾隆问他何故如此，纪晓岚实言以对，乾隆大笑不止，赐给他两个宫女伴宿，于是文采欣然，顺利完工。

其实，我倒不觉得纪晓岚的吃肉、食色是一种病态，应该说是一种生理癖，在他的生命里这两样都是他不可解的癖，癖不是病，病可医好，但癖却无药可治，只能在满足中得到缓解。

所以周幽王城头烽火戏诸侯、吴三桂冲冠一怒为红颜，并非全是因为他们糊涂，而是迷醉在女人的一笑一颦中不能自持，红颜嫩妇的巧笑倩兮、美目盼兮就是他们的克星和大癖，《天道》里说："天下之道论到极致，百姓的柴米油盐，人生冷暖论到极致，男人和女人的一个情字。"他们也并非不知江山美人的权重不一样，而是自己也没有办法，于是只好以江山取悦美人。

癖到极致，天下都是可以为他的癖所用的，而在那个癖中，他自己似乎也得了天下。

骚是女人的通行证

脱过不少衣服、吃过不少堑长过不少智的舒淇，说过一句掏心窝子的话：女人好似鸡蛋，外面很硬，里面很清纯，内心很黄！而男人好似芒果，外面很黄，里面更黄！我深以为然。

骚分两种，文骚和武骚。文骚是外纯内骚，是“思想上的女流氓，生活上的好姑娘”；而武骚是外骚内纯，是“思想上的好姑娘，行动上的女流氓”。虽然都是骚，但大不一样。有次一个朋友从上海来北京，晚上我们去工体西路上的Destination，遇到她的两个女朋友，一个是东北姑娘蜜酥历，另一个是从香港回来的游艇李，两个80女说话相当口无遮拦，当着很多人的面，和一个gay讨论起了女性自慰器的种种，细节之细、尺度之大令见多识广如我者，也不免脸红心跳。

这样的骚是明骚，也是武骚，但是事实上，越是这样的女孩子越是老实，越是传统，她外在的骚已经成了一种盔甲和夹克，具备抵挡雄性侵略的缓冲和反弹效果，所以很多男人即使想也不敢对他们发骚，乱发骚的也会被挡回来，因为一旦涉及她们自己的sex和隐私，她们马上从尺度的大小上回归到了自己的中心，开始形成一种保护色。所以这样的姑娘夜店再放得开，也不会随随便便跟人家上床，泡妞的人这一点要看清，不要以为骚的就能上，结果到头来碰一鼻子灰。

而外纯内骚的女人，你跟她说戏调笑，她表面上一本正经，其实心里面早已经翻江倒海、花枝乱颤了。认识过一个毕业于上戏的文艺女子，向来以才女自比，其实也算得上有才情，写的本子到处上映不说，谈吐和学样也堪称上佳，但就是一个这样的女子，跟我们一群朋友吃饭，局间就被一个花花公子勾搭上，宴毕俩人私下暗通款曲，当晚就去凯宾斯基开了房。后来听说，此位不说黄段子、不看A片、言必形而上的大才女，私生活上却一路形而下，勾搭上的男人不亚于两只手、两只脚之多，这让跟她谈过经论过道的一帮人大惊失色：玉女什么时候成了欲女？

然而外纯内骚的女人，却很少被男人珍惜。就像Z明星（你懂的）和A玉女（你也懂得），你看玉女变欲女的Z小姐，被这个甩被那个蹬，她还自撇自清地说："每次都是他们离开我！"我想回她一句："他们不离开你离开谁？"话说A玉女出道时，更是清丽如素，跟另一个可人儿组合红遍两岸三地，然她骨子里的骚只有睡她的男人知，但闺阁留不住人，这不又被分手了。

女人的外骚内纯，在黑人那里有一个同样的词"Brown Sugar"，一个女孩如果被称作Brown Sugar，那是非常高的赞誉。通常Brown Sugar指一个女孩虽是个火辣性感的尤物，却不是三心二意的婊子。所以人家说，女人要做外骚内纯的女流氓，不要做外纯内骚的好姑娘。

女人，30岁之前喜欢有爱的性，30岁之后喜欢有性的爱。30岁前女人因爱生性，30岁后因性生爱。一开始是生理线被感情线压抑着，然后感情线跟着生理线跑，这就是女人，所以三十如狼、四十如虎，骚得愈明愈露骨，掩也掩不住。非诚勿扰里的坐怀不乱男，肯定忘了一切情感的基础是sex，通往女人心底的是阴道，他不想要，她不见得不想要，他可以跟她同床共枕5个月而不碰一下她，那不叫柳下惠，那叫不实惠。要知道，那5个月对她来说是守活寡的150天，是度日如年的3600小时，是骨头里痒却没人给她挠的216000分钟，她肯定在想：怎么还不碰我啊！

这就是女人，在她想骚的时候你做柳下惠，你不解内衣，那是你不解风情。然而女人光有骚还不够，还要化骚为情，化骚为品，把骚变成自己的魅力，会骚的女人都只是外骚，骚于外，纯于内，骚得金玉而非败絮，要把骚驾驭成一种风情和品味；而不会骚的女人却是内骚，纯与外，骚于内，看似温良恭俭让，其实一肚子都是AV女优的心思，各种床上本领手段样样精通。

对女人，骚是一种哲学。从本质上说，她的衣服也好，化妆也好，发型也好，香水也好，等等，最初都是为了求偶和sex做准备的，只是后来被礼仪化和文明化了，但是在本质冲动上，我们不能忘记它们的初衷和来源。事实上，更放大一点来说，你的一切创作、事业和成就，也无不都是从sex而来，从骚而来，这也正是弗洛伊德的观点。所以骚要骚在骨子里，骚在脑子里，纯要纯在身体上，纯在品行上。只有骚于无形，才能以无形胜有形，才能成为最彻底的女人。

若女人只会骚，男人只会色，就是你吃我的豆腐，我吃你的豆腐，最后豆腐吃光就散伙了！就像一个朋友的婆婆说的："光在一起坐坐，没在一起过过。"年轻的身体凑一起发泄荷尔蒙而已。

在《生命中不能承受之轻》中，托马斯和100+的女人做过爱，但他能记住的，只有做完爱后还想一起睡觉的女人。光有骚的身体不够，还要有骚的脑子。我有一个EX，之前热衷于去学肚皮舞，问题是：舞步没问题，身段也没问题，就是出不来味道，不勾人摄魄。急得男舞蹈老师有一天冲她大喊："李雅琪，要骚，要学会骚！"这个男老师啊，真是懂得女人之为女人的精髓！

有钱人终成眷属

婚姻不好怪媒婆，怪就怪我这只做过一次媒的媒婆。一对结婚三年的朋友，恋爱是我介绍的，结婚是我证婚的，最近闹起了冷战。他说："她不再温柔，不体谅我每天累心累力。"她说："他不能满足我的品味。"也许他们都没错，错的是我，最早出于私心偏爱兄弟，乱点了鸳鸯谱。

姑娘是学设计的才女，虽然出身小城之家，不富不贵，但却有一身的文艺范儿，咖啡、画展、书、电影、旅行、音乐必不可少；朋友则是学理工的程序员，精于在代码里糊口谋生，靠着大学时就做黑客的本领，没毕业即被阿里巴巴当做精英预订走了。原本我中意的女子，为了肥水不流外人田，最后还是介绍给了自家兄弟，因为彼时我另有意中人。对这样的宅男女神配，我原本不抱太大希望，只想做个顺水推舟的人情，却不知朋友背地暗盗我的情书、学我的手段，竟抱得女神归。毕业后，靠父母资助，小两口也努力，买了房结了婚，日子过得还算有声有色。

只是时至今日，当初追女神的心意已不再，朋友为多挣钱努力做工，每天风里雨里早出晚归，老婆要去台湾玩，被他推了三次；老婆要去看电影，他说加班写代码；老婆晚上看《深夜食堂》，他窝在被窝里打游戏。两个人，两条线。说实话，我是蛮同情他老婆的。他的世界，她不感兴趣；她的世界，他则进不去。两个人就这样积怨已深，冷脸、冷心、冷战，最后来找我这个系铃人。这样的男女，当今并不在少数，所谓同床异梦，所谓貌合神离，原是孤独跳出来作祟。

本就不同槽，又要在一个槽里吃草，孤独是难免的。当初孤独，爱被跷上来；如今爱过，孤独被压上去。爱和孤独，就像一上一下的跷跷板，就像砝码不等重的天平，永远你升我降。

男追女，追到了，相爱了，爱腻了。他离开，她孤独；他不离开，不温不暖、不咸不淡，她还是孤独。女追男，更是隔层纱的爱，他本得来全不费工夫，因此亦不会怎么用力，他停她追，他走她也追，最后他厌而生变，她一样是孤独。甚至是，再轰轰烈烈的爱，到头来也都免不了落花空有情，流水别有意。没有爱的时候，一个人孤独；有了爱之后，两个人孤独。谁也走不进谁的地盘。这点从古到今皆然，董小宛爱冒辟疆时，跋山涉水，历尽艰辛，差一点儿连性命都丢了，冒辟疆还是不肯要她，直到钱谦益替董小宛赎身，冒辟疆才勉为其难地接受了董小宛。婚后她完全丧失自我，依附于冒辟疆。如此做小伏低，低到尘埃里。只是可惜，烽火硝烟时，冒辟疆最先想丢下的仍然是董小宛。爱一个人爱到不管不顾时的孤独，是爱与被爱总不成正比。

你进一步他退三步，你进三步他退一丈。你夜半启程、晓行夜宿，千里寻夫寻到海角天涯，在他眼里哭也是错、苦也是错，对他好也是错、对他不好也是错，总之你只要死心塌地地爱着他就怎样都是错，最后你只能站成永远的望夫石。董小宛是这样，爱胡兰成到死的张爱玲也是这样，战火硝烟里寻将下去，结果却看到他另有新欢。爱得越奋不顾身，最后也往往越爱得无枝可栖。

且不说才子佳人的恩怨，她有意他无情，多情总被无情恼，那太传奇。寻常人的爱情，未必这般水深浪阔。你和他互相喜欢彼此爱，但也只是男女间的爱、生活相伴的爱，你回家晚了他给你倒一杯水、煮一碗面，你早晨上班他把你送到地铁、以吻告别。但你却不满足，他不会跟你谈昆德拉的“轻与重”，也不会跟你说杜拉斯的“东方情结”，只是将日子俗世温暖地过下去，过下去。在父母眼里，你们有孩子、有日子、有前程；在闺蜜眼里，你们有车、有房、有旅行。这是很多女人孜孜以求的幸福，你若无奢求，你若不会把别的男人击倒，大可以就此“幸福”。

然而不行，在日子像豆子般密密麻麻地撒到你身上的时候，你内心深处那些曾经的文艺、深刻、不甘都会像自流井像喷泉一样汩汩不止地冒出来，你会想要身边这个每天与之最亲密的男人走进你最隐秘的世界，然而，可惜，他不能。他许是不能，许是不愿，或是觉得对象不该是你，所以你不得不任由自己的秘密孤独流淌成河，肌肤之亲和灵魂之亲开始分道扬镳。然而也有女子，在精神上拥有一个旁人难以涉足的世界，面对一个不懂自己的男人，虽然不懂她，她也一样爱到不管不顾，爱他的睡如婴儿、浪荡不羁、胡子拉碴。即使她再孤独，也不愿意放手，爱到深处人孤独，她宁愿用她的孤独作猎手，捕获她自己和他在一起，用与他的些许欢爱冲淡她的孤独。

因为懂得，所以慈悲；因为孤独，所以深爱。也因为深爱，所以孤独。在某种程度上说，我是一个悲观主义者，是一个爱情的悲观主义者。要在几千万几亿人中找到最合适的那个，太难了，找到本身就已太难，更难的是在一起之后还要不孤独，过着市井寻常的日子，身体不孤独，灵魂也不孤独。所以相爱本已难，相知更是难上加难，况且人性本无常，还要面对无所不在的诱惑，不但男人要面对诱惑，女人也一样。苍蝇不来时，蛋已自裂缝，何况苍蝇处处飞?

比起来，有些女人算是看得通透也过得通透的，她们在孤独的时候被孤独追赶着抓过爱情的稻草，在深爱对方胜过爱自己的时候忍受乃至享受过孤独，在失中觅到过得，也在得中怅惘过失，慢慢有了男人，有了孩子，有了家常日子。我看到这样的女人一路烟尘地奔波，对男人，对自己，对爱恨，都不矫揉，不修饰，不道歉，不解释，真实坦诚得就像遇到耶稣得救时细细剖白前尘的皈依者，她们跟深爱和解，跟孤独和解，最后终于有幸踩到了爱和孤独的平衡木。她们细节、琐碎而流离的过往见闻，让我们看到一个切实的、温暖的、明亮的、大慰人心的烛照。

传奇难以模仿，寻常却能治愈。即使对爱情始终悲观的我，见了这样的女人也开始有了乐观的理由，有一种孤独是因为爱，也有一种爱能超越孤独。然而两个人都是高山，很难，最常见的情况是一个人高一个人低，都低了也好办，都追逐官能，都追逐发财，有钱人也能终成眷属。

只对岁月充满敬意

王菲和李亚鹏离婚了，就像她唱的，相聚离开都有时候，没有什么会永垂不朽。林夕曾经说过，这是他写给黄耀明的歌。无论男女，果然都一样。遥想当年，27岁的王菲和27岁的窦唯结婚又离婚，之后锋菲恋又劳燕分飞，菲鹏恋开始登场，转眼间女神就和令狐冲结了婚。当初恩爱的李亚鹏和周迅，最后也情挂东南枝，迅哥爱得洋洋洒洒，过尽千帆皆不是，台前幕后忽明忽暗。

今天，王菲和李亚鹏离婚了，又传闻周迅和谢霆锋恋爱了。他的前任成了她的旧爱的女友，她的EX成了他的前恋的男友，岁月在出其不意地为他们做排列组合。天下女人是同行，共同的敌人是男人和岁月。男人是敌人，岁月是敌人，和男人相遇在岁月里你身边就躺着双重的敌人，你不但要提防花心、出轨、不爱、寡淡，还要面对沧桑和量变之后的质变，这是女人最大的难题。

分手的原因，众说纷纭。李亚鹏站出来剖白："我要的是一个家庭，你却注定是一个传奇，怀念十年中所有美好时光。我爱你如初，很遗憾，放手——是我唯一所能为你做的。希望你现在是快乐的，我的高中女生。”有人说，两个人之所以分手，是李亚鹏出轨时被王菲抓包。至于王菲，则是素来的无声无息。究竟是李亚鹏出了轨恶人先告状，还是王菲真是不宜于家室的传奇？公说公有理，婆默然不语。十年河东，十年河西，十年前还在隔岸招手，十年后就在河边分手，两不相牵，两不相欠。只有岁月还在一如既往地逝者如斯，不声不响地袒露着人性的秘密。

几年前上一个节目，说到老公李亚鹏时，王菲还在晒：“我找到了幸福方向来源！”可惜找到了幸福的方向，却没能到达幸福的终点，影影绰绰的幕后狼烟腾然四起。最近，日本有一家叫做Torafu Architects 的设计公司，推出了一款名为“Gold Wedding Ring”的结婚戒指，在其表面上镀有一层银，随着时间的流逝这层镀银会慢慢被磨损掉，暴露出底下的黄金材质，寓意为“共同度过的时光”。王菲和李亚鹏的戒指，磨掉了镀银，却没露出黄金。情，到底还是不比金坚！

早已长年信佛的王菲，如今离婚甫一落定，就听说今年年底要在西藏藏传佛教萨迦派的祖庭萨迦寺出家修行。流离过男人的女人，要开始流离岁月了。一个出了轨，一个要出家，出轨是出家的一部分？还是出家是出山的终点？佛言，人生有二十难，其中一难是“见性学道难”。被出轨的王菲，如果真是看见男人人性里的不堪星星点点地散落一地而出家，还真是跟佛缘近情深。

十年之前，她跟李亚鹏在一起，多少情柔，多少意蜜；十年之后，她跟李亚鹏在乌鲁木齐离婚了，多少唏嘘，多少悲戚。拿红本换绿本，从原点到终点，命运用十年为线画了一个圈，有缘是缘，无缘也是缘，十年一指弹，灰飞了，烟灭了，她能大彻大悟么？蹚得过男人这条河，还要再渡岁月这条江，人生未尽，七情未断，仍然不得不面对细水长流。时间是最后的归宿。

甲之砒霜，乙之蜜糖。王菲和李亚鹏前脚离婚，后脚即有炒股的人在网上爆笑求财，说1996年7月王菲和窦唯结婚，A股从753最高涨到2245；2005年7月王菲和李亚鹏结婚，A股又从988最高涨到6124，王菲三婚快来。谁能知道下一个A股的牛市底部是多少？我们总不能为了股票，去等待王菲的第三次大婚吧！我想再一再二不再三，她不会有第三次婚姻了，世间风景都差不多已经看透，她要的不再是一个男人、一段婚姻，而是做回一个人，而不仅仅是做回一个女人。

1999年，结婚不足6年的小姨，遇到生命里最悲痛的变局，她爱得山海情深的老公在浙江开车时突发心肌梗死身亡，无视多少媒妁之言，年轻貌美的她自此没有再嫁，带着两个小表弟一路谋生，如今他们都已长成读大学的小伙子，小姨也青春不在。时间抹平了她的伤痛，也悄无声息中催她华发。命运让女人痛失男人，岁月却让女人找回自己，她要面对的是更旷古辽阔的世界。

十年是一段不长不短的旧时光，却把我从一个对心仪女生见之羞赧的小男生，变成了一根专盯女人屁股和胸的老油条，让我昨天还在坚信校园恋情可以山盟和海誓，今朝却对牵手分手、入轨出轨见怪不怪。我家门前的青苔早已不知去向，院子里漫天花雨的槐花香无影无踪，我写在墙壁上和角落里那些壮怀激烈的诗句也早已蛛网密布，左右四邻里那些抚摸过我头顶、唤过我乳名的阿婆阿爷，也老的老、死的死，盛夏不再炎热，寒冬不再冰冷，阳光照常撒下光阴。

岁月把一些人手里的石头变成金子，也把一些人手里的金子变成石头；它把一些人手里的新欢变成旧爱，也把一些人手里的旧爱变成别人的新欢，它是一把杀猪刀，在我们脸上、在我们心底刻刻画画，青春的绒毛成了额头的皱纹，当年的仰望成了今天的匍匐。我很怀念十年前的倔强、棱角、任性，很羡慕那些年迈了还能搀扶在一起的背影，很敬佩风雨中没有坍塌没有拆迁屹立的老房子。我不抵抗岁月，我只是对岁月密布过皮肤之后心头还残留的坚硬怀有一种敬意。

在路上 才能在心里

>>>

香港的 Civilization

回归17年了，港片也已经不红很多年了，可每天去香港的内地人还是那么多。有去生仔产女的，有去夹带珠宝的，有去逛百货购物的，当然，也有像我这样漫无目的单纯去看看的。

从落马洲到油尖旺，不算很远，才三四十分钟的车程。北京还是倒春寒，这里已经且一直都是郁郁葱葱，窗外有碧海和大桥，有极高的住宅楼，有集装箱码头。到了九龙，扑面而来的街肆气象，弥敦道、钵兰街这些黑帮电影里的地名，也近在窗外。来香港的次数并不多，每次都是转机，最熟悉的地方是机场，机场最熟悉的是经纬书店。幸好，这次有机会到市区闲散逛逛。

油麻地。老街区，街窄，人杂，店多，热闹，但是秩序井然。在油麻地靠近钵兰街的一个路口抽烟，四下观望，瞅见“寻猫启事”，瞅见免费补习的招生广告，瞅见“杀到油麻地，4/6，启动地区自救计划”的标语：“对抗过度发展，重夺生活节奏，坚守社区关系。”而在一旁，两个店铺中间的粉白夹壁上，则用毛笔字写了一首署名“饮江”的无题诗：

没有一个睡袋/我们被迫流浪；没有一条山路/引向彼方；没有一星篝火/把溪流燃亮；没有一种爱/远了又回来；没有一个智慧果/仍挂在树上；没有一条蛇/再把秘密公开；没有天上的声音/回答错完可以再错。

香港的贫富差距之大，也是一个天上，一个地下。以私家车为例，能开得起车的也许很多，但能停得起车的就少了，看看一小时60港币、40港币的价格就知道。所以油麻地的标语和《无题诗》，是心声，让人看到一个光鲜的香港背后有多大承受，多大的社会对立。

路过KCIRCLE的报刊亭，一沓沓报纸杂志，反动的不反动的，花边的不花边的，八卦的不八卦的，应有尽有。《明报》月刊斗大的标题："刘銮雄、罗杰承被判入狱5年"，这让我想起去年几百工人游街抗议李嘉诚压榨剥削，不但满足了底层民众的仇恨发泄和八卦欲望，其实更在揭开香港的另一面。

中环。从中环地铁站出来，望见赫赫有名的地标、贝聿铭设计的中银大厦，一旁是更赫赫有名的长江集团中心，李嘉诚的总部，楼高到要仰着脖子看，如果戴着帽子，肯定要仰到脱帽致敬了。"占领中环"的余绪还在，一群人占着街道静坐示威，街道被封，除了示威者没有一辆车通行，转了几个弯，另一条街道也是静坐的群众，他们真会选地方，在全香港最体面、最能代表香港的地方抗议，而香港政府也不得不允许他们如此。他们是洪，政府是闸，防民之口甚于防川。

虽然是一国，终究是两制，制不同，处理的方式也不同，包容、开放、多元诉求，即使还不够彻底，但已然够让人向往。兰桂坊就在不远处，这条才110米的L型上坡小径，是一处happyhour的好所在，供中产上班族与洋佬喝两杯啤酒、吐吐苦水、找找乐子、寻寻暧昧，石卵小路，欧陆风情，悠闲而刺激，活色而生香。只是白天去兰桂坊空无人迹，酒吧闭门而息，只有送菜送酒的货车停在45度坡的斜道上，墙壁上的涂鸦和酒水单显得愈发寥落，我招了一辆车去港大。

山路崎岖，绿树成荫，一级一级向上，这里是港大。是地方小没有办法，也是学问总在高处的喻示。路边有纽鲁诗楼，有庄月明楼，有王庚武楼，人行道上有石灰刷的大字标语："冷血屠城，烈士英魂不朽；誓歼豺狼，民主星火不灭。"虽然时已暮春，草长莺飞，杂树生花，校园里寥无人迹，但登临到最高处已是人困马乏。找了个食堂吃饭，打好饭菜端出来坐定，一眼瞥见橙黄色雕塑，名为"国殇之柱"，一个一个年轻身体纠结在一起，往上耸立，愈来愈小，就像一个倒立的冰淇淋，基座上有"The old can't kill the young"的句子，祭奠的黄花，触目惊心。

这雕塑安放的地点选得好，食堂外侧，就在吃饭的桌椅旁，让人在吃的时候有所思省：同样是青春葱茏，他们在抗争、在呼喊、在挨子弹，而你们在吃、在喝、在泡妞，在无所事事。

看完港大看科大。年轻的校园没有历史，在努力创造历史，才23岁的科大，如今已成为全亚洲学术排名第一的大学。清水湾的这片地方真清静，临海临山，邵氏片场就在旁边，据说邵逸夫本想纳为己有，香港政府却划给了科大，惹得邵爵士一分钱都没有捐，霍英东捐了6亿，香港赛马会捐了300亿。这里的理科生，聪明、眼尖、嘴毒，报刊栏里有专题"不能让事件淡忘，不能让事件就此结束"，什么事件？香港电台撤换吴志森，《南华早报》更换总编辑，《明报》更换总编辑，《明报》前总编辑刘进图被电单车骑手持刀斩伤，《苹果日报》创办人黎智英寓所遭刑毁，他们问："这都是个别例子吗？"到底不是读死书的呆子，即使学理工也有人文的脑子。

这里内地的学生多，各省市的状元、拔尖的研究生多，洋人也有，只是稀稀落落。在港科大研究水利学的陈波涛兄，浙江天台人，河海大学毕业，跟我说："香港当地的人都是读个本科，很少有读研究生和博士的，他们不想做学术。"波涛兄带我去看他的实验室，去逛艺术展，去海边听风看浪，去图书馆，最吸引我的还是图书馆，无需办证，也无需身份验证，谁都可以进，愿待多久待多久，有桌椅，有研究室，有通晓的灯光，有一排排深不见底的书柜，有层层叠叠的各种书和杂志，有四个版本的《四库全书》。

旺角。看过尔冬升的《旺角黑夜》，也看过王家卫的《旺角卡门》，对旺角素有所闻，果然人多，灯多，招牌多，粉红女郎多，尤其以弥敦道附近水泄不通。水果摊、麻将馆、西饼店、老街道、摩登商场，徒步寻幽，一步一景。有人在泡马子，有人在杀价，有人在抽烟，有人在四处观望，有人在伺机下手，有人在电话里骂"丢你老母"。香港人不愧是偏爱世俗热闹，爱、恨，分明，人前亦高声喝骂，即使是"香江第一才子"的文化人陶杰，也多次丢过前前特首的老母。入夜的旺角，还不像是入夜，人声鼎沸，车水马龙，有的人刚刚想回家，有的人刚刚才出街。我现在似乎明白了，为什么有人说香港是文化沙漠，一准是他们盯多了旺角，盯多了油麻地，盯多了铜锣湾，盯多了尖沙咀，盯多了兰桂坊，盯多了中环的奢侈品店。只是我觉得，香港的文化是一种不谈文化的文化，香港的文化在别处，在街头，在制度，在大学，在图书馆，在嘴舌。

陈波涛兄来港科大一年了，喜欢读胡兰成、喜欢曹子建和孔子、喜欢浙江乡土人文的他，在这里学习清苦认真，只是精神寂寞，认识的人都是实验室里的工作人员和学生，他们工作虽然极其专业敬业，唯其是冷峻到不能亲近。在清水湾的海边，他常常觉得天高云淡、人来人远，凭海极望，更是满目潇湘、山海苍茫，但他也不以为这里没有文化、是沙漠，他说："香港的好不在自然与天象上，否则也不会到唐宋才脱离蛮荒，香港的殊胜之处在于Civilization。"我明白他的寂寥，也明白他体味了一年的香港的好，我应该常来看看他，常来看看香港，虽然我只是一个过客。

日常而遥远的台湾

从香港转机，到桃园机场时已是下午两点。飞机下降时可以看到大片大片的绿地，有草丛，有农田，屋舍都低低矮矮的。这就是我在没有脚踏这片土地时所感受到的对台湾的第一印象。

住在长春路上的密都饭店，房子是那种老式的招待所，房门没有磁卡，还要用钥匙打开，房间内的陈设虽然都比较落后，但却非常干净整洁。去酒店的一路上，隔着窗户一直在打量这座城市，总的来说，这虽然是一个国际化程度非常高的都市，但除了信义商圈的光鲜外，别处却相当坚守传统或者说陈旧破败。台北的街头，有些地方就像内地的二三线城市，或者上个世纪七八十年代的城市，它的大厦都不叫大厦，而是叫大楼，厅堂都很逼仄，却非常会利用每一寸空间。

银记牛肉面。睡到中午才起来，到八德路一家叫做“银记”的店吃面。这家店面做得好吃是有口皆碑，更令它扬名的是对蒋家父子和那个风雨飘摇的时代的追怀。门前有一尊一米多高的蒋介石半身雕塑，门内挂着蒋介石手书的“亲爱精诚”条幅，墙壁上一幅幅都是蒋家父子、历任“总统”和文武百官的黑白照片。蒋家父子对台湾人包括1949年渡海来台的两三百万人，究竟意味着什么？到后来连蒋介石都觉得反攻大陆无望的时候，整个岛屿上的人其实是风雨同舟的，人民对老蒋和小蒋有怕和恐惧，也有同情和理解，到后来那种感情中甚至酿出了一种亲情的成分，所以两蒋故去，于他们的子民不但是一种梦想的永远凋落，也加深了他们对故国和此境的忧思。

101烟火。跨年去台北，看烟火是少不了的。九点多赶到101大楼附近，人满为患，马路的每一寸都被挤满占尽，公视的直播车已经架好了设备，妇孺老幼、学生男女都备好了吃的喝的席地而坐。今年的烟火预算削减了一半，但却请来了法国团队，相信会有不俗表现。在新年的钟声敲响前几分，烟火如约登场，我夹在人群中拿手机拍到脖子发酸，终于等到最后一丝星火落幕。烟火结束后，几十万人起身离去，地面上留下大片的垃圾杂物，一地鸡零狗碎的狼藉，我心想：终于有得环卫工人忙了。没走几步，看到一批批身穿白T恤的志愿者，提着大号垃圾袋高喊："谢谢，垃圾请留给我。"我赶场要去朋友店里，打不到车只好一路急行，走了十几分钟却发现在一个摊位买的酒交了钱却忘记拿，于是转身去取，等我赶回去地面已干干净净，卖酒的老夫妻还在等我，而我却想着他们会不会跑了。

抗议者。跨年的那晚，台北市政府的广场上还有一场演出，谢金燕、罗志祥、庾澄庆、张惠妹等一众明星卖力地唱和跳，还请来了马英九、郝龙斌和朱立伦前来同乐。就在市府广场正对着的马路上，很多人头缠布条举着旗子抗议，要"住民自决建国"，要做"救扁义勇军"，让我见识到这里的集会、言论、结社自由终究不是写在纸面上的，而是切实地扎根于这片土地，每个人都能得到和使用这一自由，即使你说得不对，即使你说得站不住脚，但你说话的自由无人可夺。

出租车司机。中午打出租到台北车站，司机是一个两鬓已白的老年人，他看我是大陆来的，就跟我一路攀谈：“大陆现在好有钱啊，楼都盖那么高啦，那么多豪车，那么多高铁，台湾就很穷啦，路也那么破，想修一下还要开会讨论来讨论去。”我苦笑了一下，跟他说：“那是国家有钱，老百姓就还好啦，贫富差距很大的，再说啦，让你去大陆生活，即使是给你好多钱，一辈子都花不完的钱，给你住豪宅、开豪车、坐高铁，但是你生活的城市整天都是雾霾，你吃的食品可能就是地沟油做的，就含有三聚氰胺和苏丹红，你愿意吗？”他想了想说：“是喔，那我也不愿意。”

雾社。坐高铁到台中很快，不足一个小时，再转车一路翻山越岭到南投县仁爱乡的大山里，这里与花莲交界，是台湾中央山脉的分解部位，此时已经傍晚，山雾升腾，暮色四合，住在一家叫做“英格曼”的民宿的三层，视野极好，不但左右前方都空旷无碍，而且早上日出东方正对着窗口。在四周下降的夜色中，弥漫着一层深蓝色，点缀着黄黄绿绿的几片灯火，夜是静的，是黑色的，也是蓝色的，让人可以什么都想一想，也可以什么都不想，想起前两天在台北看陈升“二十岁的练习曲”演唱会，记住他专辑上的一句话：“你去不了的远方，我帮你把故事带了回来。”我来这里走一遭，也想把这里的故事、人物、山川、暮色、灯火都一一收集了带回去，给你们。

赛德克胖子。赛德克胖子是开车载我的司机，他曾经做过台湾80公斤级的柔道“国手”，在叙利亚的世界级比赛中得过第三名。之所以叫他“赛德克胖子”，是不记得他的名字，他正好是赛德克族，电影《赛德克巴莱》就是在这里拍的，他的很多族人都参演了。赛德克胖子有个悍妇老婆，他经常被家暴，他说他中意去讨一个越南老婆，可以早晨八点钟做好饭，八点半叫他起床，家中一切都能收拾得井井有条，他把这想法跟悍妇老婆说了，他老婆平静地说："娶个越南老婆可以，先拿500万新台币出来。"赛德克胖子没钱，所以这讨越南妾的念头至今一直没能够实现。

赛德克胖子个头不高，肥胖敦厚，在台北读了体校，又保送到警察大学，因为不愿意去考试就辍学做了几年军官，又因为压力大军官也不干了，当起了司机。他说，他们赛德克人现在还在打猎，他自己家中还有猎枪，养了6只正宗台湾土狗，6只一起上可以捉一头山猪，能打的猎物中还有羌——一种体形像狗但头上有角的动物，还有野兔和鹿。作为正宗的赛德克人，他说《赛德克巴莱》中说的都是真的，当年赛德克人是抵抗日本人最激烈的住民，一次杀过260多个日本人，差点被灭族，他们从小就打赤脚长大，在山中健步如飞、东躲西藏，前半小时还在这个山头，后半小时就到了那个山头，他今天还有这样攀山的功夫，"只是我体力不行了，要喘的！"他说。

大宝。大宝是"赛德克胖子"的朋友，也是司机，两人轮换着替我们开车。大宝爱吃槟榔，嚼得满嘴都是红红的，像是血口喷人。他极能说会道，又很热情，既开玩笑说荤段子，也讲历史往事，去清境农场的路上，他给我一路介绍，指着窗外说这里是蒋介石当年安置留在金三角的"反共救国军"的地方，坤沙打败缅甸政府军后，缅甸向联合国抗议——当时"中华民国"还是联合国常任理事国，蒋介石才答应把坤沙的残余旧部安置到这里。

垦丁。去垦丁的路上一派热带风光，路边有椰子树、槟榔树、莲雾树，高高大大的树上挂着一堆堆的果子，车子一路沿着海边开，旁边就是台湾海峡，风很大，云层很低，不时遮住阳光又散开，在海平面上形成光亮和阴翳交错的投影，因为风大，水汽被吹着在海面上走，形成一道道淋淋漓漓的雾阵，路一边的山丘高高低低，山顶有雷达站，有废弃的营房，山下不高的草丛随着风吹过一片片地矮下去。车过垦丁大街已近向晚，酒吧门前已经初上霓虹，有比基尼女郎在列队迎接或者三个一排地起舞弄姿，司机笑笑，转而说:“前面有一截路是没路灯的，是为了保护夜间出来觅食后归巢的一种蟹，怕路灯的光吓到了它们。”我听了，心思也从比基尼女郎转到了蟹身上，路两边果然漆黑黑的一片，我仿佛听到树林中一片密密麻麻，窸窣声声犹如水漫金山。

在台湾将近两周，从南到北走了个透透，去了很多地方，也还有很多地方没有去。去过的留下一些印象，没去的保留一些向往，不过今天回想起来，很多名胜古迹和商场、一些不得不去的地方都已经模糊，101大楼模糊，烟火模糊，台北故宫博物院模糊，祝允明的字和毛公鼎模糊，“总统府”模糊，两蒋陵寝模糊，诚品书店模糊，陈升的演唱会也模糊。反而是很多日常的景象越发温暖而明辨，我走过的市井里弄清晰，拜过的大溪的庙宇清晰，听到的士林夜市的叫卖声清晰，早上去吃米线坐我对面的老太太的面容清晰，大宝和“赛德克胖子”的形象清晰，守着摊到凌晨一点等我去取酒的老夫妻的神情清晰，他们为我拼凑出一个素常的、底层的、日日夜夜的台湾，让我亲身体味到当年祖父没能去成的那个台湾今天已成什么模样，有着什么样的褶皱和肌理，在坚守什么，在反对什么，在期望什么，在颂扬什么，在沉沦什么，那里差点就有他的身影。

这个下午，我想起恒春半岛和南太平洋激烈的风，我住过的圃顶民宿对面就是碧波万顷的大海，身前有平整蜿蜒的草地，不知名姓的野花开得恣意妄为、不管不顾，蓝天白云下低低的电线杆让人涌出一股莫名的惆怅。我住的民宿“国境之南”的管家阿布，不想去台北上班，也不想去做大事情挣大钱，而是甘愿在这里做一个打打杂的管家，他说喜欢拍照、潜水、弹吉他和开快艇，做个管家有大把的时间，有大把的自由，正可以把兴趣当成职业。他带我去看鹅銮鼻灯塔，带我去看白沙滩和贝壳博物馆，去看打渔人家的老屋。我走累了，跟他抽烟聊天，他黝黑而粗糙的皮肤映着太平洋湛蓝的海水和卷着淋漓水气的海风，让人觉得自由是那么遥远而又那么逼近！

只有一座深圳

一个城市的气质，应该说一半取决于城市的地理位置，一半取决于城市里的人。

巴黎有妖气，有不安分气，有崭新的老气；纽约有新气，有钱气，有帝国气；上海有海气，有洋气，有殖民地气，有里弄气；台北有岛气，有娘气，有南朝气，有市井气。无论大小，无论新旧，只要有一块地方有一群人，时间就会慢慢累积发酵，陈酿出那里明亮而易辨的胎记。

老的城市，无论是2500多年的苏州、700多年的布拉格，还是400多年的东京，城市味道浓郁到化不开，一瓢饮一箪食一个老汉一级台阶都散发着此地的地气；新的城市也许没有这种显而易见扑面而来的城市记忆，但它也正在形成之中，以滴水穿石之功累积细节之魅，譬如深圳，这座才30多年历史的城市，从四方移民来朝，正在蜕变成一个深圳人的深圳。

我没在深圳长期生活过，每次去长则十天半个月短则三五天，出出差，喝喝酒，泡泡妞，也被妞泡泡。每次飞机俯冲而下宝安机场时，我都为下面大片的海、成团的绿树、整齐的地块着迷，刹那间萌生出一种浪子归家的感觉。五岭皆炎热，因为热所以植物丰茂，漫天遍野的绿油油。因为植物多，绿多，在深圳住久了人也像是属植物的，属绿色的。不过深圳的植物体型高大，叶子圆阔大，肥厚、润，像是唐朝的仕女，面如满月，正大仙容，没有小家碧玉的灵气、巧气和巧劲。

对于奉行龟式养生的我来说，运动一下要比上刀山下火海吃辣椒水烫烙铁还更难，但深圳改变了我这一坚守多年的底线，因为这里有欢乐海岸。朋友有一次组织慢跑，奉旨前往遴选美色的我，竟然跟美女背后在夜色中沿着海岸线慢跑完了五公里，而且气不喘，脸不红，心当然跳。

一路上都是或慢跑或散步锻炼的男女老少，自行车道和人行道互不相犯，上帝的归上帝凯撒的归凯撒。海里星星点点，波光映着城里的灯光，没有雾霾，没有沙尘暴，没有汽车尾气，有海风，有负离子，有绿树蓝海，一下子让我彻底动摇了我回北京生活的任何信念，同样是漂，北漂和南漂怎么就相差那么大呢？我决定不久的一天必定要只身南迁或举家南下，择此城而终老！

六七年前，我曾在广州生活过大半年，当时有酒有肉有热血有雄心，只有两大问题困扰我，一是五岭炎热地火攻心火，每天要喝苦不堪言的凉茶降火，如若不喝就要忍受便秘之苦；二是大街小巷妇孺老幼都讲鸟语一样的粤语，听不懂还不算大问题，要命的是容易弄错闹误会。但在深圳这种国语和粤语并行不悖的城市就好多了，而且这里基本不会上火。除非没有眼力见儿、没有业绩，老板把你骂得上火；除非没钱买杜蕾斯、买奶粉，老婆吵得你上火，深圳是海和树都压着地火。

在深圳的好处是，你总能找到属于自己的位置，找到跟自己同类的群体，如鱼之入海，如鸟之归林。在这里，东北人能找到小鸡炖蘑菇，四川人能找得到麻辣兔头，读书人总能找得到好书店，小流氓总能找得到带头大哥。深圳中心书城，是我至今为止见过的除了诚品、方所这些民营书店之外，在新华书店系统内之最值得推荐的书店，我从没见过一个那么全的书店，全部像图书馆一样编码分类、迅速查找，强过上海，强过北京，强过任何一家以“新华”打头的书店。

这座全亚洲最大的单体书店，每次在我去深圳的时候都要勾引临幸我一次。我斜倚在巨大空间里的一角闲翻一本《曼德斯塔姆夫人回忆录》或米芾的字帖，都觉得是在深圳这个快节奏都市偷了浮生半日闲。每次不是它临幸我，而是我临幸它，在喧嚣浮世之中临时幸运地遇到它。

一个城市应该有一个文化地标，这个地标跟美术馆、音乐厅、主题公园相比，我更愿意它是书店。贵阳有西西弗，南京有先锋，上海有季风，杭州有晓风和枫林晚，广州有方所和学而优，台北有诚品，北京有万圣、单向街和三联韬奋，香港有陈湘记、洪叶和森记，厦门之前有光合作用。书店为城市赋予一种气质，聚拢着来到或生活在城市里的人寻找精神的栖息地和游弋点。

我早已能从一座城市书店的质量和数量判别其品位气质，三流城市的书店卖教辅、《知音》和《特别关注》，二流城市的书店卖北岛、柴静、李承鹏、韩寒和郭敬明，一流城市的书店卖维特根斯坦、本雅明、余英时和影印版线装书。如果把一座城市比作女人，一座没有好书店的城市即使再现代再洋气，也只能是有胸无脑、有臀无脸，只能卖卖风骚，卖风情就难了。深圳的书店好的地方在于，它能给你提供一个平台，看《知音》的可以买到《知音》，看柴静的可以买到《看见》，看维特根斯坦的也能买到《哲学研究》。买不买是一回事，能不能买到是另一回事。

最早去深圳，觉得此地毗邻香港，是开放的前沿，黑社会猖獗，太乱太杂，虽然城春草木深，到处一派新都市的崭新亮丽，但走在街上总有一种市井慌慌的荒芜感，待在那里，似乎我这一表好好的人才似乎也都掉在大染缸里了，近墨者黑。我现在不那么想了，因为我走遍全国23个省会城市、15个副省级城市，没有一个城市的司机不骂娘，没有一个城市的汽车开得守规守矩。

据我自己的经验而言，深圳是国内唯一一个汽车会主动为行人让道的城市，没有红灯也会停下来让人先走，更不会开得吆五喝六。北京、上海都不会，我在上海南京西路的LAVAZA咖啡店旁走，一个出租车差点撞上一个提着大包小包的中年男人，司机摇下窗大骂一声："怎么不撞死你啊？！"王府井的司机更不让人，见缝插针，见人撵人，差点撞了你他骂："你妈逼，走路不长眼？"

这一点，深圳的司机和深圳的老板也许一脉相通。深圳的老板最不像老板，穿T恤，吃大排档，平民，市井，本色。不像在北方，不去会所不吃鲍鱼燕窝不喝五粮液茅台就觉得不够派，不吆五喝六攀龙附凤就不觉得有地位，相比之下，我更喜欢深圳老板的这种深藏不露和市井精神，万人如海一身藏，闷声发大财，发了财也不大声，不太攀比财富、阶层、等级和权力。

韦伯说，资本主义精神和新教伦理鼓励人们的勤俭奋进大有关系。那么深圳，30多年来也许就在养成一种社会主义的资本主义精神，由生意而为人、为官、为公益、为天下、为大同。

宝安机场新的航站楼落成后，已经成为了市民的一个景点，很多人骑车来看海，看飞机起降。我走在抬头到处都像莲蓬和眼睛的候机厅里，觉得这片土地既像中国的又不像中国的，身边的人既像是中国人又不像是中国人，而是像极了加拿大或美国的唐人街，在这么干净耀眼的大理石地板上没人吐痰了，没人排队加塞儿了。来到深圳的人在融入深圳气质。克己，在塑造一座城。

择一城而终老，我选深圳。边疆的沙漠已经植成绿洲，唯内陆的沙化则早已深入肌理！

粤语到鸟语有多远

八年前第一次南下广州，时逢入秋，北方已是秋风渐起，满目都是萧瑟，我花了一天一夜坐火车从淮北一路“哐且哐且”地直奔广州。记得最清楚的是，刚过郴州、刚入韶关，窗外的山头越发绿了起来，河水、湖水和池塘水也绿蓝绿蓝的，一入广东风景异，异得就像出了国。

在广州待久了才发现，像出国的感觉其实不全来自风景，更多是因为明明有耳却听不懂话，明明有舌却张不开嘴。去菜市场买菜听不懂，在家里看电视听不懂，办公室里同事聊天听不懂，半路勾搭的女孩子说话听不懂，地铁里和公车上报站听不懂，就连人家骂“丢你老母”也听不懂。我的语言功能几乎尽废，每天只能跟几个湖南人聊聊，虽然他们说的是湖南话，我也听不大懂。

所以，我每天的行程很简单，也很固定，住在白云山脚下的广园新村，上班在老白云机场附近的机场路，十几分钟的步行路程。早上睡到十一二点，喊醒睡在隔壁房间的老板后，我出门去上班，游街逛市，穿堂过巷，买一份肠粉或一笼包子作早点，晚上八九点回去吃湖南菜，半夜十一二点和老板去宵夜，然后看一场电影或者做个足底按摩，回去路上买一份《南方都市报》或《南方周末》，顺便看看士多店门口一字排开的站街女，偶有被搭讪，也是有心无胆地走开。周末去爬爬白云山，或者去一趟广州购书中心，日子就这样闲散地一天天过下去，直到离开。

广州虽然离海不远，有水有江，绿树繁茂，植物葱茏，但依然逃不了五岭炎热，到了十二月还像在过夏天，一二月份穿个衬衫即可御寒，天气又闷，每天走走路都要汗流浃背，我又不习惯喝凉茶，所以上火上得厉害，嘴上生泡，胯下发炎，每便必秘，最苦是所到之处、所经之地言语不通，我还不懂“老豆”就是“爸爸”、“大佬”就是“哥哥”、“嚟”就是“来”、“咪”是“不要”、“点”是“怎”样、“翻嚟”是“回来”、“瞓觉”是“睡觉”、“呢度”是“这里”、“第日”是“改天”、“点解”是“为什么”、“颈渴”是“口渴”、“揾笨”是“被人骗”、“好攰”是“很累”、“话之你”是“懒得理你”、“吹水”是“聊天”、“扮嘢”是“装蒜”、“放飞机”是“放鸽子”、“赖猫”是“说话不算话”。

半年之后打道回府，又坐了一天一夜的火车“哐且哐且”地回到淮北。有些人是要分开了你才会觉得他（她）的好，有些地方是离开了你才会想起它的滋味，有些话也是听不到了你才会发现它的妙。我就是这样，从广州回来之后没多久，就开始有点想念粤语，我也不知道为什么，许是错觉，许是百无聊赖，但是就是发生了。没办法，以粤语为中心，听歌听粤语歌，看电影看粤语版，交朋友交广东仔，虽然还一如既往地听不懂，但有点慰藉还是比没有强，就当望梅止渴吧。

后来是去了广西，广西也有人说粤语，而且那里不热，不闷，不上火，嘴上不生泡，胯下不发炎，每便都不秘，遂心安理得地待了下来，乐不思广州。在广西时，听说广州的政协委员跟市长提报告，要广州电视台将普通话作为播音用语，理由是创造亚运会软环境，满足旅穗游客需要，地方电视能通过卫星走出去。一时闹起大争议，广州市民强烈抵制，理由就是粤语是他们的母语，不能为了一场运动会、为了游客和电视就丢了。不只广州，香港后来也行动，抗议去粤语化。

我也是反对派，虽然“去粤语”对我有利，没有利至少也是关我鸟事。我反对的理由，从大了说，是每个地方都有使用方言的权利，上海话不能废，四川话不能废，闽南话不能废，河南话也不能废，地方风土文化依附饮食、依附语言、依附人情世故，废了语言，地方何成地方？从小了说，广州于我是故地，虽然我只是个待了半年的匆匆过客，粤语不会讲也不会听，但那是我生活过的背景和景深，我不想再去广州的时候，广州不再广州，而是成了北京，卖肠粉的风韵犹存的老板娘不说粤语是风韵不犹存的，卖盐焗凤爪和隆江猪脚饭的老板不说粤语是开不好茶餐厅的。

说起来，我们现在说的话都太简单，简单得无力承载，没有表情，没有温度，没有态度，没有谐趣。普通话近似于是胡语，有幽燕话和契丹语的成分，简单、简化。什么东西一简化就失了味道，就像繁体字比简体字有味道，以前的婚嫁比现在的婚嫁有味道。车可以同轨，书可以同文，USB可以同接口，但是语不可以同语，千人不能同一面，不能同的也同，那其实是YOU SB。相比之下，粤语其实才是真正的古语，虽然也有迁变流转，但它的根源在于秦汉官话，九声六调还完整，饱含有古汉语之风，基本音韵骨架还是一脉相承、绵延不绝。所以用粤语读唐诗极其押韵，虽然唐朝人说的并不是粤语，然而唐朝汉语接近闽南语与粤语的过渡。上古的汉语，3000年前的汉语，是有辅音结尾的，词尾有f、s、p、d，听起来就像外语，比如那时树念shus、狗念gouf、爬念pla、朋友念spengyou、兔念stus，名词还有复数形式，动词还有时态变化，真牛逼！

我这不是挺张艺谋，也不是为“越是民族的就越是世界的”背书，我其实是有私情于广州，有私心于过去的游荡。现在我每年都要去广州三四次，不是出差，不是访友，也不是为去东莞（你懂的），没什么明确的目的，只是单纯地想去走走看看，吃吃肠粉喝喝汤，爬爬白云山逛逛绿树成荫一派宁静的街巷，在菜市场听听熙熙攘攘讨价还价的粤语市声，去五羊新城或晓港公园喝喝早茶，去中大门口的学而优和天河太古汇的方所看看书，很满足，很安定，像游子归故乡，虽然我只是在广州短短生活过半年，也听不懂粤语，也吃不惯茶餐厅，最后还被热和上火逼走了。

择一城而终老，我从没打算选广州，然而有一幕发生在广州场景，却始终定格在我的记忆之中，越历久而越发分明。那是后来再去广州时，有一次去荔湾区文昌北路的古玩市场，我在老街口的转角看见一位相貌非常岭南、装束非常广州的素颜女子，黑衣白裙，头发散而不乱，倚着栏杆若有所思，旁边的水果摊一片赤橙黄绿青蓝紫，茶餐厅、肠粉店、小吃铺的招牌当风而眠，锅里冒着滚滚热气。她在那里安安静静地踢石子，一下，一下，又一下，没人影响到她，她也没影响到谁，眼神斜斜地向下，就像同样斜下来的夕阳。

她不说话，她踢石子的声音，也像是粤语。

看景不如听景

阿兰·德波顿是个迷人的男人，他不搞基，我也没被掰弯。一个男人被另一个男人觉得很迷人，是因为我觉得他揭开了一些超越性别的共性和深层的东西，挠到了无分男女的痒痒肉。

譬如，他写过一本《旅行的艺术》，不是游记，不是导游册，也不是旅行的学术随笔。

他像是用小说在写人物传记，这些人物是那么重要，我们曾在文学、艺术、科学领域仰望过他们；这些片段又是那么感性，没有记录他们的专业成就，而是留下了他们面对远行的地图、陌生的城市、异国的街道所产生的惊讶、抵拒、喜悦和深思。他向我们揭示了旅行的深层意义，旅行可以加深你我对幸福的体验，这种幸福就是古希腊的“由理性支配的积极生活所带来的幸福”。

所谓幸福，并不是一个绝对值，而是来源于对比和释放。你今天比昨天过得好，是幸福；你比他过得好，比大多数人过得好，比上不足比下有余，也是幸福。你的喧嚣、复杂、计算被虔诚、单纯、无谓冲淡了，是幸福；你的熟悉、疲劳、无感被陌生、新奇、深入提纯了，也是幸福。

所有的旅行，我基本上都是一个人完成的，不参团，不规划，不投奔，不回头，单枪匹马，白马银枪，朝着山川和密林的最深处，朝着市井和炊烟的最密处，朝着最烈的酒庄、最骏的宝马、最粗犷的汉子、最粗的奶茶、最高的寺庙，不朝不拜，不声不响，收敛泪水，见证汗水。

我怀念拉萨，却不怀念高反；怀念布达拉宫，却不怀念国旗；怀念放生的鱼，却不怀念拉萨河；怀念磕长头的老妇，却不怀念要钱的劣童；怀念云朵，却不怀念高山；怀念枉喝的天之蓝，却不怀念亚东；怀念半夜的静谧和一泡热尿，却不怀念卡若拉冰川；怀念风景，却不怀念单反。西藏，总在无声处诱人低回，用一种简单消解我的复杂，用一种无所图报消解我的锱铢必较！

我喜欢冒菜，却不喜欢武侯祠；喜欢张飞牛肉，却不喜欢锦里；喜欢龙门阵和麻将，却不喜欢望江楼和薛涛墓；喜欢女儿红、竹叶青和知世故而不世故的装裱匠人，却不喜欢红酒、洋乐和不聪明而装聪明的艺术家；我喜欢5·20地震之夜里冒着热气和辣气的火锅，却不喜欢装模作样故作慈善的捐助义举；成都，夜夜都没有把我遗忘，用一个市井的富矿慰藉我强说愁的入川赋新词，它繁华，我寂寞；它宽广，我逼仄；它用两个月把我打回原形，洗去一身的都市文艺病。

我亲近诚品，却不亲近101商圈；亲近士林夜市，却不亲近士林官邸；亲近莫那鲁道、赛德克族司机和英格曼民宿，却不亲近温泉、重建的彩虹桥和山间别墅；亲近太平洋的风、白沙滩和恒春古城，却不亲近雕塑、灯塔和游人；我亲近莒光号，却不亲近捷运；我亲近八德路的牛肉面和四平街的卤肥肠，却不亲近奶茶、酒吧和烟火。日常的台湾，日常的风范，带我由年轻而上溯古早，带我由极权而初尝民主，带我由简体字而寻味正体字，告诉我：旅行是看不见的东西。

所谓“看景不如听景”，我爱的另一种旅行。不是走，不是看，是雪夜捧读，神游八方。

可看徐霞客。读他的游记，必要是大雪封门、红烛高烧，最好还要温一壶烧酒，备几袋水烟，如此才会恍若隔世、梦回前朝，跟着他的脚步回到大明，回到山南水北、密林古刹，不避风雨虎狼，与长风为伍，与云雾为伴，以野果充饥，以清泉解渴，出生入死。待到雪停、烛尽、酒干、烟散，已是世间酣睡的凌晨时分，读完三五十页就如去过三五十处地方，阅历既广，视野既开，也累得人困马乏、筋疲力尽，只待以被窝为客栈、以梦乡为故乡，一觉醒来只念今夕是何夕。

可看陆羽。旅行未必是看宇宙之大，也可以是看苍蝇之微。装逼一点可以这样说，一株树，一株茶树，一样藏匿了山水的褶皱和崎岖、人世的跌宕和悲喜。一部《茶经》，一之源、二之具、三之造、四之器、五之煮、六之饮、七之事、八之出、九之略、十之图，在一场茶的旅行中未必要品要饮，端看陆羽说与茶有关的一切即可，茶之道通于万物之道、天地之道，在茶的背后通晓世事洞明、人情练达，待到清明谷雨采茶时再南下武夷西赴巴蜀，在山间茶场将知与行合一。

可看杜环。他的《经行记》已失传，可惜如今只能看到1500字，还是被其族叔、杜牧的爷爷杜佑引用才保留下来的。天宝十年，杜环随高仙芝在怛逻斯城与阿拉伯帝国军作战被俘，后游历西亚和北非，写下经过。跟着杜环回到1200多年前，看看拔汗那国的庵罗，地中海南岸突尼斯的椰枣，美索不达米亚河洲的香油和扁桃，末禄国的甜菜和茴香，埃及的亚历山大城，领略一下地中海的医学。可以看史，可以看景，可以看物，可以看人，且是超越时空之旅，不去亚述和波斯亦可见大军东征气象，不去两河流域亦可见王朝陵阙，一场高密度高浓度的千年游历。

南方是一种态度

对访谈记者，眼下似乎颇不待见，觉得他们无非整理录音而已，并没有起到什么作用。

这真是很轻佻的一种看法，访谈类记者那么多，每天每月专访那么多，何以评判优劣好坏？答案自在于访谈记者，好的提问者，热忱、机敏，善于回应，敏于共鸣，给了被采访者一个很好的讲述状态，促使他倾诉感受最深之事，而这一点，并非每个人拿一支录音笔就能做到，也不是光有交际能力就能做得风生水起。技的层面，术的层面，都只是小道，只是支撑与辅助——过分的技术甚至会消解情怀，只有从“技”、“术”上升到“道”和“价值”，才有意义，才有分量。

策划过一本《中国导演访谈录》，是我的朋友易立竞写的。你会看到，冯小刚会自言对中国电影“我做出了不可磨灭的贡献”；张国立会说“这就是那么个时代”；贾樟柯会去反思中国人文化上的自卑心理；吴镇宇会不断地谈起昂山素姬；赵本山会说“包括对政治也是，你必须要清醒，有一个敏感的政治头脑”；陈凯歌大概是在媒体面前最有权力意识的和最警惕的大牌导演，也提到了“文革”和良知，甚至也不情愿但仍然娓娓道来了他在“文革”中对父亲的轻微暴力行为。

正是因为易立竞的努力与用心，这些访谈都话题开阔，真挚深入，充满了率性与智性，这些“真实”才有机会一一跃然纸上，这真是一种“深度真实”和“人的真实”，发掘了人之为人的广阔和深邃。而她所要呈现的，她念兹在兹的，也正是人，是性情，是价值观，是历史，是深度，是广阔，是关怀。所以她的每一次开口和停顿，都一如李海鹏在序言里所说的：“访谈的艺术，体现了人性的复杂，混合着逗引与温情、心机与真谛，自有戏剧性可观。事实可以被隐藏，人却终究无可伪饰。”至于说行文段落中多有颠倒、重复、语法的省略，以及口语化倾向和不少的语气词，我要说的是，那也是一种故意为之，可谓用心良苦，正恰好再现了谈话现场的那种粗糙琐碎的真实感，最少限度地减少了访谈现场的失真，而并非不负责任，或访谈者写作功夫差云云。

访谈的这些导演里，你说有遗憾，也真有遗憾，虽然名为《中国导演访谈录》，但起码没有李安，没有张艺谋，没有侯孝贤，没有王晶，没有许鞍华，没有关锦鹏，很多大导演都没有。然而这都无所谓，能不能称得上“中国导演访谈录”也无所谓，因为这本访谈是南方做的，代表了南方视角、南方思维，生猛、新锐，激烈之处不掩温厚，萧瑟之处不失风华，简洁之处不乏意蕴，有见地、有情怀，为你细察慢品中国电影、中国导演提供了一个切口和一种切法，而只此一点，我想就已足够了。与电视访谈不同，平面访谈的呈现，少了现场与神态，少了肢体，少了背景音乐，所以尤要重表达和语言功夫，三言两语就要直入人心，而且话语形诸文字，细流碎语都要拿捏剪切得到位，废话、口水话不可不要也不可多要，闪现其间的犀利智慧之语如珠如玉，真得颇费一番思考的功夫和转换的周折，最后才能字字珠玑，句句真情实性，片言只语里别见洞天。

说起来南方中国，尤其是广东，真是百年中国一个民主开明的策源地。近现代以来，康有为、梁启超、孙中山、汪精卫等等，哪一个不是广东子弟？广东靠近香港，隔海望洋，真是熏养出了一种自由、平等、民主、人文的精神和底蕴。而得改革开放之先机，南方中国充分工业化、城市化、现代化，更是为中国式民主开辟了一种生活和生产基础。在此基础之上，南方诸媒体亦自觉自醒，自担天命，为中国新闻行业树立了一个价值的标杆和典范，而它们的专业和敬业，用心与热心，激情和温情，真实、真情与真理，更为这个摸着石头过河的、蹒跚前行的古老国度提供了一种纠错和正偏的舆论环境，一如它们的口号那样响亮有力：“让无力者有力，让悲观者前行”，“总有一种力量让你泪流满面”，“记录我们的命运”。而南方媒体的从业者们，无论编辑还是记者，他们的温厚与尖锐、率性与机智、坚守与张弛，已经深入骨殖，都与他们为中国新新闻主义的呐喊与躬行，一起成为这所“中国新闻界黄埔军校”一以贯之和源远流长的精神血脉的精微所在。

因为策划这本《中国导演访谈录》，一来二往，我和《南方人物周刊》的诸位也都成了朋友，书生般的万静波老师，腼腆白净，写李敖写得极有识见；大胡子诗人杨子老师，慢条斯理，对诗歌和艺术则别具深情；此外还有与阿城相貌与神韵皆极像的施雨华编辑，还有易立竞、徐梅、李宗陶、吴虹飞、马李灵珊等记者，以及比我年轻却口味相同、极谈得来的潮汕小伙子郑廷鑫。南方的这些编辑记者，我喜欢他们的生猛锐利，也欣赏他们的温情机智，我喜欢南方中国阳光下和茂盛的植物环绕下的他们，谈吐自如，生动泼辣，极富想法与见地，他们活得比较像个人。

犹记得在广州的那些日子，每次走到广州大道中289号的南方报业传媒门口，我都忍不住会多看几眼那些中国最响亮的媒体招牌和大院里进进出出的人，因为这里有中国最好、虽然现在有所缩水但依然还是最好的报纸——《南方周末》，有最为活跃、最为独立、最为市场化也最有人文关怀的《南方都市报》。我去《南方人物周刊》的编辑部，看到他们加班到深夜时分，虽然一脸倦容和疲惫但还是打起精神在做版、选图、讨论选题和采访对象，子夜时分他们忙完陪我去五羊新城里吃大排档。吃的什么都忘记了，有谁一起去吃的也都模糊了，然而我对那个闷热的夜晚始终念念在心。大家吃得精精光光，聊得手舞足蹈，每个人脸上都闪耀着那个城市里植物的凶猛。

2009年6月的某晚，在北京又见到易立竞时说到《南方人物周刊》，她说杂志的"目标是要做成中国的《人物》（*People*）"，这种抱负与自信、自负与使命，我似乎也与有荣焉，虽然我从未想过在那里谋职，与他们共事，但我仍以在那里发表过三篇采访而与有荣焉！

故乡是欲望堆成的

在深圳出差时，犯了对桂林的相思病，而事实上，我是一个出生在河南的福建人。

在华侨城住了一周，对桂林乡愁了一周。不是思念那里肤白人俏、脾气火爆的妹仔，也不是怀念那些一起裸泳、一起裸晒、一起裸蒸就是没有一起裸睡过的老哥哥们。临睡之前，桂林米粉的味道从一千公里之外就窜到我的枕上冉冉升起，直冲鼻腔和五脏六腑。天明我醒来，枕巾上一幅有模有样的广西地图绘制完成，貌似在等着我以桂林米粉为起点一路巡视抚慰过去。

一个老哥哥开车六个小时，先是顺畅的高速，再是翻山越岭，最后穿乡过镇，在夕阳刚落下最后一丝妩媚时来到了我暌违四年之久的崇善米粉店。门口卖票的50岁大姐似乎更年轻靓丽了，柜台切粉拍蒜的40岁大姐似乎更加诱敌深入了，两个老桂林人和我这一个小桂林人带着酝酿一天的口水开始了征程。为表达更乡更愁，我前后两次一共要了六两米粉，吃得胃满肚圆、脑满肠肥。出来迎风而立，看到更加巍峨的解放桥和更加逝者如斯的漓江，我似要流下思乡泪。

敝人不才，毕业后在桂林找了一份游手好闲的工作，顺便把户口也迁到了这个游手好闲的地方。日出而作，日落而息，早吃米粉晚吃包子，后来却不过此地盛情毅然决然地断了包子都改吃了米粉。我固定的御膳房是王城周围一公里之内的米粉店，偶尔临幸的行宫小厨遍及桂林城里的各条街肆里巷，吃一口换一个地方，哪家的老板娘风韵常驻哪家。就此优哉游哉地早晚出击和桂林米粉以及米粉店的老板娘打了将近三年游击，用米粉和八桂大地建立起各种暧昧关系。

最后要不是上海的灯红酒绿和旖旎风情召唤得实在太殷切，我估计我一辈子要扎根这个山水甲天下的米粉圣地了，三两年内娶个广西婆娘，慢慢变成一个老桂系，养出一窝儿小桂系，分庭抗礼。

五岭皆炎热。从深圳回到桂林的当晚住在朋友家里，酷暑难耐，从一开始的裤头背心，后来变成只剩裤头，最后连裤头也不剩了，裸奔在一苇草席之上。想起俗谚曰：心静自然凉，自省不已，哪里是天热，分明是心热嘛，转复睡下。不想天杀的朋友没睡，沐浴了却没有更衣的他推门诱惑我："睡没有，克不克吃米粉？"正合了我那要饱暖思淫欲之意，赶紧顺声应下，诺！

子时时分，半夜开车出街觅食，一人一条短裤一双拖鞋，穿过粉红色暧昧门脸房极其敬业的大姐小姐的招呼，穿过大街小巷热闹后沉寂下来的市井声声，穿过街头昏黄的灯光下老板娘哈欠连连慵懒打烊的眼神，穿过乱蹿的土狗惊醒了电动车尖利的报警声，来到身处漓江岸边毫不起眼却大名鼎鼎的刘伯娘米粉店，此时月入中天，越发明亮，米粉的味道早已穿堂而过钻心入肺。

一人叫了二两米粉，切粉，拍一颗老蒜，多加豆子、锅烧和酸豆角，自己端将出来拌好。三寸长的白嫩米粉衬着暗色的调料，极像浑身洁白如玉仅着片缕衣物的女神胴体，冒出来的热气袅袅而上仿若女神呵气如兰的耳语，于是三下五除二地剥去遮羞布，省去被原始欲望追赶而来不及铺陈的羞涩和前戏，食色性也，也食性色，于是不管不顾地入口而大嚼，就着夜色呼呼啦啦吃干吮净。而后燃烟一支，定定地出神回味刚才来不及多想的凹凹凸凸的细节，嘴角浮出不少笑意。

作为一个生长和饮食的故乡在河南的游子，先后有读书的安徽做过我的故乡，是因为羊肉板面；实习的广州做过我的故乡，是因为肠粉、凤爪和早茶；桂林自不必说；工作过的上海做过我的故乡，是因为烤麸、生煎和醉蟹；大居不易的北京也做过我的故乡，是因为羊蝎子、炸灌肠和炒肝儿；后来闲居成都两个月后，四川以火锅、冒菜和豆花这组小三成功上位也成了我的故乡。

我的故乡遍布在祖国的大江南北，我的乡愁犹如黄河之水天上来，一江春水向东流，在三江源刚喝了口水，乡愁已经瞬间跑到东海入海口了。后来在一帮狐朋狗友和南北同乡勾引下，高堂虽然在河南、户籍虽然在桂林的我，和很多以美食知名的省份和城市也牵扯上了故乡的关系，在九江吃蟹，在苏州吃鳖，在深圳吃乳鸽，在东莞吃乳猪，一部舌尖上的中国即将大功告成。

嘴巴有了记忆之后，那些味道经常会从身体深处冒出来。飞机在白云机场上空时我已在想肠粉和早茶，火车刚进虹桥南站我已酝酿出对烤麸的口水，这让我不得不想起初三时学过的巴甫洛夫。闲着没事干的巴甫洛夫给狗做实验，第一天敲铃铛给肉吃，它分泌唾液；第二天敲铃铛给肉吃，它分泌唾液；一周后敲铃铛给肉吃，它分泌唾液；以后敲铃铛不给肉吃，它还是分泌唾液。

顿时之间，我仿佛发现了一个惊天秘密，我的乡愁并不比狗高级多少，同时我想，你的乡愁应该也不会比我高级多少，大概也约等于狗的乡愁吧。铃铛于狗，是一种条件反射的刺激，也可谓是一种乡愁吧，我们比狗强的地方，不过是在于会自己给自己选肉、自己给自己敲铃，会到了某个熟悉的地方自己在脑细胞中搜索提取，我们的乡愁我们自己做主，而狗的乡愁铃铛做主。记得弗洛伊德说过，人体就是命运，生物性即命运。他的形象在我的脑海从渺小开始渐渐高大起来。

弗洛伊德在我心里，曾经长期渺小过，因为他说一切冲动都是性本能在作祟，他把小朋友吮吸奶嘴想得很淫荡，把老朋友吮吸烟嘴也想得很淫荡。他还说，男人都是用下半身思考。

我原先大为愤慨，心说我对正在追的一起上毛概邓论的美术系女生真是柏拉图之爱啊！时过境迁，今天已经阅过不少祖国春色的我，已经不是当年那个没吃过猪肉也没见过猪跑的童贞男孩了，我的爱情已作古，我的童子尿已入土，胯下揣着见了各种美色都忍不住会坐卧而起的它，我不能依然昧着良心说我是被一泡尿憋的，或者是情之所至要灵肉合一吧，那我的逼格也太低了！

我再读弗洛伊德，再读孔子，这个最淫荡的男人和这个最高尚的男人相距万里、相差两千多年，却竟然不分肤色种族老少异口同声地说，饮食男女，人之大欲存焉。再后来，端坐于桂林崇善米粉店一角的我老老实实吃起了米粉，仔仔细细盯起了老板娘，甘心被豆子、锅烧和酸豆角征服，甘心被老板娘的胸脯、玉手和眼神征服，在他乡的美食美色中乐于做个没有故乡的人。

我振振有词地想：这就是一路向西啊，上半身开始向下半身低头，人生观开始向人生低头，我的乡愁开始向狗的铃铛低头。30岁真的是一道分水岭，盐没有白吃，桥没有白走，酒没有白喝，而立之年就是不再装逼之年，以前向脑袋涌去的滚滚热血转而向下流，以前不敢直面而视的老板娘如今已敢公开调戏。人生的一幕幕美好与龌龊、A面和B面、人前和背后，都被我那一碗怀念了四年的米粉滋味熏开，被巴普洛夫的狗和铃铛惊醒，滚热的狗血从头顶一路洒下来。

以前我写乡愁，还比较抒情和卖弄，开篇会以这样的文字为龙头：乡愁成为乡愁，要满足两点，时间上的长期性和地理上的遥远性。今天已阅尽山河美色美食的我再写乡愁，会以这样的文字为凤尾：他妈的，哪有什么乡愁，统统都是力比多。生物性即命运，生、物、性即命运。

这中间的跨度，你可以美化成一种成长，也可以贬低为一种倒退。反正我已经成年！

如果还能读大学

聪明人有两个忌讳，一个是从来不让别人去他的书房、翻他读过的书，怕泄露了思想的倾向、知识的门径、牛逼的源头；另一个是从来不告诉别人他本科读的什么大学，他会告诉你读的最后一个大学，但却怕暴露了第一个大学，本科最能坦白一个人的教育素养。

说起大学来我非常惭愧，尽管当年学习还不算差，但次次考得都不好，无奈之下只好选了一个滑档的大学来读。小弟不才，读的是一所三流本科院校，美其名曰是二本，其实是“本二”，一所一本正经的非常二的大学，前几年叫淮北煤炭师范学院，现在随着改名的大潮，改为淮北师范大学。去了煤炭，加了大学，一所可爱乡村非主流的学校就这样冠冕堂皇地高端大气上档次了。

鄙人学的专业是杂交型，所谓“教育技术学”是也，以前叫“电化教育”，英语叫Instructional Technology。这专业，说得好听点是半文半理，说得不好听点是不文不理。大学四年课程开得不少，但没一样学得好，不是学得不好，是教授教得不好——教得好的也不想学。老师们三教九流，都深谙一个“混”字，有精通师生恋的，有精通摸奶术的，有精通生意搞钱的，有精通权术搞官的，但就是少见精通学术的。上梁不正，所以我也主业不修修副业，逃课、补考、踢球、打游戏、摆地摊、看毛片、泡妞、卧谈样样精通，就这样不咸不淡、云里雾里地跟大家混了两年，终于混到期末挂科了五门：概率论与数理统计、模拟电路、数字电路、计算机组成原理、C语言。

天网恢恢，疏而不漏，该成才还是要成才。不漏的是，我还有个私淑老师孙传昭先生，虽然他教的是选修课中外教育史，但他业余却在研究西方政治哲学，翻译过汉娜·阿伦特的《马克思与西方政治思想传统》、《耶路撒冷的艾希曼：伦理的现代困境》，马克斯·韦伯的《论大学》，塔尔蒙的《极权主义民主的起源》等。他早年毕业于华东师大，后来在日本同志社大学多年，回国后在宁波大学教书，因看不惯学术腐败和官僚制度跳槽到我们学校，没想到，来了发现这个“本二”还不如那个二本。他在学校里很受孤立，领导不睬，学生不问，他当然更看不惯这些脑子小肚子大的草包之辈，谁都不理。老孙跟我关系比较铁，让我给他打印、搬书、买菜、收快递，回报是我可以看他的书，可以听他骂名教授的学术水平有多烂，可以听他讲最新最潮的学术进展。

在老孙的指导下，我苦读政治学、哲学、社会学、思想史、历史，读懂读不懂不好说，起码混了个脸熟，知道一些脉络，刻下一些印象。最后靠着他的提点、我的勤奋、老天的恩赐、系主任的翘课不逮人，我在大三这一年终于在香港中文大学的双月刊《二十一世纪》发表了一篇评论，名字曰《对上帝的重新阐释：奥斯威辛之后的上帝观念——一个犹太人的声音》，稿酬1350港币，是我当时靠文字挣到的最大一笔巨款。感谢老孙，感谢学术，可以说，认识老孙能读点书写点东西是我大学四年唯一的收获，除此之外就是浑浑噩噩、混吃等死，不作死不会死。

作为一个过来人，愚以为，读大学最好不要读国内的大学，中等之选可以去香港，可以去台北，上等之选可以去纽约、英国和东京，次之也可以去乌克兰，可以读不知名的大学，可以坐冷板凳、啃冷面包、过苦日子，但就是不要跟着草包教授读草包课程。读大学一定要读这样的大学，大学要小，教授要大，学校要老。大学小了培养的才是精英，大了培养的都是技工，饭馆开多了口味不行，同理，大学办大了质量不行；教授大了开阔的是你的视野广度和知识深度，教授小了遭殃的都是有姿色的女学生和有抱负的男学生；学校老了才有老墙、青苔、古老的校史，有深意的校徽、英雄般的校友，年轻的学校养不出这样的传统和精神图腾。

在读过大学十多年之后，大学对我还有着莫名的吸引力，不是我读的大学烂，而是还没读够，去每座城市必去那里最好的大学逛逛，不为邂逅貌美女学生，不为寻觅单身好基友，单为沾染一下学问的雨露，单为祭奠一下浪荡的青春，原理约等于王石去哈佛读书、金庸去剑桥当学生。

想去巴黎第六大学读数学。巴黎第六大学，嗯，国内估计真没几个人听说过这个大学，但人家牛逼，其前身是巴黎索邦大学理学院，数学专业全世界第一，诺奖得主和菲尔茨奖得主多得数不胜数，学数学而不能入巴黎六大之门，基本上是前路渺茫了。虽然我从小数学很烂，早年属于用完脚趾头和手指头才能会算二十以内加减法的人，然而对纯粹数学却大有兴趣，欧拉、怀特海、费马、高斯、陈省身、丘成桐、陶哲轩都是我的偶像，我对构成宇宙法则运转的数学规律和几何逻辑有着纯粹向往，对一切物质基础背后的数学原理视为揭开隐秘天机的钥匙。而且数学是基础学，可以说，一个不能成为牛逼数学家的人绝对不可能成为牛逼的物理学家和天文学家。

想去霍普金斯学艺术史。虽然马克·吐温揶揄霍普金斯大学连名字都没写对，以为Johns应当是John，但是人家就是这样毫不在意地坚持下来了，靠着1873年巴的摩尔银行家约翰·霍普金斯的700万美金遗产，如今硬是办成了今天全美最好的私立大学之一，艺术史专业更是全美排名第一。其实，艺术史比艺术好玩，说到底艺术史不是艺术，而是一门历史，艺术需要热情、创意、神经和神经质，历史需要理性和沉淀，我对艺术的兴趣和对历史的兴趣各占一半，所以读艺术史比单读艺术或历史要好，一加一大于二。好的艺术史家，像丹纳，像贡布里希，像苏立文，像巫鸿，能教你用超迈深广的眼光审视人类的艺术痕迹，并解释这些痕迹背后的因因果果。

想去莱比锡大学读语言学。这是辜鸿铭、蔡元培和林语堂的母校，600多年的校史，名校友有莱布尼茨、歌德和尼采。德国于大学有开拓性的创造，是所有世界现代大学的精神之母，他们阴郁寡欢的森林精神和严密精巧的机械精神影响大学至深。林语堂当年在此读的是语言学博士，我对语言学的兴趣源于对人与人之间沟通的兴趣，一句话能传递多少真意又能误解多少真意？翻译中漏的是最好的还是最无关紧要的？哪些肢体交流可以畅行全球无阻而不惹怒对方？禅宗不立文字，以心传心，在农业时代或许可能实现，但是今天的工商官能时代或许殊为不易，渐悟顿悟是不是都得先靠语言？这些，我相信只有莱比锡、只有莱比锡的语言学才能给我答案。

想去哈佛念考古学。哈佛的学科基本都是世界第一，即使不是世界第一，专业也总设置得别出心裁、出人意料，譬如在哈佛还有专门研究“鬼”的教授。我对鬼有兴趣，对鬼离开的那个地方更有兴趣，所以想学考古。地上的东西都没什么玄奥，地下的东西才通达生死，考古要考得好要有成见，不能上来就唯心或唯物，“不唯”才是最好的“唯”，零成见，零观点，要用尸体、文物、壁画、陪葬品、墓穴等等说话。事死如事生，不知死焉知生，我对考古的敬意来自对人类的不可知，来自对人是女娲捏的还是猴子变的不可知，来自对宇宙之大苍蝇之微的亘古宇宙中人类何去何从的不可知，考古未必能揭开这些秘密，好的是，它能带我无限地去逼近这些秘密。

想去剑桥念灵异学。科学不能证实的东西，未必就不科学，不证实就一定证伪？不见得吧，麦克斯韦发现电磁场以前谁知道有电磁场？我们在天天用WIFI之前谁摸着过看见过WIFI？灵异大约就是如此。灵异于我，不是点点鬼火，不是山村老屋，不是半夜女人哭，而是对阳背后阴的无知，是对生背后死的无知。剑桥那么讲科学的地方还研究灵异，还有著名的灵异学专家Willson Steven，我要是去剑桥读灵异学可以给Willson Steven教授讲三天三夜也不会合眼的亲身亲闻的灵异经历，这不但能满足我想听听他对灵异的解释，相信能为他提供研究灵异最鲜活最真实最一线的案例。破解另一个世界，有我和他就够了，他遇到我是福气，而我遇到他是运气。

想去巴黎高师读哲学。这更是一所牛逼到无以复加的大学，虽然名为师范学院，但是却与法兰西共和国同龄，大师出来得像牛毛一样多，比牛逼还要更牛逼，埃瓦利斯特·加罗瓦不但是天才数学家，更是一代浪漫英雄的原型，这里还有圣特·克莱尔·德维尔的铝、巴斯德的发酵和病毒，最仰止的是自由主义者雷蒙·阿隆、左派偶像萨特。学生总数还不到两千的巴黎高师，诺贝尔奖单产最高，菲尔兹奖最多，哲学家不发奖也没法发奖，哲学家萨特却得了个诺贝尔文学奖，如果哲学能发奖，巴黎高师也一定是全世界得奖最多的。我想读哲学，是因为我心里有个永恒的西西弗斯神话，是因为我也在滚一个大石头，滚到山顶又落下来，我再接着滚，它再接着落。

还想读天文学、人类学、地质学、心理学、植物学，想读冲浪、喜剧表演、星际迷航与哲学、同性恋音乐学、爬树学、哈利波特与科学，甚至是彩色玻璃窗专业，一切宏大的对这个世界以及在这个世界生存的解释、一切微小的对无聊存在以及缓解无聊存在的改善都对我有巨大的吸引。当然，文学这种专业不用学，你学不来也学不会，文学靠悟，靠表达，靠虚无，靠打发虚无。

如果青春能重新来过，各个大学任我挑着上，我选专业一定要学无用的专业，跟导师一定要跟牛逼的导师，上学校一定要选古老的大学。凡是有实际用途的专业一概不学，凡是学术排名三甲之外的教授不跟，凡是校龄低于200年的大学一概不上。读无用的专业学到的是大用，实用性的专业都未必需要去大学才能学得好，钳工、焊工、汽车修理工、盗墓工，我相信他们比教这些专业的教授更在行；虽然说师傅领进门修行在自身，但是跟牛逼的人比平庸之辈还是影响巨大，譬如雅斯贝尔斯之于阿伦特；去几百年的大学沉淀几年是一种领悟，即使学得不好毕不了业拿不了学位也没关系，起码让你知道地有多大、天有多高、学问有多深、女人的脑子也可以有多性感。

不过大学也未必就一定要读，世事洞明即学问，人情练达即文章，牛逼的人履平地而如绝顶、履绝顶而如平地，一样能从置身的周遭和人生的阅历中广博猎取、羽化登仙，一样在行而样样在行，以道和悟开道，内化成自己的长板和绝技，使尖刀宰壮牛的能成庖丁，绷墨斗、拉大锯的能成鲁班，掂洛阳铲的能成盗墓专家，反而比大学所学更接地气，不窗明几净地象牙塔，不斯斯文文地坐而论道，而是山南海北地东奔西走、酒欢肉饱地吆五喝六，生猛，有力，元气淋漓。

齐白石读过大学吗？沈从文读过大学吗？爱迪生读过大学吗？大学就像是一个漏斗，漏下去的有牛逼的可能性，漏不下去的也有更牛逼的可能性，因为他拒绝规则、拒绝满足、拒绝系统，他自己就能成一所大学，何必再去读，狼行千里吃肉，他就该牛逼！

世间所有的水

迷信一点说，大概是我的名字里有四个木，命也属木，所以天生爱水，爱各种各样的水。

小时候爱玩火，虽然白天玩火夜里容易尿炕；也爱骑狗，虽然骑狗容易烂裤裆。最爱的其实是玩水，拿一把水枪到处滋，叠几枚纸船到河里漂，经常洗澡洗到埋在澡盆里不愿意出来。

长大了，发现有各种形态的水，地面对水的承载也有很多种形式和方式。譬如可以是江、是河、是湖、是海，是沼泽、是湿地、是瀑布、是小溪，它们被河床、陆地、石头托举汇聚成各种各样的状态。我始终觉得，虽然我们常常说江河湖海，但是就具体的部分而言，江河和湖海其实是不太一样的，江河是线性的，从一个点经过九曲回肠到达另一个点，流域非常广阔而分布，然而湖海却是面积的，是大片大片的圆或者其他形状，是一个局部性的或者连在一起的大块。

一般来说，跟湖海比起来，江河都不会太深，而且是流动性的，河水裹挟着河床里的泥沙石块等沉积物顺流而下；湖海则会有很大的蓄水量，可以达到几十米上百米甚至几千米的深度，而且除了大的风浪来袭，湖海常常是静态的，尤其是湖，我们常常用“波平如镜”来形容。

再细一点说，江与河其实也是不一样的，湖与海也是不一样的。江是三点水和一个可，从意思上来说，可是肩挑担荷以运送土石方。“水”与“可”组合在一起，就是挑土石筑堤防汛。因为在北方地区，尤其是黄河所流经的大片土地，土质疏松，植被稀疏，经常造成河水改道。相反的是，南方的河流因为是石质或者坚硬的河床，很少会造成泛滥改道，与人工河流相似，所以南方河流被称为江，因为江字从水从工，工是指人工，就像是人工水道，有疏导的功能。

所以河和江的不同，存在于我们对水的处理经验之中，存在于我们的历史记忆里。河是苦难的、劳役的，譬如黄河；而江则是稳定的、飘逸的，譬如长江。在西方的语言里没有这个差别，无论江还是河都统称为River，可能是它们都不会流经中国这样幅员辽阔的地理空间，也不会有泥土和石头这样对水的承载的差异，所以他们不会像我们分成江和河。

湖和海的不同，是在于水所规划出来的边界的大小。四周有陆地包围的水域，我们一般称之为湖，而海则是与大洋相连的大面积水域，当然，在内陆地区有一些地方的湖也被叫做海，中海，南海，中南海，那是满足见不到海的人用湖对海的一种想象。湖和海的另一种不同，在于湖是淡水，而海是咸水。有一年，我去西藏看湖，看到了有游人参观的羊卓雍错湖，也看到了荒无人烟的普姆雍错湖，以及往日喀则和亚东一路上大大小小的湖，那种湖蓝是一种沉下来的安静，在辽阔而简洁的空间像一颗从天而降的宝石，或者大地山峰间一滴巨大的泪，显得格外神秘。

我去过大连的海，北戴河的海，连云港的海，舟山的海，三亚的海，香港的海，垦丁的海，花莲的海。既有波澜壮阔的，也有风平浪静的；既有浑浊的出海口的海，也有清澈的不被扰乱的海，每一个地方的海都有一个地方的性格，每一个地方的海都有一个地方的颜色。这些地方的海，组合在一起，构成了我对海的经验和想象。如果说湖和海除了构成上的不同之外，还有什么差异的话，那么我会觉得湖造成的是一种封闭的开放，对一成不变的陆地和山川的调和，把灵气注入了其中，就像是在博大敦厚的儒家中添加了空灵通透的道家；而海造成的则是一种大的过渡性，是水陆的分界线，也是陆地生存和海洋生存的区隔，既有陆地的背倚长山也有海洋的变幻。

有人特别喜欢河，有人特别喜欢海，尤其是女性，但是对于江河湖海，我却没有这样的分别之心，我觉得每一种水的承载形式都是必要的，都有着自己的独一无二和所表达出来的气质，它们在大地上刻画出各种各样的生态和水土状态，水对土是一种补充，就像智对仁是一种调和。

我们去看江河湖海，有时候很容易被细节和局部吸引，对水草、流水、海滩所着迷，却很少被它们大的形式所感动，很多次我在飞机上往下眺望，每每会对下面蜿蜒的江河、明镜的湖泊和无垠的海面有一种沉思，对它们在黑暗的大地上点缀出的明净澄澈所惊奇赞叹。平时我们见到的水，还没有突破所掌握的常识，平淡无奇，而放在另一种结构和空间里看，它就能熠熠生辉。

这是一个从小没见过太多江河湖海和湿地瀑布的人，对水的形式的所有意淫和想象。

当草原成为一个远方

早在二十一年前，被誉为“陕军东征”中“三驾马车”之一的作家高建群，写下了为匈奴正名的《最后一个匈奴》。而五年前，姜戎携一部《狼图腾》在中国文坛引起轰动，世人呼唤狼性精神。

先说说匈奴给我们的记忆。匈奴，按《史记》载，其先祖是夏朝遗民，向西迁移时融合了月氏、楼兰、乌孙、呼揭及其旁26国白种人。这个崇拜狼的草原民族，崛起于蒙古，曾经游荡在西北坦荡的土地上，一度与秦汉对抗，称雄数百年。公元1世纪北匈奴逐渐向西逃亡，最后深入到欧洲腹地引发震动，在欧洲匈奴意为破坏者和野蛮人，从中可见欧洲人对匈奴的恐怖记忆。

说起狼性，世人知道的多是蒙古和匈奴，但殊不知比起他们来，鲜卑人有过之而无不及。据说鲜卑人一生下来就是吃着狼奶长大的，而后喝狼血，吃狼肉，披狼皮，学习狼的战术和习惯，狼是他们的兽祖、战神、宗师和图腾。西汉时鲜卑尚名不见经传，屈膝于匈奴之下。但骨血里的狼性让他们隐忍以待，伺机反扑，匈奴西迁后，鲜卑人尽占其故地，尽收漠北10万匈奴铁蹄，势力渐强。五胡乱华中，匈奴、羯、氐、羌都遭到毁灭性打击，唯有鲜卑盛极一时。拍马南下的鲜卑人，彻底打垮了汉族政权，攻城略地，大肆屠杀。老百姓为了活命，流民一度席卷整个中国，汉族有史以来第一次面对生死存亡。整个300年的历史期间，中国大地上一时杀戮声四起。

血性消退的汉人，一路狼狈南逃，怯懦和退缩最终酿成了什么苦果？仅举一例为证：

据说，在邺城被占领时，5万名少女被鲜卑慕容的大军充作了军粮，仅仅用了一个冬天就吃得干干净净。鲜卑人的狼性，激发起的是汉族人的血性。1700年前，冉闵发出了檄文《杀胡令》，曾在一战之中大败鲜卑燕军20万，擒斩7万余人，夺取大小郡县28城，打出了汉家铁骑的威风，为汉族重新注入狼性。到公元410年，鲜卑慕容3000多人一次性被刘裕杀光，一个不剩。

世人知道“慕容”这个姓，多源于《天龙八部》的“南慕容，北乔峰”。在慕容家族被杀光的750年后，曾崛起过匈奴人和鲜卑人的这片土地，再次成就了蒙古人，挥舞起马鞭，喊疼的不仅仅是中国。成吉思汗为何又能重踏匈奴人、鲜卑人的足迹？作为中国最大的自然生态系统，茫茫草原博养众生，人、狼、马、狗、狐狸、旱獭、黄鼠等都是其子民，也相互组成食物链，相互控制。草原狼充当了最好的老师，由其“训练”，草原马学会了耐饥耐渴、耐暑耐寒；而人和狼也相互学习、斗智斗勇。狼通晓几乎人类史书上所有战略战术，甚至还教会了蒙古骑兵横扫欧亚大陆。

在历史上，汉文明多次历经大劫而不倒，其间虽有包容和同化之功，但草原民族威逼来的狼性也不无造血之劳，勒内·格鲁塞在《草原帝国》中也说：“他们的历史重要性主要不是在于他们所建立的帝国，而在于他们向东、向西运动时，对中国、波斯、印度和欧洲所产生的压力，这种压力不断地影响着这些地区历史的发展。” 在《狼图腾》中，姜戎甚至怀念道：“草原不仅是华夏民族的祖地，也是全人类的祖地和摇篮。草原是人类直立起来‘走向’全球的出发地。草原大地是人类最古老的始祖母。” 这番描述，或许过于感情色彩，但在农耕时代游牧民族的确称盛一时。然而这个在工商文明时代，越来越遥远的草原何为？而离开草原越来越久的我们又能何为？

草原这片土地，自有生存法则。饥饿、严寒、酷热之下，草原人从小就自然训练，习惯潜步追踪和捕猎诡计，从不按常理出牌。马其顿方阵败了，罗马军团败了，都是天理使然，因为它们都产于组织，而草原骑兵则产于饥饿和欲望，熟稔捕猎之道。成吉思汗征服世界时，一定会想起还是克鲁伦草原上的孤儿时，与弟弟术赤寻找猎物，没被饿死的那一刻。人先要与天而战，活下来才能谈其他，先与天战，再与人战，焉有不胜之理？很多人感慨成吉思汗版图之大、草原部落之盛云云，但我想的是，在工商文明和热兵器时代，消费和欲望称霸，人性绵软如斯，除了文学意义上的怀念，那种逼出来的草原精神、战天斗地的草原狼性，还能结结实实地再影响我们什么？

养老也要趁早

有一次我去报刊亭，是一对夫妻开的，夫妇俩和他们七八岁的孩子，挤在柜台后面。

有人来买彩票，买了一张，不中；又买一张，还不中；再买一张，依然不中。七八岁的孩子，自己抽了一张，刮开，中了50元，小男孩裂开嘴嚷嚷地笑说："中了50块钱！"父母也跟着乐，十几分钟后嘴角还挂着笑意。这就是市井中人和市井态度，勤劳、辛苦，但是盼望侥幸。市井投机、取巧、势利，但这却不是一种道德上的问题，而是一种生存的能力，能活下来就行，即使苦，即使累，也要在苦和累中作乐，能得到意外之喜就会高兴上半天，就像那报刊亭的一家人。

所谓的人生冷暖，其实小街小巷里的人比我们更知道甘苦，一把菜、一斤鸡蛋、一斤肉、一尺布对他们来说，有着一分一寸的重量感和经验值，而对吃遍南北餐馆的我们来说，价钱的高与低、高多少和低多少其实不关太大痛痒，我们在渐渐丧失对生活重量的感知。世间滋味，正是要在尘世艰危的苦累中沉下去，才能入到心头，而不至于只是纸上谈兵，或者糊里糊涂的盲人摸象。

而沉下去后，是一直沉到底做个市井中人，还是会冒出来做个通透高人，那不一定。

去很多地方旅行，我都不愿意跟着大队人马，这里看看那里看看，走马观花式地游览固然快捷，但是却体会不到那景致背后的细微。比如去成都、桂林、江南，我都想在那住下来，吃那里的饭，喝那里的水，跟那里的人谈话，走过那里的街道，去那里的菜市场和水果摊，感受一时一地的风土人情和市井温暖，无论好坏，都能给你提供一个切心的、精巧的入口。我在桂林生活过两三年，长久地居留过之后才发现一个生活的、悠闲的、市井的桂林，在我心底已经远远超越一个山水的桂林，那是一个真实可触的桂林。我的桂林不是山水，不是甲天下，而是寻常巷陌，有人来人往，有狗叫，有阳光，有人文，有时光在石板路和灰砖墙上漫漶过的痕迹，有名字雅致实则平常的“兰井巷”这样的胡同，这是在山水景色在被游人透支完之后最应该寻味的桂林。

走在大城市里，无论北京、上海、广州、深圳，还是台北、香港、曼谷，我都不觉得安心，在太过繁华的、物质性、工商业为支撑的都市里觉得有一种荒芜感和寂寥感，反而不如在不发达的、破旧但是有俗世热闹的小城里觉得亲。同是一线城市，台北、香港和内地的城市还不太一样，还保留了不少老旧的街道和建筑，不像我们把很多胡同、宅院、街肆都拆除了，它们在景致上新和旧还有一种传承，不会觉得太隔膜和对立，反而是我们的都市，过度追求一种光鲜和崭新，反而让城市丢了自己的过去和根系，让每个接受这个城市的细节哺育过的人都找不到母体了。

城市丢掉了细节，我们丢掉了温暖，相看两厌，所以寂寞。桂林的细节也已经丢掉了，去年夏天我有一次回去，在王城外的西南角看到一片断壁残垣的废墟场，那些一两百年的老房子都被拆掉了，市政府规划要在原地开始建造一条崭新的仿古明清街，那些我摩挲过的门槛、天井、花圃、石柱、青石板路都没有了，代之以墙壁上“改变，是为了更好地生活”的劝人投降的标语。拆迁，在这片土地上无论南北都见怪不怪，拆的人出钱，被拆的人拿钱，谈拢了推土机一哄而上，谈不拢做钉子户继续要钱，作为旁观者的我们，似乎成了局外人，说是风凉话，不说是如鲠在喉。

我一向是反对拆迁的，因为拆的是过去，但是建起来的却不是未来，拆掉的人世、味道、街肆、商贩、岁月，永远地一去不复返了，而建起来的是光灿灿的、明亮亮的现代生活，住进去是会失落的，因为市井生活也被连根拔起了，新街道上一片荒芜的、落幕的气息。对于桂林，我视之为第二故乡，我不是爱那里甲天下的山水，而是爱那里南方式的市井生活，爱那里的米粉和老街，在那样的市井闾巷里我一个人徘徊着，是为了能遇到很多过去的经验，遇到很多故人。

我不喜欢住深宅大院，也不喜欢住高楼大厦，相比之下，我更喜欢住在热闹世俗的街肆之地，在那样喧嚣的老街的二楼，住在一间可以开窗向街的屋子，早上听得见小商小贩讨价还价的嘈杂市声。住在那样的楼上是为了听市声，也为了感受市井的繁华和活生生的人心，虽然被扰了清梦。

我喜欢广州，也即是喜欢那里的市井气，荔湾区的市井气最浓，因为西关自古就是商贾之地。西关有珠三角最大的古玩市场，说是古玩市场，其实是农民来摆地摊卖真假古董，九十九个假，一个真，碰到那百分之一就是你的造化。我喜欢的，是那种底层民间和世俗社会里的活泼，朝气如生龙，如活虎，虽然有时候也不乏讨价还价的铜臭味，但是有一种春天里万物初发的蓬勃，清明而有朝气，即使是寒素的人家也一样让人觉得富贵满满，因为有那一股子荡荡莫能名的气。

愚以为，看万卷黄书，行千里土路，比“看万卷书，行千里路”更能接近生活的本质。所以年轻人逃离北上广深，择一个不文艺但是有山有水有酒有肉有茶有妇孺的小城吧，将来好养老！

一片树叶的故事

一直不怎么喝茶，偶然间喜欢上了喝茶。喜欢喝茶的人，多半在家里喝，三五知己地喝。我经常茶烟并行，一个人静坐在窗户书桌前，手里燃着一根烟，沉在烟圈的微呛和茶水的苦润中。

有些茶和酒一样，以老为好，时间越长浸润进去的日月精华越足。茶要泡，古人不称为泡，而说成是煎，煎比泡好，煎是生动的和现场的，仿佛能看得到茶香袅袅，听得到嗞嗞作响；泡则是速成的和机械的，一包包地冲下去，少了手艺在里面。煎茶不知起于何时，陆羽在《茶经》里开始有记载，《茶经》问世，中国茶道也随之诞生了。如今，唯有日本还保留了煎茶的古味和精髓。

泡茶，实在是茶的第二春，散发着植物的第二次生命的美。炒茶或者杀青的时候，那些从茶树上采摘下来的茶叶嫩芽，水分被一丝丝蒸干，鲜嫩的叶片慢慢干枯，油油的、肥肥的绿开始变成薄薄的、脆脆的叶片，卷曲着收成一团，被萎凋，被发酵，被分发，被储藏，被运输，被贩卖。等它到了我们手里，到我们的茶壶里，也许是几个月之后，也许是几年之后，那些被温度、空气和岁月封存住的叶片，在沸水的冲泡之下，又开始被水一点点打通筋骨脉络，卷曲的叶片像伸懒腰一样伸展开来，在汤水中载浮载沉，叶片里的物质散发到水里，完成一种精华的输送。

很多时候，看到泡过几次的茶叶被倾倒，像垃圾一样被拎出门去丢掉，我都有一种不舍，觉得很对不起它们。茶叶在水中的生命是盛放的，却也是短暂的，我们说昙花一现，只开一夜就败了，茶叶的生命是连一夜也不到，只有短短几十分钟，几泡之下也就结束了，它经历过那么多的工序，从生长到采摘，从杀青到输送，从贩卖到饮用，最后只不过那么短时间的绽放，就完成了所有的使命，所有的精华散尽，身成糟粕。所以，能储存的茶叶我会尽量多放一段，不是不舍得饮，而是不舍得它的生命结束，那是它作为植物的最后一场旅行，而我们的每一次冲泡，其实都是对它实行秋后问斩。我每次喝茶，都会想到水中那片片茶叶的来历，是从云南、四川，还是从福建、江西？原来是生在深山中的阳面，还是不闻名姓的一块丘陵茶园里？抑或是来路不明？

我会怀念它们作为植物的一种原始，它虽然是作为茶出现在我面前，但我却想还给它一个真身，让它在作为饮料和商品的身份之外，死得明明白白，死得其所，这却非是一种伤春悲秋或者感时伤世，而是它的短暂绽放，让我有一种朱熹的念天下的物力维艰和来之不易。我的家乡不产茶，茶原是稀罕之物。但我在浙江普陀山，见一山的茶树郁郁葱葱，团团如盖，也不觉得遥远，也不当它是茶，而是普普通通的植物。这茶树，是山寺里的僧人们所种，想想佛祖真是有福气，世间凡夫以酒肉作为肉身的供养，他却尽情享用这茶树收集起来的漫山遍野的日月精华。

俗语说，衣不如新，人不如旧。有人偏爱新茶，我喜欢陈茶。

喝绿茶多喝新茶，而红茶或黑茶则多喝陈茶，普洱就越陈越香，时间的久远酿就了茶性越来越好和足。我喜欢陈茶，一方面是因为不想对茶叶那么早秋后算账，另一方面是对茶树在岁月和日月山川里生长的敬意。茶叶杀青之后，被储存起来沉淀，它的沉淀和它的成长一样重要，似乎比成长还要重要，仿佛沉淀得越久，就越能沉浸进去岁月和人世的分量，等你冲泡的时候，那些被收纳进去的东西再一一释放，于是你所品的就不单单是茶味了，更有了过去的味道，有了储存、珍重、情意和郑重在里面。

也许，对于陈茶而言，岁月才是一种最好的杀青。一如人性，毛头小伙子愣头青，非要经历过人生历练，非要少年更事，性情才能舒展，人生才能沉淀，整个人也才会愈来愈有滋味，像一个真正的男人。我们常常说钓胜于鱼，喝茶其实也是如此。煎泡的一触一摸、一望一闻，也远远要胜过喝茶时仰脖的一饮一品，那仿若是一场端正虔诚的仪式，在借助茶来完成一种礼和一种道，于是冲泡之声也就如钟鼎之音，散得一个房间都满满当当的，喝茶最后倒成了一个副产品。

去历史的现场烤火

原先不解其意，后来我才知道是我孤陋，“八声甘州”是唐朝的边塞曲，后借为词牌名。

读过一本《西北万里寻祖记》，是寻祖记，也是游记，更是家事记。2008年秋末至2009年年末，作家出版社的女编辑郑欣力西行万里，漫游河西走廊，“寻先祖遗踪，看今人生活”，一窥祖庭风范：她姥姥的爷爷清末伊犁将军、陕甘总督长庚，她姥爷爱新觉罗·毓运的爷爷端王载漪。

“文革”盛行出身论，正所谓“老子英雄儿好汉，老子反动儿混蛋”。这重臣王孙的后代不是好当的，想来也无人敢认，如今太平久了重认前朝，寻寻血脉根源，也是好意。欧洲也讲出身，英国的大家族家产和爵位只传长子，长子不在了传给长孙，绝不会弄成几等份有几个孩子一起平分了去，目的是以维持家族辉煌于不坠。中国则基本上是平分家产，有几子分几子，从王孙到乡绅、到百姓皆如此。英国贵族和中国的王孙才子们有一处是相通的，那就是蕴于一个家族血脉中的精神气质和灵性是不灭的，无论曾盛于文还是曾盛于武，即使家道中落，依然能遇水而发，逢节乃花。

清末伊犁将军、陕甘总督长庚，乃戍边大将，一生边疆，与俄国办理外交多有建树；而端王载漪，则是清廷重臣、慈禧的核心，借义和团扶清灭洋不成，八国联军一来，被免得一死，发配新疆。想来欣力是得了这两位的英气以及家族文气，所以虽是女娘，却有以笔当刀之力。

我看郑欣力投乡入地，寻祖访古，吃饭见饭庄老板娘打量一番，去博物馆见导游小陈也要感慨一番，在伊犁惠远镇老城村遇到浇麦子的村民马义良，也热心到要“给你照一张吧，回去洗出来寄给你”。她是于祖上居留之处，都有一番热心思，看山看水都有情意。让我想起抗战胜利后，胡兰成避匿雁荡，见乡间妇孺心赞一番，会老朽壮汉慨叹一番，人人都让他心思皆惊。

说起这段远游，郑欣力自己坦陈：“西行万里，得见江湖两个，一个在清朝将尽的时候，一个在眼下。两个江湖，时空错落一百多年，从人的生存意义上说，是相通的。”但我不满足的是，作为名门之后的郑欣力行迹所至，今天所见的人、所经的事，都委顿于这时代了，无边的消费轰然而来，所有人都如泥沙被时代挟裹着前行，少了清明斯文，多了利欲急躁。遥想她舅高祖长庚将军当年，还是一个英武时代，人和事都漂亮，即使小人卑劣，也比今天的人卑劣得有风骨。

郑欣力喜欢历史和宋词，却不泥古，也不拘词，但她却有个毛病，写着写着就容易写到别处去了，说长庚的，却讲起自家儿子；说博物馆的，却讲起了导游小陈，而且眼之所见，情之所至，都一一照录不误，即使是“葛优为中国移动做的广告牌”，即使是“延福寺门前卖奇石的女人”，就连在甘州市场喝杏皮子水、买卤肉，也不忘记一笔，直言“提在手上，让人不能不爱人生”。

我一开始觉得她真是没什么可写了，鸡零狗碎都搓将进来，但是看着看着，却觉得这样也没有不好，一切谨严事后看来都不堪，好文章看似一气呵成，匠心独运，但都太板了，没有真实性情，倒不若笔随心止，驱使万物如军队，原来不如让万物解甲归田，一路有言笑。司马迁的了不起，即在于以人事潇湘写历史大义，一路有言笑。唐德刚也是这样。好文章就该如此，琐碎、真实，有闲言碎语，有陈谷子烂芝麻，也有新收的高粱大豆，拉杂了才会有传神之笔冒出来。

欣力这八篇文字，篇篇好文字，可能因篇幅故配了图。一旦配了图，又是彩图，就显得杂乱，像景点介绍，有充字数的嫌疑，最怕是冲淡了文气，文字力道顿时就弱了下去，像旅行手册。于我，这是最不满意的。我总觉得一个写作的人若不读史，则其识见不精，意味不深；若不远行，则人生不大，文字不阔；而远行，还是一个人才好，两个人难调，三个人太闹，唯有杜拉斯所说那种“身体的孤独”，才让人事风景都入心。欣力的好，即在于她读词也读史，也握笔也远行。

此外写游记要写好，得有情怀，既要有情又要有怀，把那种柔情在侧和万里在胸共冶一炉，才能骑鹤千里，寻梦百代。欣力算做到了，一路西行，一路喃喃，家事的疼与国事的痛，地理的广与历史的长，都在她脚下和笔下时隐时现。在她笔下，所有的古都照耀着眼下的今。

如今非虚构写作正热，说起来，郑欣力这本《八声甘州》也算非虚构了。很多人推崇何伟（原名彼得·海斯勒）的《寻路中国》，言其写历史地理客观平实。我倒不觉得海斯勒有多好，客观是好坏的标准吗？人不是照相机，人是人，照相机再精良，若无情意注入也等于零。所以欣力执意于这“阔大的世界和这些真实过活着的人们”，发现了生活的真相，真有彪炳人世的功德。

历史也好，地理也好，与人不切身相知，不提供现世观照，有什么意义？读史、寻祖、漫游，端的不是为历史本身，也不是为行走本身，而是为翻检死去的人温暖活着的人，烛照未来。

从家走到国和天下

>>>

是公知，还是私知
专注光头三十年
波普的归宿是波
马未都的玉
从冰霜到梅花
英雄和美人关
成败袁世凯
他的父亲胡兰成
乱世的奇女子
他们成了局外人
孤独是诗人的猎手
海明威的匪气
谁的下半身通天下

是公知，还是私知

几年前，意大利著名小说家、《玫瑰之名》作者翁贝托·埃科曾经到访中国，在无数麦克风和闪光灯的簇拥之下，他游刃有余地向学术粉丝和媒体公开兜售他的埃氏幽默与博学。

说到埃科的博学，人们总会盛赞他庞大如北极熊一般的学术体型，这位当代著名的欧洲公共知识分子，一身横跨兼哲学、史学、美学、文学评论、宗教学、小说、散文等多个学科领域。但是博学也并非完全就是好事，博学之后还要有精学才行，君不见在博学中迷失不见，继而流于卖弄的学问家并不在少数。所以埃科在《玫瑰之名》、《傅科摆》等历史小说中，也不乏大量枯燥而庞杂的人文知识，让人看得一头雾水，这也是知识分子小说的普遍不足，钱钟书亦是。古今中外，能在文学家和知识分子的角色间自由转换而又能各得其神韵本色者，真是寥寥无几。

埃科出过一本《密涅瓦火柴盒》，上海译文出版社，洋洋四百多页，收录了他自1985年在《快报》周刊的部分专栏，这些小文章大都脱胎于他记录在密涅瓦牌火柴盒背面随性记录下的逸闻和感悟，故名曰“密涅瓦火柴盒”。而身为“装在火柴盒里的人”的埃科，为《快报》周刊写了三十多年的文章，但他却不像我们当红的专栏作者那样油腔滑调，卖弄机巧，一口气钻进下三滥，空写字句套篇幅，他对报章杂志专栏这种快节奏性的文化消费，自是有他的一番讥讽与自嘲。

在《等等等等，等等等等》中，埃科坦言，“今天，我真的不知道该写什么，没有任何新鲜的话题，所有的都已经说过了——这就是我有义务要传达给读者的消息。有的时候，沉寂确实就是唯一的新闻”，但“我不能沉默，否则读者会认为我是知而不言”，所以埃科就把下面一段以110个“等”字代替，“或许你们自己有什么秘闻，那么不如由你们来写上一篇重要的文章吧。我给你们提供一段空白的篇幅。你们按照自己的想法把所有的‘等等’字样都替换成别的文字，来填补这一段空白好了”，这真是一篇绝妙天书。此外书中到处弥漫的是埃科对现代性的深刻自省和忧虑，对民主体制、战争、电脑、网络、电视、城市、工业化、高科技、城市化等他都有清醒认识，这些光鲜耀眼的领域相继沦为在他笔下被戏谑与调侃的对象。他对资讯全球化时代毫无节制地开放颇为不满，寄存于西方左派乌托邦幻想中的“地球村”他也仅认为是技术的虚假繁荣，并不触及人的内心世界，和技术的进步相比，他更关心对人本身的尊重，甚至是犯人的基本人权他也要捍卫——而书名之为“密涅瓦火柴盒”也真是一语中的，在海啸般铺天盖地的现代社会里，亦只有火柴盒这个巴掌大的方寸之间可供埃科激扬文字，静静地守卫人心世道和人之为人的底限了。

埃科对现代性的反思，对正充分城市化、工业化的中国别具意义。中国的传统社会，渐渐被一个全新的商品化社会鲸吞蚕食，“神圣感缺失”，造成一代人的无根感、无意义感、无归宿感，尤其是

“商品拜物教”和“物化”以及大众文化的泛滥，但是沉浸于官能的国人似乎尚未意识到此问题，反而肤浅地以为只要现代化就绝对是好的——但这也只不过是穷怕了的中国人的一厢情愿，匍匐于利益的一边倒思维而已。而在现代化之路上先行一步的欧洲诸国，对现代性问题已早有触及，从海德格尔就开始了，形成了一个批判现代性的传统，是西方几代人的共同问题意识，埃科亦不例外，他对于现代性问题的敏感反思，正可给深陷其中的我们提供一种观照。

之外我所欣赏的，是埃科一身分兼两任，既是小说家，又是著名公共知识分子。中国现在是有小说家，也有公共知识分子（其实都是自私知识分子，借公为私，假公济私），但是小说家里的公共知识分子，或者公共知识分子里的小说家，似乎都不多见。中国的文史哲传统上是不分家，但后来是分得越来越散了，小说归小说，学问归学问。民国年代，还保留着大量的小说家知识分子，鲁迅、茅盾、丁玲、沈从文、郁达夫、叶灵凤、施蛰存，无论左翼的右翼的都有，表达立场，质疑公权，还接着五千华年的传统。而1949年以后的小说家，大都缺失了这种操守，尤其是如今，小说已经进入了常态写作，更多的是匍匐于娱人娱己和获利，早已是沦为传统之外了。

无论东西方诸国，以小说家之身而发知识分子之论的，法国有萨特、有波伏娃、有加缪，德国有托马斯·曼、有黑塞，日本有大江健三郎，苏联有索尔仁尼琴，而环顾国内，我们找不出一个来，没有，一个也没有。中国最好的小说家现在不在发声了，没有主张，没有反对，只有消遣和沉默，编织文字锦缎，虚构冲突、对峙、激烈和欲望，你说他们耽于艺术一隅也好，专注于纯文学创作也好，但你听不见他们的声音，在一个有待于完善和重建的社会中，你听不到最敏感的文学家的声音，这是很可悲的。文学家们中间，或许北岛还能算一个，但他的“诗学政治”在更大意义上是一种时代姿态。

此外这类学术思想著作的翻译，远远不如20世纪80年代了。80年代的翻译引进，译者大抵都还有些功底，老派传承，功利性也没有那么强，更多的是出于兴趣和个人喜好，此外兼具教化普罗大众的功能，扮演着一种理想主义者的启蒙之姿，所以还差不到哪里去。随着90年代后出版的放开和市场化运作，“翻译工业”逐渐大兴盛，一时各外语系师生都成了翻译家，这带来的一个后果，就是翻译水准的参差不齐，一是很多硬伤上的不准确，二是翻译体的不忍卒读、不知其所云，三是很难做到文从字顺，更别提表达原文的精微所在了。其实，上好的翻译家一定要母语好过外语，但是现在的翻译家们，母语本来就成问题，翻译过来的外语更是一知半解了。

而归根结底，最重要的一点是，今天很多人做翻译，不是因为喜欢书，而是因为喜欢钱。

专注光头三十年

杜尚说：什么都是艺术，什么都不是艺术。事实上，他的一生就是艺术，他一生也都在逃避艺术，当你把他称为艺术家时，他跑去当图书管理员、教法文、下棋；当你以为他不搞艺术了时，他却从未停止。这就是杜尚的独特之处，也是高明之处，他真正从态度上将艺术从生活中取消了，把生活做成了一个高超的艺术品，正如他自己所说：我最好的艺术，就是我的生活。

彼时，这是杜尚的高度；此刻，这是不是方力钧的高度？我听过很多中国人说，也听过很多外国人说，方力钧是中国的安迪·沃霍尔。这个说法固然不错，不过我倒觉得，在精神上他其实更脱胎于杜尚，只是没有杜尚那么深刻，那么惊世骇俗；在技术上他才受业于安迪·沃霍尔，只是没有沃霍尔那么多变，那么光怪陆离。杜尚也好，沃霍尔也好，都不开宗立派，也都不坐地收徒，但却都对世界影响至远。不为其他，只因二位都知道，艺术玩得再高妙，不遁入人生了悟之境，一切都白搭白费。 深得两位内功旨要的方力钧，虽非臻于化境，玩转当今世人还不在话下，所以，无论醉心盛名的中国人，还是痴迷深意的西方人，都被他一网捞入，如鱼如虾，如草如芥。

难怪那么多年，还有人始终说，方力钧是个骗子，一直靠自我炒作浪得虚名。这样的说法，我不否认，也不承认，我觉得，从世俗层面说，方力钧没有错，艺术止步于商业，认不认那个价是你情我愿，把白菜卖出猪肉价，把猪肉卖出金子价，再把金子卖出钻石价，揣着明白装糊涂地接盘，只要自己击鼓传花接的不是最后一棒，后面还有冤大头哭喊着买单就行了。但是从艺术层面上说，他确实是个把人生艺术化了的大师，一辈子只做一件事，只摆弄一个光头，这不是艺术家是什么？至少是行为艺术家吧！不是他骗了人生，是人生骗了他。而你要问艺术值不值这个价，如此问题，则近似于问人生有什么意义，永恒的斯芬克斯之谜，神祇台下有几人能够作答？

潘石屹说得好，时代把几乎每个人都逼成了商人。画家也是人，吃喝拉撒，声色犬马，并非在利禄人群之外，也不比一般人承担更多的高尚，所以，你没有理由去苛责方力钧。

不过，我对当代画家却有个保留态度：他们成熟的是技法，不成熟的是态度。很多画家技法太好，太炫，太丰富，远远超越了艺术的需要，超越了承载精神的需要，艺术在技术层面全面解放、全面开花，而在精神层面却迟迟迈步不前。要知道，一个人在技术上过于强大是会走弯路的，会冲淡对本质的理解，对深度的把握，事实上，反而往往是最简单的形式才能去表达最具强大的内容。而这一点，方力钧二十年前就做到了，到今天一直还在做，他始终回避火花，回避激情，回避理想，去掉细节，去掉枝蔓，去掉繁缛，直袒关键，直露意义，让深度回到视觉之内。他所做的一如安迪·沃霍尔所言：“我的画面就是它的全部含义，没有另一种含义在表面之下。”

到底是更新技术，还是更新态度？这道选择题，毕加索选择前者，而杜尚选择了后者。技术和态度虽然山水相依，但是从技术走到态度却山重水复。四十多岁的方力钧，无需做毕加索了，他要做的是杜尚。所以，功成名就的方力钧又跑去开餐厅了，一个非常艺术气、知识分子气的画家渐渐生活化了，小市民化了，开始关心成本和利润，不拒绝麻烦，也不回避幸福，有泪水了，有汗水了，才能活得像个人，不是吗？不食人间烟火高高在上如凡·高、高更者，终非他所愿。

或许，他还是在践行沃霍尔的训言：我从来没有不在状态，因为我从来没有状态。而事实上，当方力钧把他那张光头涂上第一张画布时，其艺术和人生已经连为一体，雌雄莫辨了。人生从艺，四十不惑，他才终明白艺术不是画地为牢，不是坐井观天，喊一声艺术，满满都是人生，痴心的都会死去，花心的才欣欣向荣，玩艺术就得像条野狗，漫无目的，却又遍地都是目的，随处都是艺术，都是人生，不知君为蝶还是蝶为君。艺术家因艺术潦倒，因艺术荣耀，是为人生而艺术？还是为艺术而人生？到头来，艺术只不过人生一种障眼法，你看它千变万化，波光流转，画皮被揭去之日，终究会现出原形，明眸皓齿的大美女，登时化为逃入深山老林的小狐狸，人生到底是百相千端。人生艺术，孰是孰非，一如威廉·考珀所言，自然地运行全在上帝的旨意之下。

我听熟悉方力钧的朋友说，1984年他的一幅作品入选了在广州开幕的全国美展，当时仅仅为了看一看他的作品在美术馆墙上的样子，他竟然千里迢迢地坐火车从河北邯郸“哐且哐且”地奔赴广州看画展。说实话，我对坐在火车上一路忐忑、到了现场激动莫名的那个方力钧似乎更喜欢。

波普的归宿是波

1969年，库奈里斯在意大利第一次用咖啡粉来做作品；而1988年在法国，他用上了1.4万杯烈酒。现在，铁板、天平、麻袋、煤炭、咖啡粉、烈性酒，黑色、铁锈色，悬垂、捆扎……

2010年3月，73岁的库奈里斯应邀来到中国，在北京租了一家不锈钢厂的厂房一角和一套简陋的办公室作为工作室，每天7点开始工作，晚上21点结束。冬天里厂房没有暖气，有时候冷得够呛，他就跑到汽车里发动引擎，暖和一会儿再回去，继续“把物质转换成艺术”。对于他的这种对物质语言的变换和迁移能力，策展人黄笃称之为库奈里斯的一种“习性”，习性到哪都不变。

作为以“贫穷艺术”成名的艺术家，在波普年代，库奈里斯曾经艺不惊人死不休。在1967年的一次展览上，他在画框里放入一只活鹦鹉，两年后他拉来12匹马在罗马L’Attico画廊展出，两次“活”用动物都彻底颠覆了艺术的边界。然而这看似惊涛骇浪，其实则是波澜不惊，虽然它以“自然物质”、“有机生物”代替了用日常消费品，然而本质上这不就是斯特拉所谓“你看到的就是你看到的”吗？不就是沃霍尔的“我的画面就是它的全部含义，没有另一种含义在表面之下”吗？

恍惚之间，不禁让人生疑，这究竟是意大利的“贫穷艺术”，还是波普的尾巴？想想米开朗琪罗那句话，“我的天才可能造成无数的蠢材”，你不禁会哑然而笑。其实，哪里有什么贫穷艺术，只不过是意大利人玩了一把变脸游戏而已，甚至比法国的“新现实主义”还晚了一个节拍。在艺术史的绝对高度来看，艺术的原创性是唯一的，跟风、投靠、再创造都是投机，所以“贫穷艺术”本质上也不啻是“无数的蠢材”中的一个而已。库奈里斯说，生活最终会取代艺术。这话杜尚和沃霍尔说出来，比库奈里斯要有分量得多，因为他们说出来才更具有背景和价值的合理性。

当波普成为中心之时，无论欧洲人还是中国人，心头都压抑着一抹挥之不去的文化自卑，不但中国艺术家要朝圣，衰落的古典欧洲也在朝圣，美国一出新观念，全世界都要赶工做活。但是在这些作品背后，真的就发展出了美国社会文化那样的价值系统了吗？正如李小山所言，“方力钧的大光头、张晓刚的家族照片、王广义的大批判等等，素材和主题的独特性都在人们熟知的观念支配之下，几乎很难掀开表层的装饰挖掘出隐藏在下面的东西”。半个多世纪以来，当代艺术看似繁华实却单一，背后都不脱波普阴魂，波普先从美国腾空，而后则越过大西洋，掠过巴黎，穿过法兰克福，来到米兰，拖起长长的尾巴。而任何艺术一旦符号化了，都会随之失去早日的活力，波普也一样。正像沃霍尔自己所说：“我的作品完全没有未来，这我很清楚。只需几年时间，我的一切将全无意义。” 所以20世纪60年代中期，波普分化出极少主义和观念艺术，也是穷途之举。

有人把库奈里斯视作观念艺术里“最后一位艺术大师”，然而作为波普变种，观念艺术尽管有着波普的倔强姿态，有着艺术史的版图价值，但恐怕也是明日黄花。与善于捕捉时髦风气的中国艺术家比起来，意大利人或许还不习惯那么快见风使舵，而75岁的库奈里斯可能也知道，艺术的第二春估计是看不到了，唯有高竖观念的祭旗，成为远去的波普时代最后一个标签，在还没有发展出替代品的后波普时代他正可以周游当代艺术的列国以供凭吊——事实上，这种当代艺术是美国当代艺术。在中国做展览，库奈里斯当然非常卖力，布展、开幕、演讲、作答、对谈都一丝不苟，但是在当代艺术版图里，作为比意大利还要匍匐和臣服的弱势文化，在中国演“艺”的库奈里斯于我们何益？我们顶礼膜拜的究竟是一个拙劣的翻版秀，还是一个商业的好榜样？

在“演绎中国”的展览开幕日，有记者专访库奈里斯，结束后摄影师为他拍照，他却并不愿意返回展厅和自己作品合影，而是要求用咖啡馆里的大咖啡机当背景，他说他喜欢机器顶上的那只鹰。看完照片，库奈里斯举起拳头晃了晃：“看，我多像一个19世纪的革命者。” 是的，他心里也很明白，姿态比意义更能媚惑世人。波普其实不重要，普也没那么重要，最重要的是波！

马未都的玉

几年前，马未都走红百家讲坛，小眼一眯，貌不惊人，却天南海北地侃侃而谈。

我有一个朋友，极爱玉器，那一段对马未都的节目，是每有必看，我有时也跟着看，虽然有一搭没一搭，但也沾染气息。于收藏，于文物，我都是门外汉，权当是看稀奇，听故事。

人红百事找，人气暴涨的马未都，又是上电视，又是出书，热热闹闹，吹吹打打。马未都早年下过乡，插过队，回城后当了几年机床铣工，后来是写小说、做编辑、当编剧，还开过一个海马歌舞厅。到了八九十年代，别人蓬勃向上之际，他沉舟侧畔，一心侍弄文物，志不改矣。

马未都写东西，一如他登台讲文物，风土人情，天文地理，亲朋往事，家国天下，专业里带故事，既有识又有趣。熟读过他的《茶当酒集》，是他前两年出书大潮过后，偶又翻起的一股小浪，茶酒之余说起文物历史的老本行，从帝王将相讲到平头百姓，兼及怀人忆往、人生感喟。

古来多少帝王，自秦始皇起，到溥仪止，上马安天下下马定乾坤之余，皆爱雕虫小技。吴越王钱镠出身寒微，生时即伴有兵马声，一心占山为王，大唐谢幕，五代十国更迭，秘色瓷为其专用，这瓷原为大唐宫廷贡瓷，钱镠借机挟为私有，使秘瓷更秘。秘色瓷后世一直有传闻，但是却无人有幸一睹真颜。1987年2月，法门寺塔轰然而倒，地宫发掘出来之后，14件秘色瓷大白于天下，保存了1113年的国之重宝重见天日，望之惊艳滔天，果然是陆龟蒙说的“夺得千峰翠色来”。

朱元璋打下大明江山，也实属不易，叫花子能成为一国之君，千秋万世里只此一人，但是只凭武力取不了江山，还得靠国师之助，所以朱元璋极为敬重谋士。对花花草草、翎毛走兽他都无兴趣，军功出身的人岂能儿女情长，故洪武青花也是大题材，“鬼谷下山”、“三顾茅庐”、“萧何月下追韩信”。自古开国之君多草莽，明朝到了成化帝，就开始贪吃好玩，追求美器，政事不谙，却熟稔各类小技，斗彩即诞生于成化帝，青花勾纹，填以色彩，一出世则万人喜爱。而万历帝，则极爱这斗彩鸡缸杯，万历《神宗实录》里即有“御前有成化彩鸡缸杯一双，值钱十万”之说。

大清江山坐定，一代圣主康熙爷也不免旁骛，这位千古一帝好御驾亲征，也好葫芦里的蝈蝈之声，所以匏器就开始盛行。到了雍正更有过之无不及，他对景德镇陶瓷，倾注大量心血，具体到造型、颜色、画意等，对粉彩更是关爱，甚至事必躬亲，御笔朱批烧造指示：某某花去掉黑色，某某叶子少画一点。真是一门三代，又老又帅的乾隆皇帝，89岁尽享人生荣华，什么没见过？什么没玩过？可每天还是要坐在三希堂的小炕上，一手摩挲古物，发古人之幽情，一手吟诗作赋。

2010年6月，台北拍卖乾隆青玉螭龙玉玺，几番抢夺，最后以新台币4.3亿元落槌，创玉玺拍卖之最。乾隆一生刻玺无数，所拍青玉螭龙玉玺，三螭龙钮，体量硕大，以汉文篆书刻有“乾隆御览之宝”。玉玺今虽在，望之只觉残阳如血无限江山，多少金戈铁马，多少征伐之地，了却君王天下事，如今都青草茵茵，杀气不再。古来英雄士，各已归山河，只有这青瓶灰罐遗爱人间。

前朝，前前朝，重新打捞，晾晒天下，睹物思人念事，亦能百感交集。只是青山依旧在，几度夕阳红。别说汉唐文物，就是明清文化，甚至民国文物，哪件不比我们年龄大？活物都是过客，物还是人早已非。还是老子说得好，万物并作，吾以观复。万物生长，我看着你们轮回吧！

而我最心有与戚戚焉的是马未都写他父亲，一篇《镆铘岛人》，多年父子，多年兄弟。

55岁的马未都，年长我近三十，他父亲是癌症，我父亲也是；他父亲是放弃治疗，四天后去世，我父亲也是，不治后一周去世；马未都问医生治下去有无奇迹，医生说不会，而我明知油尽灯枯，还是去买白蛋白，去熬中草药，去求医问神，明知无望，却还要去做，只因是父子。父亲在病中的时候，我曾给他戴过一枚平安扣，通体碧绿，温润如泽，后来父亲去世，那枚平安扣再没找见，也不知是掉哪里了，或者被火化烧尽了，这是父亲唯一一次带玉，想来叫人不忍。

看完马未都的《茶当酒集》，念念不忘两件事，一是2002年宋徽宗的《写生珍禽图》拍卖，最后以人民币2500万落槌，中间一老者倾尽家财，叫价1300万，最终落败，事后他跟马未都说，那幅图起码我拥有了一秒钟；另一件，马未都去做足底按摩，相熟的按摩师请他鉴定，新买的玉是什么朝代，玉是新的，却花了3000元钱，马未都感慨，即使社会最底层的人也愿花高价买一块玉。

世间的事兜兜转转、风吹雨打，帝王将相与我多有隔心，寻常百姓才入骨入髓至深。故宫的仓库里国宝成千上万，件件价值连城，但是我也不喜欢，也不是不喜欢，而是总觉得有一种荒凉和辽远。皇家的物什纵然高贵，但是却没有感情，西风残照之处汉家陵阙，冷清到了极点，远不如街前巷尾邻居的胖儿子脖里几十块钱买的小挂件温暖。寻常人家，打一对手镯、一枚戒指，留着传家，或者留给姑娘陪嫁，保平安，求富贵，祛病消灾，那里面浸润的情意比帝王家多。

多少江山旧事，如今都按下不表，帝王不再，苍生依旧，还要了却多少天下事?

从冰霜到梅花

老的史书里写帝王相貌，每有附会之辞，必称贵不可言，个个奇骨贯顶，人人河目海口。

也不知道在哪本书中，见到过一张蒋家一门三父子的照片，蒋介石一身戎装的英武，刚毅飒然；二公子蒋纬国也是戎装，虽不承袭蒋家血脉，但濡染出的武将气概比亲生的还显亲生；反倒是长公子经国一身中山装打扮，眉目平庸，泯然众人，怎么看怎么都地味太重，犹似领养。

虽说天庭饱满面如满月从来被认为是大富大贵之相，然而事实上浑不起眼才是最好的保护色，就像袁世凯的浑浑然，蒋经国大概也是如此。苏联12年的冰霜岁月，终于让他知道什么叫藏锋不露，什么叫绝地坚忍。1937年蒋经国回国后，蒋介石安排徐道邻为其老师，从思想上为其折枝刨根，剔马列主义，植三民主义，一改浪漫情思修传统之学，但是洗脑真的就能洗干净吗？

此后蒋经国赣南新政、东北接收、上海打虎，铁腕、铁律、铁面，处处是共产党人手段。虽说打虎还要亲兄弟，但是上阵父子兵的蒋氏父子，却一个热血盈身，一个投鼠忌器。蒋经国饶是得了苏联和共产党的方法论，却也难脱子承父道的中国传统。但苏联于他，亦到底扮演了教父一角。1949年后，国民党在台“戒严”统治40年，“恐共”与“清共”，台北的马场町俨然成了南京的雨花台，蒋经国作为幕后最大黑手，领教过共产党的厉害，其出发点在于苏联，落脚点还在苏联。

在苏联，由于乃父数度背叛革命，王明一派整他之狠，苏联克格勃审查他之厉，都让蒋经国念念不忘，一夕数惊。他回国之后施身手于特务，与其说是以苏联为师，倒不如说是以其人之身还治其人之道，挤垮毛人凤，操控彭孟缉，整治吴国桢，清算孙立人，捎带衣复恩，表面无声无息、浑浑然然，而内里却早已山海变色，何等的苏联风范？何等的斯大林收拾托洛茨基？

他的多疑，除了子承父血的基因外，更兼苏联12年的人质外因，令其性格内功愈加深涵不露。无怪乎连许信良面见蒋经国，长谈几个小时，也竟不知对方心中所想何事。而苏联卧薪尝胆、颠沛流离，除了是赠蒋经国以玫瑰，此外还另捎余香。读书，流放，充军，做工，读军校，蒋经国亲身经历了斯大林的改革，也亲自下过农田，做过苦工，锤过铁板，讨过饭，他身上除中国传统旧礼教的光辉，更显逆境中的底层本色，陶涵也说“他的亲民态度，得益于在苏联12年的经历”。

60岁后，蒋经国短衣草履，寻访民间。饿了，在路边的小摊上买个盒饭就吃；渴了，可以打开水龙头就喝。身段放低至如此，这到底不是他那优渥有余的父亲可堪比的。到了1984年10月，写蒋经国前半生的江南，牺牲了自己的后半生。但这却让蒋经国开始另有所思，对异议人士控管也更形松手。两年后民进党成立，特务欲抓人，蒋经国未准，只说了一句话：“使用权力容易，难就难在晓得什么时候不去用它。”靠特务系统起家，靠家族承继登基的蒋经国，一如陶涵语“深受马克思主义的影响，但并没有被斯大林主义洗脑”，在铁血政治之后，终于要换以颜色了。

他第一次去美国回来，就跟随员说，美国的民主真好！此后便开放报禁，一夜间台湾冒出2000多家媒体。他能以美国亲身之行体味民主，丝毫不亚于托克维尔，更因此检视少年的苏俄经历和中国传统政治的阴暗复杂，幡然更张，虽说从良迟来，但也算功德圆满了。美式民主与俄式恐怖统治，在蒋经国身上竟冰炭共存、共冶一炉，一枝并开两色花。中国政治里百年难遇的蒋经国，到底是叛徒、信徒还是使徒？是贼人、伟人还是凡人？犹记几年前，我寓居沪上，夜半在旧书摊淘得江南的《蒋经国传》，窗前细读，蒋经国亦好亦恶的形象，一次次浮现在眼前。

12年苏俄的人质生涯，6年的赣南新政，此后是欲整顿金融力挽狂澜，终至功亏一篑。退守孤岛，时局震荡，铁血政治不得不为；壮大发展，“十大建设”奠定江山；民主叩门，他临门一脚，开放党禁报禁。终其一生的苏共手段，终其一生的苏联梦想，何谓卧薪尝胆，何谓雷厉风行，何谓心狠手辣，何谓气度格局，何谓顺势而为，怕是没有人比他更懂个中的甜与苦、酸与辣。

1987年12月25日上午，蒋经国坐着轮椅参加“行宪四十周年纪念”典礼。当他开始致辞几句后，11个民进党的“国大代表”，突然站起来高喊“全面改选”。部属要严厉还击，却被蒋经国制止了——他完全有这个能力还击的。蒋经国感叹地对属下说：“权柄，很容易去用它。难的是，什么时候不去用它。”我在纪录片里看到的画面是，台上老人固是神思昏昧，气力不继，台下旧部也皆老态龙钟，耄耋蹒跚，望来一片华发，只觉残阳如血，无限江山，强人终于开始学会妥协了。

北台湾的上空，山雨欲来，悄悄酝酿着一个新的时代。那气象盛放在30多年前的台北，引线却埋在80多年前的苏联。现代民主的成果覆满了极权主义时代的冰霜，这是蒋经国的局限，也是他的伟大。晚节黄花分外香，如果没有这晚节，他也只是一个威权二世而已。

英雄和美人关

小时候没电影院，经常去看露天电影，一张雪白的幕布挂在广场上，架一台放映机，从正面背面都可以看，除了反面看字幕是反着的之外，如果只看画面，正看和反看都是一样的效果。

记得那时候经常放抗战电影，尤其经常放的是一场《血战台儿庄》。那时虽然还小，但也能觉察出电影拍偏了，政治上不正确。哪有这样的国民党，从来都说国民党反动派、特务，还有不要命了打鬼子的国民党？这虽是多年教育的结果，却也说明一般民众对国民党人物的所知甚少。

五年前，我去看望80多岁的大舅，他当年从留学欧美预备学堂出来，不去留学，却跟着白崇禧的部队打仗，每次闲话戎马倥偬，他都激动得手舞足蹈，连说“那个人不得了啊，兵法厉害”。我后来读史书，得知江山将尽之际，白崇禧虽不至于力挽狂澜，却还意图三分天下，抱定决心顽守湖广，凭30万粮饷枪弹严重不足的军队竟对撼林彪的百万雄师长达半年之久，撤退转进时仍旧军纪严明、秋毫不犯，可称得上是虽败犹荣，因此对他于治军韬略暗生敬意。

想当年李、白广西起家，而北伐，而天下，私心不能说没有，但他们三分天下，抗日血战，也确实与有功焉。作为唯一有武士道精神的军队首领，李宗仁当年治广西可比阎老西治山西慷慨多了，厉兵秣马，军而不阀，内政清明，且广援天下，新桂系成就于斯，亦确实得了八桂之地的人事天养。都说南蛮，而广西人也确实是有一股子蛮劲儿，男女老少都韧性十足、霸蛮到底，我在桂林两年，每次去乡间感觉妇女老幼都与别处不一般，像藤条，像枝蔓，像铜豌豆，像窦娥。

李宗仁是桂系老大，是统兵几十万的军阀，但他最本质的角色却是个男人。他前后至少有三个女人，大老婆是小脚太太李秀文，小老婆是现代知识女性郭德洁，最后的老婆是革命女性胡友松。

他选中郭德洁，是因为德公有一天在城楼视察，一眼瞥见街头骑自行车的郭氏，一见钟情，最终抱得美人归云云。郭德洁虽是妾身出身，但是李宗仁的堂面之事多由她主持，她也穿梭在党国伉俪间，醉心于夫人政治，风采虽不及宋美龄，但也可称得上三甲。但殊不知，郭德洁遇到李秀文，却每每败于当下，家中大事小事拿她拿到服服帖帖，一点办法也没有，乡间夫人虽不识文字，却就有这样的手腕和力道。看过一本李秀文的回忆录，八桂大地的人物、风土、家计、饮食、婚丧、嫁娶、礼节，种种乡间什物以李秀文的身份和百岁见闻阅历道出来，都别有一番滋味。

顺便插一句，广西能出太平军、桂系，都是靠八桂的蛮劲，尤其是桂北地带，地靠三湘，广受儒学浸润，人事风景更让人深感民间深稳。广西之地150年前能出太平军，100年前接连能出新老桂系，划江而治、三分天下抑或称霸一地，亦是靠这股起兵于民间清明结实的力量。

至于李宗仁那个倔过老爹的儿子李幼邻，可能是怨父纳小，跟他多有嫌怨。早在1948年李宗仁竞选副总统，李幼邻即出口劝止，说其一无钱二无权，当上副总统也没有人听他的，没想到果被他一语言中；此外更在后记中称“我能有今天，全是母亲的功劳”，丝毫不提李氏教养之恩。历史的曲径通幽之处，当事者含糊其词，亲近者为尊者讳，后人也难免一叶障目，所以更需要身边人出来现身说法，以微显著，补足当时的褶皱和体温。唐德刚的《李宗仁回忆录》虽言之凿凿，却也有美化李氏之嫌，诸侯烽烟马背征伐，以诈力得天下，往往以仁义节操失天下，时运顺当予取予求，大难临头却每每不能自持。即如胡汉民初见黎元洪言其“浑浑而有机心”，李宗仁为人处世、量力称雄也有这般手腕，貌似敦厚仁和，实际却对政治走向的得失利弊算计精当，锱铢清晰。

早在1948年的副总统竞选，李宗仁即左倚知识派和美国对其清望的期待，右靠在广西和安徽的多年经营，窥测公器，用金钱操纵选举，最终成为行宪以来首任民选副总统。和谈破裂之后，更是进退失据、行事悖乱，南京陷落不去广州共赴时艰，却去桂林以观后路，广州未失就抛弃袍泽，远遁美国“割治旧疾”去了，无怪乎连蒋得知后都“不胜骇异”。此外，作为国民政府的前代总统，虽然江山易手、海外流亡16年，但夜投敌营的勇气依然是惊人的。程思远居间牵线，虽一手撮合了整个过程，却从未剖析过德公转变的心路历程，也许是知而不宣、不适合宣吧。

李宗仁回国后，更是一直置酒高会、游山玩水，相伴40年的夫人郭德洁逝世才4个月，德公就看中了年轻温柔的胡友松小姐，随之续弦，所以和白氏一样，德公于1969年逝世也当属顺理成章。对老年男子而言，女色虽是伐性之斧，但对李宗仁来说，既已成红色江山的归客，除了需要时对海外诸公现身说法，再无政治资本，温柔乡里不思量，胜负荣辱早已度外。这恐怕又得重提当年了，彼时白崇禧重兵在握，却不听中央调度，明知“守江必受淮”，却因为华南是其老巢而将手下精兵全部驻扎于湖广一线；黄绍竑更是在20世纪30年代就将兴趣从军事转向政治，一边和异党在浙西私通款曲，一边又热心于组建“第三党”，意图合纵连横，在政坛另辟一番新功名。

桂系三巨头，李白黄皆称得上一世之雄，内斗天庭、外斗诸侯，合纵连横20多年，到头来却劳燕分飞，军政铁三角一流亡，一靠边站，一观望投诚，岂非当年咎由自取？历史就是这样，不能以当今设若当年，也不能以当年置换当今。因因果果，果果因因，因果来报总有时候，老了老了也逃不过历史戏弄，要么屈身投敌、酒色自娱；要么意志消极、殒命女色；要么噬脐莫及、受辱自戕，所谓“靡不有初，鲜克有终”，历史的大力总会在人性颠簸中诡异而残酷地显现。

项羽一路踉跄，虞姬当然看在眼里，惊在心里，他是过得了美人关，过不了江山的关，李宗仁是过得了江山的关，却一直过不了美人的关，无论是知识小姐还是小脚太太或者被安排的革命女性。

李宗仁虽不是蛮夫之勇，但半路杀出来的枕边还有糟糠之妻侧目，他从一介凡夫到一路诸侯，再到一朝天子，最后到海外归客，落差荣辱也是天上地下，李秀文一路相随，除了共度国破山河在，更是少不了恨别鸟惊心，怕也当如小个子拿破仑所说的，“矮子眼中的英雄总会有鼻毛外露的那一刻”。所以李秀文也好，郭德洁也好，胡友松也好，原配也罢，二房也罢，续弦也罢，李宗仁再是一世英雄豪杰，是非悲喜也难逃枕边耳目，一生跌跌撞撞除了他知道，还有她知道。

凡夫俗子还好，越是大人物人性越是会放大得细细分明，也越被世人放大检视。如今像我们这样的官能男女，好美食美色是生活中应有之义，但在李宗仁这样的桂系头领历史枭雄身上，江山美人一肩挑，收拾山河要被人说功道过，置妻纳妾更会被评头论足，花边风月也成了历史的幕布里不可或缺的摇曳的花烛，只是英雄早晚白头，美人朝夕迟暮，人性和江山翻不出新花样。

成败袁世凯

买过一本袁世凯的书信集《尺素江湖》，书做得不错，就是翻译太要命。我看一页撕一页译文，看了半天书被我撕得只剩薄薄半册，像被狗啃过的馒头。平心而论，老袁的信写得真是一片赤诚，说他是个绿营大老粗，但那么多绿营老粗有几个能把信写得像他一样？

近现代以来，无论庙堂还是坊间，都对袁世凯言必恶声。在他的盖棺论定中，亦总少不了三大罪名：戊戌告密、背叛民国和洪宪复辟。其中更尤以戊戌年间，袁世凯出卖谭嗣同向荣禄告密，以戊戌六君子的一腔热血染红自己的顶戴花翎这一节为世人所津津乐道。然而如胡适所言："历史不过是个任人打扮的小姑娘。"而且也如柯林武德所言："一切历史都是当代史。"所谓的历史公道，有时候也不乏是一时一地的偏见、成见与异见。曹操所背负的历史骂名一再被正名，以及民间写史的兴起，说明我们一再被灌输的历史定见是靠不住的，或者至少是立足不稳的。

晚清民初的中国，适逢三千年来一大变局，其波诡云谲不啻春秋战国和风烟离乱的三国，且与战国和三国相比，这个古老的帝国还要应付垂涎欲滴的环嗣列强。在这样的背景之下，袁世凯想不出头都不行，更何况他的生平志业和天赋性情亦正在于此。在某种程度上，这个荒于诗书的大老粗和那个精于诗文的建安雅士曹操，倒是不乏相似之处，都可堪任“治世之能臣，乱世之奸雄”，而事实上，以袁世凯的权变和才干、处变不惊和处惊会变，他亦早晚会是曹操第二了。

在晚清政坛，张之洞和袁世凯也堪称一个鲜明的对照，一个被称为“有学无术”，一个被称为“不学有术”。在李鸿章与八国联军的谈判中，张之洞对议和大纲指手画脚，李鸿章即毫不客气地直言，“不料张督在外多年，稍有阅历，仍是二十年前在京书生之习”，甚至告诫他珍惜四钱银子一个字的电报资费，不要动辄“屠财”，乱发空洞无物的电报长文了。对这个慈禧朝的文胆、当代文宗、双料宰相，袁世凯这样的干才当然是看不上的，他甚至曾经对人说出“张之洞是讲学问的，我袁某是办事情的”这样的话。而事实上，在那个波端百出、愁云惨淡的晚清政坛，恐怕也只有袁世凯这个理繁治乱之才才能有所胜任，却到底不是清流党的书生所能制衡得了。

而与他的师父李鸿章、师祖曾国藩相比，袁世凯更像一个实用主义者，因为不读诗书，没有文化人的酸腐之气，他倒少了许多牵绊和挂碍，好处坏处他都了然于胸，曾国藩虽然也会文人将兵，但他更多的是做学问和谈心性，处处以王阳明为师，且政局的巨变，晚清民初的帝国山河日下，外有列强，内有革命党，亦使袁世凯不得不考虑中华帝国的新局面。曾国藩当然有实力称帝，但他却不会恣意妄为，他由一介草民，学而优则仕，十年寒窗苦练内功，内圣外王，他是要做圣人的。而对尚权谋、握兵柄的袁世凯来说，他自始至终都未想做圣人，所以拒绝普天之下莫非王土率土之滨莫非王臣，对他来说太难太难。如果单论道德论操守，李鸿章不如曾国藩，袁世凯又不如李鸿章，一门三师徒，人格确实是有所递减的，但另一面徒孙的治才的确是不辱师门。

在中国历史上，开国之君历来多是草莽之辈，刘邦如此，朱元璋亦如此，成吉思汗更是如此，偏偏是草莽胜了权贵和读书人，到底还是应了毛泽东那句话，老粗出人物。而袁世凯这个大老粗，之所以称帝不成，并非是他没有称帝的资本，而是那时候已经没有称帝的时机了。此外，他的气度与学养、机智与权诈，一胜一负，在他坐大之后两两相抵，也注定了他虽然能成大业，却不能成大器。称帝乍败之后，袁世凯曾对张一麐吐露真言："总之，我历事时多，读书时少，咎由自取，不必怨人。"纵观袁氏一生，他与读书人的张弛，贯穿了晚清始终，真是人之将死其言也善，临到头了他才明白今生今世的成败所在，但是他到底也不诿罪于他人，而是知耻近乎勇。

还是胡兰成说得好："五四时代是个分水岭，从此军阀要过时，国会的花要谢，从曾国藩，李鸿章，张之洞幕府以来的士，从袁世凯训练下来的新兵，都要让给新的知识分子与北伐革命军了。五四时代是中华民国要发生无数大事之前，酿花天气风风雨雨的豪华。"中国是五千年的天下，到了这个帝国不再来、也不能再来的年月，终于要换一换节气了，而老粗的时代，却是从此走到了尽头，亦仍复回归于老路子，治国须用读书人，无数的民国海龟们要等着粉墨登场了。

他的父亲胡兰成

夏天的南京自古是火炉。2009年8月的南京，果然也是一座火炉。我和上海电视台的陈黛曦去采访一位老先生。

他是胡兰成的幼子胡纪元。在玉兰路康盛花园的一幢公寓里，听说我们要来，老先生很兴奋，早早地就发来详细地址，人还没到，两杯茶就泡好了，茶几上摆着葡萄、李子、桃子。

胡兰成一共有三子二女，发妻唐玉凤生子胡启，继室全慧文育有胡宁生、胡纪元、胡小芸、胡先知。胡纪元1939年1月1日生于香港，因此父亲给他取名纪元，乳名宝宝，三个月大时，父亲带一家人从香港来到上海，胡纪元在父亲身边生活了12年。1951年，胡兰成辗转去了日本之后，他在上海电机制造学校读书，后到四川东方电机厂工作，1998年退休后定居南京。

胡先生住在顶楼，复式楼。“女儿结婚去加拿大后，我们就买了这个房子，这边安静，空气好。”家里摆满了各种各样的乐器，小提琴、大提琴、吉他、钢琴、唱片机。退休后赋闲在家，老先生写了很多歌，《大亚湾观日出》、《山行》、《江南小调》。兴致来了，老人拿出歌本，翻到《山行》，标题下写的是“词杜牧，曲胡纪元”。我对比着念出来，老先生听了，哈哈大笑，笑声带着几分矜持和自嘲，好像沾了杜牧很大的光。这表情是不是胡兰成所说的，看到自己本来面目后的不好意思？老先生先用中文唱，然后又用英文唱了一遍，发音非常标准，而且老派。“我从小就喜欢音乐，受我父亲和妈妈的影响。”老伴儿退休前是幼教老师，也能唱。“你也唱一个，唱一个嘛！”胡先生催她，谈阿姨拗不过，也唱了一个，慈祥、欢快。

“走， 到楼上，我给你看个片子。”老先生健步上楼，熟练地搜索，打开视频。一看，是凤凰卫视的节目“开卷八分钟”，何亮亮在介绍薛仁明在台湾新出的《天地之始》，第一本正面评价胡兰成的书，朱天文作序，老先生一声不吭地陪我们看完。楼上是书房，一个大书柜，一层一层摆满了书，有张爱玲和余秋雨的书。书桌上摆着一台老式电脑，隔窗有个小阳台，种了很多花草，爬山虎爬满窗户，绿意蔓延到房间里来。往下看是篮球场、网球场和运动场，还有儿童乐园，雨花台景区就在不远处。阳台上种了蔬菜、花草，“喏，这些土都是我从下面背上来的。”爬满一面墙壁的爬山虎，绿叶葱茏，枝枝蔓蔓，淡黄色的小花辉映其间，看一眼便消了几分暑气。

“你看你看，这都是我自己种出来的丝瓜，天然的。”老先生拉开冰箱，拿出两根丝瓜，食品袋里的丝瓜瘦瘦的，长长的，明显没有菜市场里的个头大，但是结实，没有污染过。老先生还在家里养了一只乌龟，叫“健健”。“养了20多年了，在四川时就养了，我叫它健健。”说话时老人拿出一枚乌龟蛋，“喏，这是我们家健健下的。”眉眼里都透着得意，像个70岁的孩子。

聊起父亲胡兰成，老先生说着说着，有时停下来，会磕磕巴巴，也会思索良久，是年纪大了言语跟不上思维，还是怕用词不准误会了意思？但他心底是自豪的，“我现在越来越觉得我父亲的学说厉害。”说到兴头上，或一语点中他所想。老先生亦不免哈哈大笑。生活在南京，老先生还经常去听各种学术讲座。“上次陈子善来讲《小团圆》，我也去听了，他还来看我。”南京大学他也常去，“南大的中华民国史研究中心，有些学者现在研究民国很客观了。”一旁的书桌上则摆着一本南京大学的《民国研究》。退休后，他开始整理父亲的著作和资料，常常复印一些父亲的文章寄出去。“现在能做成光盘，就方便了，一张光盘可以存放所有著作，也方便寄，我尽可能把父亲的学问散播出去，让尽量多的人知道，就自然会有人感兴趣，会去研究他。”

言谈之间，老先生转身去了里屋，拿出薛仁明寄来的一本《天地之始》。在书的封底，有薛仁明的业师——台湾佛光大学艺术研究所所长林谷芳的推荐语：“写人，就是印心。”好一句“写人就是印心”，而胡兰成其人难鉴，其心谁知？向来提起胡兰成，一半是张爱玲的缘故，一半是汉奸身份的缘故。花边新闻和稗官野史从来盛行，但是一个甲子之年后的今天，确实该是直面认识胡兰成的时候了，人们若还仅仅停留在谈论张胡之恋，非议胡兰成汉奸身份的层面，一方面那真是太小看胡某人不说，另一方面也是对我们自身思想和审美趣味的一个巨大嘲讽。作为“汪精卫手下第一大才子”和“国师”的胡兰成，其才情、识见和经历实在是别开生面，胡兰成是单靠他在哲学、思想、历史、政治、文学和艺术上的造诣，亦可以使他成为一个人物了。

这个才华识见皆极高，经年在生死成败、善恶是非边缘上安身的人，还曾迷倒过一代大家们，如梁漱溟、刘景晨、唐君毅、徐复观、卜少夫、川端康成、汤川秀树、冈洁。胡兰成虽无学历，亦学无师承，然而他的学问却广为通达，上古典籍如《尚书》、《易经》，黄老之学及佛学禅宗，诗词歌赋乃至民间戏曲，古典小说如《三国演义》、《水浒传》，以及现代科学的种种，在他那里都信手拈来，而又无不一一恰切自如，在他自己的体系里游刃有余。他常常引用李白，他自己倒像李白，白衣傲王侯，汪精卫都要看其三分面子。他又是个不得志的纵横家，本可以为帝王之师，只是生得晚了，中国的大格局基本已经定下，由不得他来归置。时势造英雄，然而英雄终究造不了时势，所以他躲得过雷霆之劫，却终躲不过亡命天涯，只能终老于异国他乡。

胡兰成自称“干政治的人”，向唐君毅自嘲是“纵横家”，阿城评之为“兵家”，日本人则称他为“亡命的革命者”，他自己说：“我于文学有自信，然而唯以文学惊动当世，流传千年，于心终有未甘。我若愿意，我可以书法超出生老病死，但是我不肯只作得善书者。”依他的性情志向，文章小道，壮夫不为，书法亦是，即使为也只是闲耍而已，他又不是个文艺家，更不算是知识分子，他倒是士，是国师，他念兹在兹的是“五百年必有王者兴”。而文艺、学问与他只不过是人生的副产品。他是人生的格局大，所以副产品的格局亦大，今天的教授和文艺家能比？

而我们耿耿于怀的胡兰成在汪政权的历史，到底是怎么一回事？看过林思云写的《一个真实的汪精卫》，也看过赵无眠写的《查塔呼奇河畔谈汉奸》，还看过金雄白写的《汪政权的开场与收场》，都是出于同情和理解汪精卫政府的立场。但是这样的文章和著作，还太少太少，不足以构成一种声音，稍一冒头即刻又被压回去。泱泱大国，五千华年，向来不缺历史，缺历史观。一直以来，汪精卫的声名之恶在两岸几乎是无出其右，无论国共都出于政治正确的抗日史观——这亦是中国固有的一种政治洁癖，所以他几乎没有翻身的余地，即使想谈亦不可能，随即又被民族主义者们一浪打过来。但历史亦必有历史的隐晦和曲笔之处，单单凭一句“卖国贼”、“汉奸”以逞口舌之快，毕竟是极为轻佻的，至少在学术上是轻佻的——轻佻岂不也是一种暴力?

中国自古以来的文化历史，成王败寇，兔死狗烹，香者更香，臭者更臭，原谅英雄，却从来不原谅败将。“一将功成万骨枯”，我们看到的只是“功成”，而不是“万骨枯”；“败军之将，何以言勇”，我们看到的只是“败军”，而不是其背后的用心和努力。中国文化的一大弱点，亦即在于它还没有建立起一种通达的成败观，而在我们熟知的历史背后是不是还有别的曲笔？在南京的那个下午，在那个胡兰成的气息氤氲回环的道场，我感受到胡纪元先生在用心地、缓慢地、小心翼翼地为父亲正名，为那一段历史岁月里的另外一种可能性寻找解释，这种正名和解释能不能站得住脚且不论，只是我们先不要把一顶大帽子扣过来，因为只有允许才有客观的可能。

乱世的奇女子

2010年1月24日，胡春雨于上海巨鹿路家中辞世，享年95岁。如果单单是从逝者名字上看，这并没有什么异样，只是这个世界上每天都会离去的世人之一，胡春雨最多不过是个饱经风霜的老人，未可大惊小怪。但她是胡兰成的侄女，是《今生今世》中的那个传奇女子青芸。

三天之后，27日晚上9点多，一个突然的电话打进来，是胡晓文。她当日刚从台北飞抵上海，告知我说，青芸姑姑去世了！在她行之前，朱天文托她带来书稿和《印刻文学》的稿酬，要她帮忙去拜见一个老先生倪弘毅——胡兰成生前的得意门生。此前，倪老先生曾写过一篇《胡兰成二三事》，天文说要老先生看一看资料，回忆一些胡兰成的往事，趁思路还清晰赶快写出来，晓文要我帮忙查查去倪先生家的路线。原来是青芸去世了——这既在意料之中，却也在意料之外。

胡晓文是胡绍钟的长女，她的姑姑青芸与胡绍钟是同父异母的姐弟，乃父正是胡兰成的三哥胡积义。胡积义亡故后，青芸姐弟的教养之责全仰赖胡兰成。胡绍钟跟着胡兰成读书，后来又念完上海交通大学，1948年去了台湾，后来江山易手，他横隔一湾浅海，再无归来。

青芸本名胡春雨，生于1916年，幼时受继母虐待，父亲亡故后，她跟随祖母和六婶唐玉凤。胡兰成与发妻唐玉凤都视青芸为己出，玉凤去逝前还将幼子托付，望她姐行母职。青芸识书认字，“全是伊（指胡兰成）教的，把著手。”“后来伊不教了，我也不去读了，就是伊给的这点基础。”夏天里乘风凉，胡兰成还会在稻田里坐把椅子，叫青芸拿把小矮凳，给她讲《圣经》和《三国演义》里的故事。

2008年五六月间，胡晓文曾经来上海省亲，陪姑姑青芸小住了数日。那时候我与晓文联系，说如果有空的时候要去上海见一见，打电话时被青芸听见了，她听力很好，很敏感，精神也容易紧张，听了就开始念叨“林东林”，考虑来了住哪里，来回要花好多钱等等，想得那么周全。

1939年，遵照胡兰成的安排，24岁的青芸辞别老家，带着13岁的阿启离开胡村，坐了3天的船，从宁波转到上海去找胡兰成。在大西路（现在的延安西路）美丽园28号，那幢三层楼的红色小洋房里，青芸主人兼仆人，一手操持打理家长里短，拉扯胡兰成的五个儿女。1943年，胡兰成因为说了一句“日本必败、汪政权必亡”，而遭汪精卫逮捕，其佣人老炸星夜赶回上海向青芸报信，青芸忙去使馆找池田笃纪，靠日本人帮忙，被关48天，后胡兰成终才出狱。生死交关之际，青芸挺身相救，也不枉胡兰成一句“但如今只有青芸是我的知己了”。为拉扯五个堂弟妹，人事纷扰，青春蹉跎，青芸一直没有婚恋，耽误了终身大事，到了30岁才嫁给沈凤林。胡兰成作为以家长的身份主持了婚礼，新婚照上青芸盛妆端坐，手捧一束马蹄兰，微笑，矜持而美丽。

虽然张爱玲跟胡兰成结为夫妇，但青芸比张爱玲还大三岁，身为小辈，她喊张爱玲为“张小姐”，而张爱玲则直呼她青芸。在《小团圆》里，青芸被张爱玲化名为“秀男”，“俏丽白净的方圆脸，微鬈的长头发披在背上，穿着件二蓝布罩袍，看上去至多二十几岁”。有一次，秀男到九莉住处，九莉和之雍在高楼阳台上看她离去，她在街上还又别过身来微笑挥手，秀男告诉之雍：你俩像在天上。张伟群先生曾登门拜访青芸，写成一篇《红烛爱玲及其他——青芸亲见亲闻张、胡生平事证续》，青芸详述胡兰成、张爱玲结婚前后，“两张纸头我看见咯，一对蜡烛插了馒头里厢，也点蜡烛咯”，一幕幕回放拜堂、签约、媒证、洞房花烛，终令这场情缘公案大白于天下。

胡兰成说：“是年我38岁，她23岁。我为顾到日后时局变动不致连累她，没有举行仪式，只写婚书为定，文曰：胡兰成张爱玲签订终身，结为夫妇，愿使岁月静好，现世安稳。”前两句是张所写，后两句为胡撰，旁写炎樱为媒证，青芸所说的“两张纸头”，当是全文不足50字的婚书。胡兰成说他最爱旧式婚姻，但将红烛插在馒头里当蜡台，只能是张爱玲的主意。受西式教育长大的她，此刻却情情愿愿接受着旧时的婚礼规矩，她的内心里，该是多么地渴望被认同。

2009年8月，上海展览中心举办全国书展，我前去出公差。忙里偷闲，我约青芸的二女儿亚丽见面，碰巧小女儿云英刚从西班牙回来，住在昆山，于是也赶来见面。在书展对面的上海商城，我们聊起她们的家庭往事，借两个女儿之口，青芸的日常生活和形象也渐渐丰富起来。

新中国成立后，胡兰成辗转香港前往日本与台湾。青芸并不像六叔想的，“已经穷饿苦难死了”，她一直强健地生活着。四邻都不知她叫青芸，而是喊她“老虎姆妈”（长子沈寅，属虎）。自从丈夫沈凤林死在劳改农场后，青芸就一个人在弄堂生产组做手工活养家，一家老小退缩到二楼的亭子间。邻居一再夸赞她有文化，养的一帮子女都争气，“文革”之后多半靠自修读了大学。在生产组的收入并不够，为了养家糊口，青芸便去帮佣。“每月十块洋钿，带小菜，汰汰衣裳。”集市在早上四五点钟就开秤，她便半夜里要起来，排在最前面才能买到紧缺的小排骨、猪肝。此外青芸还接编织的活，有的活计拿到家里，女儿们也帮着做。她辛苦地维持着一大家子的生活，到冬天手上长满了冻疮。每逢月末，米钱都要向人借。东西也常拿出去典当，家里有一大沓当票。

青芸有极为敏锐的政治嗅觉。20世纪50年代初兴向党和政府提意见，青芸即说是“引蛇出洞”，不要家人去讲；而后来搞批斗，因为胡兰成的关系以及沈凤林解放前的身份，大字报一直贴，后来竟糊满了家门口，青芸亦不管不顾，带着子女照常生活。青芸的小女儿云英说：“妈妈什么都清楚的，政治上敏感得很。”想青芸纵是个平凡家庭妇女，但究竟待在胡兰成身边30多年，政治上的风风浪浪和人情世故的变幻莫测她亦遭际良多，现实训练出的敏感嗅觉，到底非凡人可比。

胡兰成晚年与子女通信时总不忘叮咛再三：“是青芸将你们拉扯长大。”在《今生今世》里，青芸更是多次现身。胡兰成对这个侄女的评价极其之高：“人世的富贵贫贱，她唯有情有义，故不做选择。”胡兰成的五个小孩，连她自己的五个小孩，也就是青芸常说的“上五下五”，都靠她一手拉扯带大。胡兰成得意时，青芸为他操劳持家；失意出亡时，青芸更得挑起六叔留给她的这副重担。六叔说她是“故不做选择”，但一家十口小人儿的吃喝拉撒，青芸却是没得选呀！

2009年8月间，我去南京拜访胡兰成的幼子胡纪元先生时，提到其堂姐青芸，老人家忍不住眼眶泛红，说起跟堂姐间的种种：“近几年，我都去看她。有一次她跌倒了，我到上海去看她，她看到我亲得不得了，抱着我，临走时我亲她的脸，她哭了，我扶着她照了张相，她半闭着眼。哎呀！心里面亲得不得了，我去看过她以后过了一段时间，她身体好起来了，好得很快，奇迹般的又恢复健康了，有过三次都是这样的，就这么奇怪。我爸爸后来给我的信中也说，要记得青芸姐。”

对胡兰成，世人所知多是他的风月往事。他跟唐玉凤、全慧文、应英娣、张爱玲、周训德、范秀美、一枝和佘爱珍的关系也一直饱受批评，他也被封为操守上无大节，私德上滥情负心。但是青芸看到的和我们都不一样，她深入胡兰成的生活与交际，和他的前六位女子都素有渊源联系。她说，六叔并不是像外间传说的那样滥，而是“断了一个，再跟第二个的”，全慧文患精神病后，胡兰成虽然一面也发展感情，另一面的确待病妻很好。正如张伟群先生所言，人是复杂的多面体，胡兰成对女人重情、尽责虽不像他的风流行为那样彰显，却同样包含在全部人格人性之中。

2009年11月间，胡纪元先生来上海看望青芸，我本有意一同前往，后来想了想，记起张伟群先生的话，有些事外人问也不大能问出什么，且都是零零碎碎的，还是由亚丽、云英姐妹平时留心记下来为好；此外，他们姐弟亲人相见，外人在场也不大好，于是我便没有去。不想事过两个月，青芸却走那么快，想再见一面却已阴阳相隔。近年来，胡兰成被“发掘出土”，时有好评如潮，时也有恶批如浪，但彼时彼地的情形到底不是揣测出真知，随意乱捧或乱骂都显轻佻。青芸是胡兰成的亲侄女，且在其周遭30余年，多少事都侧身其间，她的一言一语虽非真理，却可为那个时代的人人事事画像还原，且她的一生虽凡人却犹胜凡人，传奇如戏颇堪细细思量品味。

今天，斯人远去，世事翻新。我这个后生小辈也只有写写她的往事，用她的话佐证一下胡兰成的心声，来表达对这个人生传奇、有情有义的奇女子的追思和纪念，虽未谋面，但心向往之。

他们成了局外人

在我自己的家族里，有两个长辈的故事最让人感慨难忘，一个是大舅，一个是伯父。

我的大舅胡暹昌，生于1922年，去世于2006年。20世纪20年代，他生于一个殷实的地主之家，父亲和叔叔还是国民党的保长，30年代末，他从河南留学欧美预备学堂和中南工学院毕业，本要赴美留学，一代俊彦却本着抗日的热情，参加了白崇禧的部队，作为一个文弱的小兵，南北征战。后来解放战争时期，他跟着起义的部队投诚，成了反蒋迎共的一员，他心仪一个不贪不腐的新中国，而在20世纪五六十年代，他在这个追求光明的新国家却开始了梦魇。

不但出身家世备受怀疑，而且在白崇禧部队的经历也成了他的历史污点，新中国成立后受尽了各种运动的批斗，妻子终于忍受不了这种折磨，弃他而去，带着女儿另觅清白人家。大舅在这样的摧残中精神几乎失常，言语举止近于疯疯癫癫，被镇上的男女老少称为“胡疯子”。但他并不疯，只是提起往事时很激动。此后几十年，他要么读书写字自娱，要么在镇上的学校门口摆摊谋生。

而他的弟弟，我的二舅，因为同样的家世牵连，又性格倔强刚硬，在“文革”中被打折双腿，半辈子卧床不起。我小时候过年时还见过他，在镇子后面的三间土房里，一床棉被裹着一个干瘦的身躯，我和兄长提着点心去看他，而他却只能在北风呼啸的屋子里嘤嘤呀呀，不能言语。

有这样遭际的，还有我年近80岁的二伯父，作为一个同样出身于地主之家的人，他曾经在新中国成立之初毁家纾难，为建设一个“自己当家做主”的国家，他为响应号召，尽一个青年读书人的本分，为当地政府提了一些意见和建议，却不知那是“引蛇出洞”，后来被各种运动批斗，他不服，又被人公泄私愤地毒打，棍棒落身，卧床多时，走路时半瘸半拐。后来我问伯父对以前经历的看法，他木木地不曾多有言语，仿佛噤若凄切的寒蝉。在这个日新月异的国家，他当了个语文老师，因为出身没能做上教育局局长，他也不觉得亏，似乎已经看透波诡云谲，不会轻易流露悲喜。

对于人生的轻和重，昆德拉说过，责任是一个沉重的负担，却也是最真切实在的，解脱了负担，人变得比大地还年轻，以真而非，一切将变得毫无意义。他的人生中，有男女之爱，有朋友之爱，也有祖国之爱，从沉重苦难的布拉格出走后，海外生活的优渥闲乐和侍花弄草，有一种失真，也有一种失重。大舅和伯父的闲散度日，也未尝不是一种失真和失重，但他们也没有办法，他们已经成了这个国家的局外人，成了历史的局外人。他们曾经在国家那里寻找救赎，在转向和谏言里寻找希望，最终却被证明只是如露如电的泡影，所以在曾经沧海之后，不再有惊心的波澜。

有人说，男人只关注三种东西，性、政治、金钱。然而说到底，有些男人关心的是能不能在一小块土壤中找到救赎？爱国主义是一种绑架，还是一种归宿？很多的革命者，没有在国家的道路上找到归属，找到救赎，最后在女色、在金钱、在生活、在艺术、在别的途径上找到了落日归途，他们一手缔造的国家，一手缔造的政治，自己也承受不起，最后也要远渡重洋地出走了。

作家野夫的伯父张志超，也是当年学生运动的领袖人物，很早就入了党，但是由于工作性质的限制，只能是地下党，但在新中国成立之后却一直不被承认，不能恢复党籍，因为重回组织，要有人证明以前的经历，而很多人为公为私不愿出面，为他不平而出面作证的却又得不到承认，于是张老先生也不再奔波，而安于过一个升斗小民的日子。张志超先生这样的人并不在少数，那么多当年的地下党员，不是站在台面上的工作者，事后都没有得到承认，有的老死了得到追认，但已毫无意义，有的老死了也依旧寂寂无闻……

这样的人，曾经对国家有着火热的激情，有着上刀山下火海和抛头颅洒热血的忠诚，但是最终却成了国家的局外人，这个灿烂的新国家，跟他们再也没有关系，他们是棋子。这是国家救赎的破灭，在被政治热情和政治梦想绑架之后，乌托邦的迷梦被搅翻，沉睡于美梦中的人终究会苏醒的。这就是鲁迅所说“生最痛苦的是梦醒了无路可走。做梦的人是幸福的；倘没有看出可以走的路，最要紧的是不要去惊醒他”。但是人不可能不醒的，除非死去了……

辛亥革命推翻了清政府，虽然看起来革命成功了，但是当官的还是以前那些，巡抚挑落了衙门上的几片瓦片就是革命了。华小栓得了痨病，他父亲照样给他吃人血馒头，一切与以前并无分别。鲁迅关于革命的梦就醒了，他发现革命也没有效果，就是所谓的无路可走。没有感触到这种绝望的人是幸福的，幸福着灭亡比绝望中灭亡要好。所以鲁迅从医学转向了文学和思想，他要从拯救人身体上的病转向拯救人精神上的病，他觉得在国家那里没有得到任何救赎，所以他从国家走向了个人，拯救每个子民的病。……在贾平凹最具争议的小说《废都》中，我们可以看到庄之蝶的种种淫行浪迹，他既有传统文人的随性与清高，又是多情风流的浪子，同时还有着小市民的自私与市侩。这部小说出炉于20世纪90年代初，我觉得还不单单是一本小说，更是一种历史的节气。

打过江山、出过力的一代人，突然迷惘了、失重了、被抛弃了，在这个口口声声“人民当家做主”的国家，他们不再是人民的一员……同时商业经济的苏醒，也在权力的作用之后，再次驱赶着传统文人和知识分子们，他们成了“丧家狗”，四处流浪哀嚎，无人问津，所以只有沉溺于肉欲之欢，只有在原始而简单的本能之中，他们才能发现自己还像个人，还有着人最基本的快乐爱欲。这样的人在全世界都有，冯内古特有一本《没有国家的人》，我的大舅、二伯父和庄之蝶就成了“没有国家的人”。“没有国家的人”，是一个正直、善良、追求自由的美国人表达对国家的失望和批评。冯内古特说，美国已经使他陷入狂暴的绝望当中，他所热爱的美国，只存在于公共图书馆的前排位置上，他是一个没有国家的人。

作为一个人文主义者，他对当代科技至上、环境破坏、石油滥用、原子弹研制等的强烈不满和深切忧患；作为一个社会主义者，他对普通劳动者同情，对美国富人政府不满和抨击；作为一个出身自然科学的作家，他对人的精神状态和世界的状态深刻揭示，朴素表达。胡适也是一个“祖国的陌生人”，他当然有自己的国家，但他的国家不是政权，而是一种国度。国家有难，他可以辞学当大使，但到了承平时期，他又要做一个监督者和反对者，而不是一个“永远都没有投过反对票”的代表。他对国家的爱和恨连在一起，恨是因为深爱，所以要责之切，虽然最后情非所愿。

比较起来，以前打江山的人被遣散似乎还能心理平衡一些，一朝天子一朝臣，臣是随天子的，不是随国家的，没有国家的概念，日月光华，弘于一人。所以刘邦、朱元璋、赵匡胤的“飞鸟尽，良弓藏，狡兔死，走狗烹”、过河拆桥、卸磨杀驴，或者杯酒释兵权都是帝王意志，臣子有功有过都还能在心底里接受，君叫臣死臣不得不死，他们忠于的不是国家，而是金銮殿上被山呼万岁的人。只是江山的新浪拍后浪，国家的形态千风万姿，一代有一代的凝霜成露，每一代子民有着一代子民的忠义和血勇。只是到头来，国家之大，大到不再能装下热盼它的每个子民。

加缪说，在这片如此热爱的广阔土地上，他是孤零零的。他不孤单，千万人都孤零零的。

孤独是诗人的猎手

多少年来，我都想写一写旧友老陈，苦于不知道从何下笔，每写每掷笔而叹、揉纸投篮。直到读到蒋勋笔下的“孤独”，我才一时恍然若悟，原来我非要用孤独去佐酒下笔，用情欲、语言、革命、暴力、思维和伦理去观照他的生活和往事，才能做他临水照花的解人。

在《孤独六讲》里，蒋勋把孤独分为六种：一种是残酷青春里的情欲孤独，一种是众声喧哗却无人肯听的语言孤独，一种是始于踌躇满志终于落寞虚无的革命孤独，一种是潜藏于人性内在本质的暴力孤独，一种是不可思、不可议的思维孤独，最后一种是以爱的名义捆缚与被捆缚的伦理孤独。对照起来老陈，极恰切，从情欲孤独到语言孤独再到伦理孤独，他一个都没落下。

我和老陈每天在一起，经常以调戏他为乐，似乎从我认识他开始就没有一天不调戏他的。那天晚上我从他那出来，他说了一句“男人要学会孤独”，让我非常感慨。老陈每天都是一个人，他从地摊上、农民家里、朋友的铺子里淘来一些古书，在孔夫子旧书网开了一个旧书店，每天早上起来去快递书，晚上回来整理古书，拍照传到网上去，其他时间抽烟、做饭、打坐、喝茶、写诗，在成都只有寥寥几个朋友，除了书上的生意，平时也不大来往，每天自己面对周遭一切。

老陈写诗写了20多年，写得无论好或者坏，他都是独来独往，自己写，自己看，有时也卖弄，但始终游离在诗歌圈外，很少在报纸、杂志上发表，也几乎不和别的诗人来往，他看不起那些人和诗。老陈写诗不玩西方的那些技巧，也不沉浸在自我的小情绪中，或者推敲修饰语言，他的诗基本上一气呵成从来不改，他不止一次狂妄地说："我的诗是这个时代最好的诗，我是这个时代最好的诗人。"我听了每每哑然，不知道该说打击他的话，还是劝他自谦一些，他却不管不顾。

我后来发现，蒋勋所说的六种孤独，其实在老陈身上大多都有，他虽然今年已经48岁，早过了残酷青春的情欲孤独，但是一个单身男人没有情欲是不可能的。你可以想象，每天面对旧书、残卷、昏灯、斗室之后他在暗夜里对一个女性身体的渴望，不但要交欢，更要交流，无边的情欲涌动却无人诉说、无人可解。这对一个敏感的诗人来说，比对常人有更大的撩拨。语言的孤独在他是一种诗的孤独，日常里没人读他的诗、听他朗诵，他只好偶尔抓我去分享。在一种日常的、世俗的生活里，柴米油盐中人是跟诗有距离、有隔膜的，而对自负且自傲的诗人老陈，即使是诗歌中人也望而却步，所以他的语言孤独是一种双重的孤独，叠加了诗歌在生活中的孤独和诗人在诗中的孤独，他独自在破书桌前写下狷介、不羁、狂傲和潦倒，却无人看见，且无人愿意看。

有时候革命非关政治，所有对抗和逃离都可以称为革命。他20多年来，南下广州、北伐京城、东归九江、西突巴蜀，做过健力宝的策划员、书商的撰稿人、小书店的老板、出版社的编辑、古书收藏者，在图书和诗歌的阵营里他曾经志在天下、不可一世，但却一次次头破血流、黯然疗伤，他又是一个世俗的革命者，不结婚，不恋爱，不回故乡，不见父母兄弟，只和诗书为伍，到头来却在成都这片安逸巴适里落寞伤神。当年革命者的冠盖满京华他没有，只剩下斯人独自憔悴。

十年前，我原来的老板欧阳欢携海南出版社扎根北京，旗下一时多少贤良才俊，有现在的著名作家野夫，有拍过《雍正王朝》的著名影视人刘文武，有一代大家朱正的公子朱晓，当时老陈和他们纵酒高歌、午夜酬唱，如今成名的成大名，求财的发大财，老陈还是那样的破落户、那样的潦倒汉，他有时候甚至无米为炊，就在楼下的树上摘枇杷果吃几天，犹如都市野人。形成这些当然有他的性格和命运使然，然而他每次都有一种逃离和出走，要做白衣壮士、江湖豪侠。在这种世俗的革命里，多少误解与误读、高歌和狂哭、繁华和宁静他都独自承受，这种孤独看似浪漫，实则残忍，不躬行者不知其伤其痛，端的不是我在片纸只言中这般滑稽猎奇般地笑谈。

老陈是小孩子脾气和性格，我称他为“诗歌顽童”，他从小在阿公阿婆和父母的溺爱下长大，要星星不得摘月亮，但他却又有一种娘胎里的大度和慷慨，家里的玩具统统背出来给小朋友玩，等耍玩既毕，诸孩童手撒手一地的狼藉，他就自己捡来归置好，怅然若失地背回家去，阿婆每次都无奈地摇头说他：“你这个小孩，你这个小孩。”除了白首而叹，此外也没有任何重口相责。

他有大性情，所以也有大暴力。朋友发达了对他山呼海喝，他哪里受得了这等富贵相忘，想到对方落魄时来到成都，他在艰困境遇里好生招待，于是打电话去骂，决然绝交；南怀瑾去世后，有人在“今天”论坛里诋毁，他本不便出来应战，托请浙江的三缘出来说句公道话，三缘不理，他也不管不顾古书生意了，以一人之力与众人大战三天三夜，他事后说是“义所当为不得不为”。

我与他喝酒，一瓶沱牌曲酒两人分尽，我不能多饮喝了三两，他一人喝了七两，酒足尽兴之时他又想起往日旧事，激动得手挥足舞。手起手落之间，一只玉手链都被拍得绳断玉飞、四分五裂，他的暴力可想而知。这种暴力的孤独一般人自然难以理解，以之为性格怪虐、行为粗暴，然而，我所了解的老陈不是这样的。他首先是个正常人，其次是不入俗世伦理的正常人，在一个日益沦落下作的社会中，他追求的是一种古人的侠义和慷慨，路见不平就要拔刀相助，兄弟有难就要慷慨解囊，陌路相逢就应该共饮一杯。不然他就要动怒动粗、声嘶力竭，用暴力去表达一种不耻和不屑，而世人的不理解就造成了他暴力的孤独背景，所以他要一个人怒战纲常。

老陈非常人，是因为他的思维非常人。譬如写诗，别的诗人经常学习西方的技巧和表达，玩弄语言的花招和装饰，或者沉浸在自己的情绪悲欢之中。老陈写诗不这样，他多年南征北战，熟读佛法和兵道，苦练白骨观和打坐，又亲近植物和旷野，做人做事也只是凭一个基本的感觉——这感觉也可能未必就对，但在他的诗中却是一种诗性，他的诗性是觉性，不是去想、去思考、去摆架子，而是靠感受、体悟和灵性去写，他常说：“有文化和有觉性是两码事。”在今天的思维状态里，这种思维是孤独的，因为绝大多数人靠的是训练和经验，而在老陈则出于一种本能，靠的是繁华落尽的性命相知，所以他的觉性成为一种大稀少，只能穿过众生的脑袋踽踽独行。

老陈的母亲早逝，出身于大户人家，一举一止都有礼仪涵养；他的父亲生于油厂工人之家，祖上靠苦干和勤俭成为小股家庭，20世纪

50年代留学苏联，回来后做过地方小吏，后来当上大学教授，老伴去世后找了一个湖南阿姨。老陈还有一个弟弟，小他4岁，珠海办了一个小厂。虽然并未关系不睦，但老陈和家中诸人也都不大来往，和众亲戚也少通关系，他堂兄弟在上海开大公司，他也不闻不问，老陈说："他们都是常人，一般谋生计而已，我们家只有我一个诗人。"虽然花销无节制，时常困于钱财，但老陈从不向家人张口，在他心里觉得，君子固穷，相交也应淡如水，就像他父亲和伯父，一家小殷一家大富，见面也只是兄弟，你不会给我钱，我也不会要钱。

还有一点是，老陈对家庭和伦理，多少年来始终沉浸在童年时的状态，他不愿意面对长大后的关系。而且在他心底，永远都有一种远超家人的自负自傲，他一再说起上海开大公司的堂兄夸他的话："其他兄弟都是蚊虫，我也只是文痞，你才是文豪！"这些都让老陈在家庭伦理中有一种出走，宁愿停留在幼年时的简单相亲和单纯相近中。这其实也是一种孤独，因为常人不会用他的伦理去度量他。30年来，老陈上北京、下广州、回九江，都受不惯那般繁华的冷漠，一次次奔逃出来，只有来到成都这个大农村安了他的心，一待就是5年。我在广州和他同住时，他有一次夜间惊坐起，说梦见一句诗："迟波还同洞庭老，啸歌要问七年期。"他的古诗功底远没有这般水平，能得此妙句应是天成，今天他已在成都啸歌5年，归期不远，老来回到家乡的洞庭湖边，也算应了他梦中佳句，对得起此前50年的人生岁月里南来北往、浪奔浪流的前缘孽债。

有一次我和他在街边喝茶，旁边是龙门阵里众声喧哗，老陈突然说："昨天晚上喝醉酒让我想通了，肉身皮囊而已，我已经可以放下，你信不信？我现在就可以脱了衣服裸奔，但我并不是神经病，我是一个正常人，跟那些发疯了受刺激裸奔的人不一样，我是放下了羞愧和别人的看法。” 我望着他，一时觉得像是很熟悉的老陈，一时又觉得像陌生的路人。回去的路上，目送着他双肩一耸一耸地前行，眼圈在他头顶上一行行地散开，我知道他的背影里至少拖着六种孤独。

海明威的匪气

过了30岁，是会感觉到老的。人生如坐翻滚的过山车刚冲到顶峰马上就开始往下掉了，顿感血性大减、魄力大减、尚武精神大减，不再踢球了，不再泡妞了，不再喝酒如牛饮了，隔壁不再半夜敲墙叫你们小点声了，去厕所再也不能尿到自己脸上尴尬地以手拭尿装拭泪了。

冯唐易老，廉颇已老，尚能饭否，尚能硬否？倔强的理想开始臣服于垂垂老去的肉体！

怀旧，忆往，感慨，话当年，老泪纵横，人就这么文气下去了，匪气不再来，热血不再来，冲冠为红颜不再来。老并不是文气和匪气的分界线，老而为匪的大有人在，而只是一种表现。对大部分人来说，是文气是匪气，还是文气多匪气少、匪气多文气少，从娘胎里出来时就决定了，当然后天也不是没影响，土匪窝里养不出白衣秀才，书香门第难考得上武状元，环境也出力。

袁世凯和曾国藩都有匪气。袁世凯是两次落第不中，索性投了笔从了戎，小站练兵之后，一路做到清廷的内阁总理大臣、北洋军阀的头子、中华民国的首任大总统，在那样的乱世诸侯中，没有匪气断无出头之日，而他的文气之盛，读读他的书信集《尺素江湖》就知道了，老袁的毛笔字也略有可观，笔墨之间有武有功。曾国藩的文气足、绵长、入口醇厚，《曾文正公家书》、《冰鉴》、《曾胡治兵录》都是文气正漏，治家选人治兵样样精通，侧漏的是曾国藩的匪气，打长毛、挟朝廷、拥兵江南、三次自杀，这样的匪气兼有霸气读书人中怕只有王阳明比得上。

再往上说，就数得上朱元璋和刘邦了，人性其质，流氓其本，事迹大体诸位都知道。

有匪气而无文气，只能马上得天下，不能化被天下。就像成吉思汗，只识弯弓射大雕，只懂强奸女人杀男人，他说文明就是靠马上抢劫和马下强奸得来的。部落文明时期可以这么干，到了国家社会时期再这么干，是要亡天下的。还是元朝做得好，上马得了天下，下马请来耶律楚材，沙场纵横的铁蹄松开得如寺庙池塘里的老莲花，这就是武功之后的文治，匪气之后的文气。

有文气而无匪气，连天下都得不了，更不要说化被了。从根本上说，匪气是一种创造力，是一种生殖本能的冲动，无论破坏还是建设都要拼了老命往前冲；而文气是一种修辞学，是锦上的花、池里的莲，把硬的东西往软了说、把干的东西往润了说。文字以及写文字，天然地被赋予一种男儿不宜的阴柔气质——虽然四书五经从小都得学，扬雄不说了，雕虫小技，壮夫不为。

文气和匪气就像正和奇的关系。正要守，奇要出，文气也要守，匪气也要出，只有一样，那是邪门，跑偏了。柴静说野夫，一半是诗人，一半是流氓。这就很好，混杂型的活法是硬币的两面，是一条绳上的两个蚂蚱、一个土丘上的两只貉，它们会互有攻守，造出一个满腹牛逼的人物。

最好的文气加匪气是流氓有文化，而不是文化流氓。流氓的文化是求证于生存经历的，打过架、酗过酒、冒过险、寻过欢，讲的是实用逻辑，不酸不腐。自身没有验证过的道理，不讲；不是拳头打出来的故事，不说。他们本身就精彩，所以不用花言巧语，老老实实道出就精彩。文化流氓骨子里是文人，笔下嚣张狂傲舍我其谁，怪力乱神和声色犬马应有尽有，毒品、毒气、毒素、毒药、毒舌五毒俱全，大美、大善、大是、大爱四大皆空，然而生活中却一本正经、波澜不惊，温良恭俭让，不酗酒作恶，不包养二奶，不偷瞄老伙计的小女友，也不暗地勾搭女粉丝。

文化流氓是意淫派，流氓有文化是行动派，一个动嘴，一个动手。两个上海人街头打架，你一言，我一句，唧唧歪歪，吵翻天了还打不起来；两个东北人街上打架，你不说话，我也不说话，上来就是拳打脚踢拍板儿砖，刺刀见红。上海人就是文化流氓，东北人就是流氓有文化。

于我而言，文气太重，匪气太淡，正太多，奇太少。虽然从小在背地里写过上百封情书，却从没有公开调戏过一次心仪的班花；虽然见不惯不公不平一次次上前理论，却从不敢一言不发上前一脚踹开插队加塞的路人；虽然老板每次都夸我方案做得四平八稳、周严无漏，但却从来没有赞赏过我能出奇制胜、一剑封喉、运筹于帷幄之中决胜于千里之外。我乃货真价实的小八股。

刚日读经，柔日读史，雾霾阴雨大雪天读小说看电影写书法，都是文人活法，太飘忽散淡。到底不如刚日舞刀，柔日练剑，雾霾阴雨大雪天韬光养晦合纵连横，才书剑恩仇、快意人生。

读小说我素来无不读文化流氓的书，只读匪气作家的书——如王朔、野夫、沈从文、黄永玉、海明威、亨利·米勒。海明威是真有匪气，亨利·米勒也有，古龙也有，李敖也有，金庸只有正气没有匪气。真有匪气的人文字干净利落，叙事简单明快，不玩花架子，不戴假领子，写出的字就像流过的血，一滴一滴的有街头巷尾蛮不讲理的分量，没有道理，也不讲道理，内容本身就是道理。他们玩女人、喝大酒、漂洋过海、上刀山下火海，文字是副产品，是呻吟，是感慨，是背影。

一生勇猛的海明威，是文坛中难得一见的硬汉，打猎、钓鱼、露营、参战，比露胸大肌的普京还要有种和硬朗。一生曾经历过数次车祸，烫伤、摔伤，甚至被狮子抓伤，腿、脚、胳膊、肋骨、肩膀、背、肌肉、扁桃体以及内脏均有不同程度的损伤，眼睛被戳伤两次，脑震荡十余次，还曾在战争后从身上取下237个弹片。最致命也是最后的一次，海明威开枪打爆了自己的头。

在开枪自杀前，海明威文气地对妻子说："晚安，我的小猫。"多么动人的匪气。

谁的下半身通天下

每逢十冬腊月外面北风那个吹、雪花那个飘，刚吃饱涮羊肉烤着小火炉的我就明白了什么叫饱暖思淫欲；每逢读李煜读到“罗衿不耐五更寒”，就明白了鲁迅为啥大冬天也只盖一床薄被。

身体深处那头被弗洛伊德唤作力比多的小鹿，在你酒足饭饱、衣暖人安之时就开始跑出来一趟又一趟地溜达了，踩得你的大脑皮层痒了又痒、第三条腿挺了又挺。有的人骑着这头野鹿赢得青楼薄幸名顺带写了不少歌词，有的人骑着鹿于夜半无人之际敲开了富婆的大门得了灵感画出诸多旷世杰作，还有的人骑着鹿率众起义翻江倒海还不忘一路娶妻纳妾，最后还得了天下。

食色，性也，天下人都如此，弗大师咂巴一下嘴总结道：力比多是一切创造力的源头活水。

彼时，我正被自己一次次手抚童贞的空虚、自责、负罪感一日重于一日，读到这话一时就像被醍了醐灌了顶开了悟，貌似看到一派光明朝我袭来。至于童贞在我22岁那年被师姐理所当然地夺走之后，在翻云覆雨、共赴巫山之际更是脸不红心不跳，事后更是盼望多些源头活水。

男女之事，除了结婚三年都没怀孕的博士丈夫和硕士妻子的奇葩“学术组合体”之外，估计你我都应能无师自通，没吃过猪肉还没看过猪跑，没见过瓢至少也知道葫芦，何况近邻还有麻生早苗、光月夜也、麻生舞、饭岛爱、武藤兰、苍井空的实景演出。许是龙生龙、凤生凤，天生的老鼠会打洞，我从娘胎里出来就对妇女很热爱，用胡兰成的话说，就是一辈子只爱女人的体香。

6岁。我已略懂男女之别，虽不曾领略巫山云雨、共赴良辰的春宵滋味，也不知女生的生理结构，只是见到模样周正、五官精致的女生，就从骨子深处生发出一阵止不住的荡漾。在家半夜写作业时，在笔画里见到的是班花的辫子，在灯影里看到的是班花的背影，字写得一行白鹭上青天，不过最后困意战胜了爱意，只有趴在桌子上呼呼睡去留下一行三尺口水表达思慕。

15岁。偷看我哥的黄书，艳若桃花、媚若梨花的一截露出来的香肩封面背后，每一页纸每一行字每一个词都蘸满了浓浓的荷尔蒙和力比多，偷瞄一眼即刻心生欢喜，知道明抢不到不如暗度陈仓，于是半夜趁他睡熟偷偷摸摸、窸窸窣窣如地老鼠般地卸下挂在墙角里的书箱。

在如豆的萤火灯光下，翻箱倒柜一番终于捏到那册薄薄页数却魂牵梦绕的不良小说，头顶、手心、大腿深处一层薄汗，躲在被子下打着手电筒看得心惊肉跳呼吸加重下半身坚硬如铁，各种细节描写在昏黄之中越发暧昧诱人，半夜看完后躺在床上久久不能平复，于是复坐而起重温方才狼吞虎咽、囫囵吞枣之处，如此反复三次，在鸡鸣枕上、东方既白之前，蹑手蹑脚将书原路放回。

20岁。那年的雨季却找不到可以云雨之人。落榜的我躲在小县城的一角里苦读终日，等到高考结束终于盼来无尽的自由之时，夏夜洗澡念及刚刚表白过的女生容貌，双手不由自主地在沾满泡沫的下身使出气力，一股乳白色的液体从沉睡多年的火山口直射霄云，仅次于顽劣放浪的少年之际在操场上比谁尿的高时我登顶冠军的高度。那时我追女生还颇有书香门第的良善家风，不牵手，不接吻，表达爱意一周写37张小纸条，私订终身送《文化苦旅》和《霜冷长河》。

23岁。初夜在一个风高月黑、万物萧瑟的夜里被我那智商、情商、性商都远在我之上的肤白貌美师姐夺去，我一不哭二不喊三不闹四不上吊，得了便宜还卖乖，知道了男女之事初尝竟能给我那么大的满足和动力，以至于在坐火车回程的3小时之内，“哐且哐且”的颠簸中写下五千字的长文。只可惜我常单身，而师姐不常单身，在用我宣泄完兽欲后就找个研究生恋爱了。

这让我明白两点，一是我再也不能3小时写出五千字长文，二是我为何那么恨研究生。

30岁。人生得意须尽欢，床上鸳鸯战正酣，不要意义，不要意义，拒绝明天，拒绝天明，只想旌旗猎猎、战鼓擂擂地冲锋陷阵，瘫软在温柔乡和事业线里一蹶不振，再振再蹶，再蹶再振。

明白了女人未必没有男人好色，也明白了男人从前好细腰骨感现在好肤白有肉，明白了直径半厘米的筷子为啥不愿插在直径十五厘米的茶缸里，也明白了交媾的土狗被年方十二的我拿着棍子敲为啥也不愿分开。面对雪白的小腹、光洁的大腿、闪亮的乌黑秀发，三十啷当岁的我除了七尺长的口水别无武器，只想用双唇在姑娘凝脂白膏般的皮肤上滑过一队步行凌乱的骑兵。

40岁。估计开始感叹吾生也有涯，而妞也无涯，望着世贸天阶、新天地、中环广场、天河城川流不息、此起彼伏的美色自叹要是再年轻二十岁该多好啊，虽然饭局酒桌上依然有前赴后继的文艺女青年拜倒在胡子拉碴和难负的盛名之下，但已心生寒意明白心有余而无力拔剑。

在不惑的年龄，共赴巫山的次数将越来越少，写字的产量也将越来越低，文字松松垮垮如同肚皮上的垂垂老肉，性欲从当初的旭日东升急转直下如红日西沉，腰板挺了又挺还是挺不起来。方才明白原来力比多是写作最好的润滑剂，想着白嫩大腿绝对比想着市场份额更有写字动力。

27岁时，我看过《情迷六月花》，看过《北回归线》、《黑色的春天》和《南回归线》，知道亨利·米勒热爱妇女、调戏妇女、一辈子离不开妇女，他的字都是嫖妓后的回味和喘息，有千精散尽还复来的豁达和虽然流氓无产也要诗人吟游的浪漫；我还看过《洛丽塔》，书和电影都看过好几遍，知道纳博科夫也热爱妇女尤其是热爱14岁的少女，他研究蝴蝶、下棋、网球、拳击、谋杀、政治和小说，最重要的是研究14岁少女那一截令他荡漾的小腿，他的文字冷静绵长干净而有力，像一个绅士和贵族，骨子里却像一个不折不扣的荡妇，言辞深刻的文字荡妇。

另外，我还知道罗素热爱性事和妇女，他跟怀特海写出了《数学原理》，还顺便弄一本《婚姻与道德》得了诺贝尔文学奖，我想那应该是摩勒尔夫人、一伦精神分析学家的夫人、海伦·达德利、奥尼尔小姐、多拉·布莱克或者他的学生皮特·斯彭斯之功，小妖精老妖精们激发了这个温和甚至羞怯的男人在精神世界像床上一样无匹，就像他在自传中写的做爱感受："在那一刻，科莱持的爱是我的庇护所。不是逃避残酷的事实，而是逃避认识到人是什么所带来的极度痛苦。”

兰陵笑笑生和贾平凹也一定是热爱妇女的，不然不会有《金瓶梅》和《废都》，他们热爱妇女一如武则天和慈禧太后热爱兵强马壮的男宠，在那热爱之余一不小心写出了不朽之作，或者玩弄天下于两股两掌之间，他们的兽欲是一种元气或者他们的元气就是一种兽欲，六七十岁的力比多还仍然如23岁的我在艳阳高照的早上的晨勃一样坚不可摧，以此化被天下、奄有四海。

只是，只是我求仙问道地转移了很久，到现在还在兽欲的道路上狂奔不止，不得元气之门而入，没写出《北回归线》，没完成《数学原理》，也没有画一幅举世名画或当上天下人的陛下。但我隐隐觉得，在兽欲和元气之间应该是有一道狭小的窄门，只不过我至今还没找到那门牌号。

那个一扇写着兽欲一扇写着元气的大门，如果你在哪里见到过？请一定记得告诉我！

文字是最后的仰望

>>>

四窟全书

马伯庸出过一本叫《我读书少，你可别骗我》的书，我读了觉得很是脱离基本事实。

我见过的读书少的人都福大命大，野路子玩得滴溜溜乱转，脑子可比蹄子好使多了。我奶奶以前老说“一命二运三风水四积阴功五读书”，读书乃我等靠不上爹妈、靠不上荫蔽、靠不上七姑八姨、一辈子也得不了妻财的书生穷途末路之选。在下也不想读书呀，问题是我五行缺钱啊我!

我悔。我悔我爷爷当年没有去台湾，结果土改时两百多亩地被工作队分了，还算有点金银财宝的家底儿也被充公了。如果他老人家那时跟蒋公去了台湾，说不定还能谋上一官半职吧，说不定还会成为富得流油的台胞大老板，哪天来寻他的故土子孙吧。不过后来我脑子不热时想了想，我爷要是去了台湾，我爸也不会找我妈，也就没有我了。台湾再好，跟我也不会沾上半毛钱关系。

我恨。我恨我爸当年娶的是地主家的女儿。两家都根不红苗不正不说，那头我姥爷这头我爷还都是方圆有名的大地主，这不但直接剔除了我爸我叔我姑我伯他们入学入团入党参军的任何梦想，而且在改革开放之初的那些年还严重影响了我和堂兄弟姐妹们在村里的巨大声誉，我从小跟人打了架，欺负了女同学，偷了人家地里的瓜果梨桃，都会被他们一路追赶着叫“小地主羔子”。

我结结实实的命不好，用我妈的话说，就是祖坟上没长那根蒿草，冒不出那股青烟儿。

小时候学习烂且不用功，我妈在左边吓唬我：“不读书，以后卖到黑窑里搬砖都搬不动！”我爸也在右边激将：“我们家祖上都是读书人，不要丢了书香门庭的脸啊！”被说得黝黑的小脸一脸泛红的我只想把头埋得低了又低，结果一个声音不偏不倚地从前方飘然而至：“我小时候读书可没你那么笨，从小学一年级到高三毕业我可都是班里第一名啊！”一抬头，是我哥！

我从小就不爱读书，不是不爱读书，是不爱读课本。小学时流行拿报纸包书皮儿，我从来不包，因为书皮儿早被我撕掉叠纸牌了；中学时上课，基本上我大多数时候都在看一篇课文，因为写的在野外抓到野鸡烤着吃，课堂乏味困意顿生时我都要掏出来看一看；高中时老师在课堂上唾沫星子乱飞，我埋着头在课本上乱涂乱画，后来老师要我当着全班同学的面举着我蚂蚁窝般乌黑一片的课本游街示众，我本来还昂首挺胸，但在路过班花座位那一刻我低下了高傲的头颅。

不过我得承认，我还算有点小命、撞点小运，家里风水也不赖，祖上还算积了不少德，再加上我从来都能在关键时刻爆发的人品，我顺利地考上了重点高中、不那么顺利地考上了二流大学，尤其不顺利地拿到学位毕了业。读了大学的一个好处是，我基本上就可以不用看课本了，各种闲书、禁书、杂书、野书、黄书可以尽情而贪婪地一览无余，且可以光明正大地上课时览。

迄今为止我工作七年，换过五家单位，遗憾的是无一例外地都和书有关，不是出版社就是出版商，不是编书、校书、宣传书就是策划书，现在又天杀地干上了自己写书。想起来我后悔不迭，要知今天这样我当初抓周时就不该去抓那红楼了。我以前十分好赌，斗地主，打麻将，但几乎从来只输不赢，我原来不解，现在终可以揣测一下：这跟我的职业也许有十分巨大的关系。

我喜欢看的书，是一切不是为了读书而读书的书。不是书来找我，而是我自己去找书。

刚日读经，柔日读史，烈阳读诗，阴雨读词，百无聊赖时读小说，醉里挑灯时看杂文，各有各的山珍海味，各给各的临时安慰。我的几百本书轮番更新，番号却从来未改，从桂林到上海，从上海到北京，跟着我穿越了几千个日日夜夜和几千里的山河大地，跟着我享受从南到北的春色，也跟着我奔波苍凉无涯的生计，女朋友不常在书常在，女朋友出轨书不出柜，它们像聪明的猎人守株待兔一样守着书柜待我，不管我喝酒醉卧还是脚臭熏天，都温柔地让我肆意纵情临幸。

读书费时，按一周一本的平均速度来算，一年三百六十五天，一年大概只能读五十二本书，十年也就是五百二十本书。爱读书的芥川龙之介，有一天闲得蛋疼，莫名其妙地开始计算他这辈子剩下的时间到底还能够读多少本书，他算出来大概是两三千本，大哭不止，没想到人生那么短。

我没算过，但是看着半屋子的书就像看到了自己用过的命和没有用过的命，用过的遥不可追，没用过的不可知。一本、五本、十本、一百本、一千本，最后轰然倒塌，一本都没剩下！

毛笔诗词，钢笔小说

如果一个70后出生的写作者还能坚持用纸笔写作，那无异于现代社会的异端。别说写作，能用纸笔写字儿就不错了。

我接触的作家中，60年代以前出生的还在手工作业的已经寥寥无几了，朱天文和朱天心姐妹算一对，她们写东西还是用规整的方格纸，一笔一画丝毫不苟地由右及左，如勒石刻字。

五年前我在广西师范大学出版社，策划出版朱天心的《击壤歌》，托她在篇首加一篇自序，她写完传真给我，我再在电脑里敲出来。后来又看到朱天文的《淡江记》序言，序言也是一篇手稿，写在一样的稿纸上，繁体书写，一笔一笔疏密相间。我一时感慨，难得今日还有这样敬字惜纸的作家。

作为我自己，早已是告别纸笔作战，不是不能，是做过一番成本核算，觉得不值得。

我估计绝大部分的写作者，都做过这番换算，所以我们看到的很多书，都不是“写”出来的，而是“敲”出来的。“写”和“敲”，其实大有不同，文字怎么流淌出来会带有不一样的韵律和节奏，写出来的东西像静水流深，虽然不声不响，但是却不断不隔、不滞不溺，而敲出来的东西像山洪和雪崩，看似山雨欲来，其实是雷声大雨点小，情绪姿态远远大于内容，是为赋新词。

是的，我是在说工具，制造文字和文学的工具。古来笔墨纸砚，今有电脑鼠标和键盘。

先说毛笔。毛笔写的诗多、词多、便笺多，文章相对少。如果钢笔发明得早，王羲之写《兰亭序》可能就不是324个字，而是几千字的宏文；如果电脑发明得早，王羲之写的可能不是千字宏文，而是一本几十万字的书，当然很有可能出现另一种情况，有了电脑，根本就诞生不了王羲之。

毛笔写出来的东西，干净、精练，没有废话，几个字里包含着多重意象，海量信息。

用什么写字，我估计对人的思维是有很大影响的。所以用毛笔写字的人，相对条块分明，杀伐决断，如果比作一根萝卜的话，心不是空的、糠的，实实在在，密密麻麻，掂手里有质感。毛笔写的东西适合品，要细品慢嚼，对联、中堂、闲章、鼎文、尺牍都是毛笔写的。我们常常说，人如其字、字如其人、见字如晤面，就是说在字背后站着一个或堂堂正正或鸡鸣狗盗的人。

次说钢笔。钢笔适合写随笔和杂记。文章不要长，可以有闲话和水分，但风神俱在，血肉可以不结实紧致，然而骨头还是硬的，像木心，像阿城。桃花明月、田园风物是毛笔时代的底色，钢笔则是属于工业和都市文明的书写，古人能静能慢能隐，现代人是喧哗和骚动的，骚动是一种时代的情绪，落到个人身上多少都有一点，只是浓淡的比例不同。所以只好合着用钢笔快写。

个人观点，钢笔适合写小说，毛笔适合写诗词。一种工具对应一种文体和一个文学世代。天然地对应，换了就弄不出来。

也许有人抬杠，说也有大把用毛笔写章回体小说的，施耐庵、罗贯中、兰陵笑笑生、曹雪芹、吴敬梓等等，一样写出了皇皇巨著、四大经典。我始终以为，如果以西方的小说作为小说的正统，那么中国人不适合也写不出精彩的长篇小说，我们的小说来自于诗、词、散文、杂记和话本、元曲，擅长言情言志，字本身能会意，要练字，每个字就像一个中国人，单独成龙成凤，放在一起就打架、内讧、窝里斗，这样的文字写短文可以，一写长就散，气势恢宏地走向分崩离析。

西方的每个单词都是一块砖，像是自行车的链条一环扣一环——链条也是西方产物，可以勾肩搭背、摩肩接踵，适合协同作战，甘于奉献自我成就整体，特别有组合力度。所以普鲁斯特的《追忆逝水年华》那么多字，不会彼此解构，而是结构在一起，一浪高过一浪，最后给你一个回味无穷的、深陷其中不能自拔的高潮。所以钢笔天生是用来写小说的，适合写西方的单词。

以西方的小说标准考量，中国别说当代现代，上溯一千年两千年也没有人写得出小说。当然不能这样比，也不必这样比。我们是没有小说的，中国人讲的小说的“小”和西方人说的长篇的“长”是水火不容的，所以弄出“长篇小说”这个名称，在形式上是长的，而价值上是小的。

我们的小说写不好，是因为农奴翻身做主人，一朝进入了新社会，只把毛笔换成了钢笔，但是文学思维和价值品性还是毛笔式的，钢笔漂洋过海不远万里地来了，然而我们钢笔的时代还未建立，钢笔式的土壤、气候、习性、生活还不够，所以写不好小说是正常的。如果有写得好小说的地方，我想那地方一定是上海，不为其他，只因为现代得早、洋派得早，钢笔有墨水可吸。

用钢笔写长篇小说，是跑马圈地，弄不好了要累死马。写出了百万字《平凡的世界》的路遥，就是累死的，一个人躲在屋子里写来写去，路遥不知马力，不懂手工作业不是机器大生产。

再说电脑。其实比电脑早一步又比纸笔进一步的，是打字机。《情迷六月花》里的亨利和琼，都是用打字机写作，一个字母一个字母地敲，字针一个单词一个单词地打，好在打出来的是纸，不是电脑屏幕，没有网络，不分心。19世纪西方出了那么多小说家，一半是打字机的功劳。

自从有了电脑，作家凭空多了几个数量级，如果能写字出书的都可以称之为作家的话。沃霍尔早就说过，这是一个每个人都有15分钟出名的时代。能识文断字，有情绪，有感慨，在现场，每个人都可以搞创作，而且可以搞很多创作，著作等身、著作超身。海量的信息，海量的垃圾。

写并不难，何况有了电脑，不动手只动嘴也能写。写得越来越多，从倚马千言，到倚电脑万言，水分却越来越大。毛笔换钢笔还算是酒勾兑水，无非比例之别，换成电脑写却都成了水，以水当酒。电脑刚兴起的时候，还是冒出过一些才人的，安妮宝贝就是。那时电脑还只是工具，涂涂改改，改改涂涂，省了墨水和纸张。现在是电脑成了目的，写来写去都是电脑，没了人脑。

仓颉造字，惊天地泣鬼神，他如果想到今天文学被这么一行行敲出来，一准气到吐血。

不过我并不悲观，文学和工具始终相辅相成、此消彼长，文学性足时，文学工具就简陋粗糙；文学工具发达先进时，文学性就相对弱。阴和阳而已，器和道而已，等到哪一天电脑落后了，敲出来的字也许就成文学了。只是这电脑文学跟钢笔文学和毛笔文学相比，养分注定差太远，有文学史的价值，却没有文学史的高度。后世一眼望去，烟雾缭绕，层峦叠嶂，山头高高低低。

如果只推荐四本书

口味有一定的挑剔度之后，书单和菜单其实都不好开。还不仅仅是众口难调、因人而异的问题，而是这些菜单要满足普遍基础之上的绝对食欲共鸣，大家都没怎么吃过，还都觉得好吃。

我基本上不推荐畅销书。看畅销书一如吃快餐，就像吃肯德基、麦当劳、德克士、赛百味，就像吃麻辣烫、小火锅、方便面、海底捞，吃得你头脑简单、四肢发达、五谷不分、六畜兴旺，每天一见朝阳就热泪盈眶，一见夕阳就欲火焚身，瞅到官比瞅到亲爹都亲，看到钱比看到裸女还眼红。

我推荐的这四本书，如果有些你没听说过，其实那就对了，当当网、亚马逊、京东商城挂在首页的书不用我推荐，畅销排行榜上的也不用我开单，直接去新华书店买就好了。这四本我不舍得推荐的书，它们也许藏在先锋书店最冷清、最沉寂的角落里，也许躺在一个名不见经传的出版社蛛网密布的库房里，也许你听说过、也看见过、也翻开过，但读了几页就丢到书架里去了。

这些书，不是作家写的，不是诗人写的，不是文艺家写的，不是写字的人写的，它们的作者有的是学者，有的是木匠，有的是人口学家和政治经济学家，而有的是人类学家，总之都不是作家，他们每个字都是手摸出来的、脚走出来的，是没有兑水的酒，是没有羼三聚氰胺的奶。

《国史大纲》，是没读过大学却做了燕京、北大、清华、华西、四川、齐鲁、西南联大等教授的钱穆写的，仅举大纳，删其琐节，是我所看的对中国史最温情、最简洁也最具功力、最有个人风格的通史。这书是钱穆抗战时所写，在战火纷飞中由北京随西南联大辗转大半个中国，在云南昆明岩泉寺他开始了《国史大纲》的考证写作。当时生活之窘迫、物质之贫乏、精神之忧患，都使他在书中思考中国命运。一个人可以不了解外国史，却决不能不了解本国史，读历史才能知道爹妈从哪来、文化从哪来、自己从哪来。了解中国史，有此一本足够，虽然文言文不太好读。

《营造法式》，之所以推荐这本书，是因为喻皓的《木经》失传了，想看也看不到，而李诫的《营造法式》正是在《木经》的基础上编成的，可以借以解解馋，一叶知秋，管中窥豹。这是北宋一本讲古代建筑设计的书，有宫殿、有衙署、有庙宇、有园囿、有宅邸，虽然有很强的专业性，不乏枯燥，不乏无味，没有人、没有故事、没有情怀，但我却是把它当成一本小说去读的，读出了一个人在理性中的绝对痴迷。要是在现在，李诫肯定是一极客，是一学霸，能当院士，能获诺奖，他痴迷于一砖一瓦、一木一竹，在严丝合缝的垒砌中培植兴趣。现代人今天太缺这种兴致，我们把李敏镐、王大锤和洛阳铲当成盗墓的三神器，把苏丹红当成苏丹的国花，这不科学。

《人口原理》，这本书原名很费劲，很长，第一版叫《论影响社会改良前途的人口原理，以及对葛德文先生、孔多塞先生和其他作家推测的评论》，第二版叫《人口原理，或关于其过去及现在对人类幸福影响的见解以及有关我们将来消除或减轻由此而引起的灾难前景的研究》，现在我们都叫它《人口原理》，作者马尔萨斯，英国著名人口学家。基本观点：食物为人类所必需，两性间必然有情欲，所以人口会以几何级数增加，人口增长超越食物供应，导致人的生存灾难。

我从中读出三点：第一，活下来是所有人都要面对的基本命题；第二，在活下来之后你所追求的其实还是生存本能的延伸；第三，你在活下来的同时要看看别人怎么样活下来。对我们来说，最后一点其实是最重要的，每个人都在疲于奔命，有了命之后还是纵向奋斗，不会有横切面的观看和宏观观看，都在坐井观天，都在孤芳自赏，都是线性人生。此时宜于看看《人口原理》，把自己放到人类生存的洪流中端详一下自己这朵浪花，再看看别的浪花，然后安于做一朵浪花。

《孤筏重洋》，这书是海子以卧轨的方式推荐给我的，他在山海关卧轨时带了四本书，《新旧约全书》、《瓦尔登湖》、《康拉德小说选》，还有一本就是《孤筏重洋》。挪威人类学家Thor Heyerdahl在波利尼西亚群岛作人类学调查时，认为该群岛上的第一批居民是公元5世纪从南美洲来的。没人信，因为那时南美还在石器时代，没船，航海只有靠木筏。为证明自己的理论有可能，1947年Thor Heyerdahl找了5名志愿者和他一起严格按照原样仿制的印第安人木筏“康提基号”，越洋四千余海里，九死一生，横渡太平洋！《孤筏重洋》就是这次航行的实录，1950年出版。

《孤筏重洋》吸引我的不是壮举，不是探险，不是勇气，不是故事，而是方法论。Thor Heyerdahl教会我的是，自己想的要自己去检验，身体力行，视死如归。我们太缺这个，自己的观点要用自己的方式证明，以自己所能想到的并认为值得的方式去证明。很多时候，重要的不是观点，而是怎么证明观点；重要的不是发现，是验证发现；重要的不是自己，是证明自己。在这一点上，我觉得在实验室证实了宇称不守恒理论的吴健雄甚至比发现这一理论的李政道和杨振宁更厉害。

从表面上看，这四本书其实没有任何关系，唯二的共同点是，它们的作者都是男的，都死了。我是在不同时期读到它们的，初读索然寡味，再读仿佛明白，最后一读，豁然之间一拍大腿叫绝：这四本书连着读，其实就像过了一辈子，就像明白了王国维的人生三重境界，茅塞，顿开，醍醐，灌顶。《国史大纲》说的是你背后的过去，《营造法式》说的是你在做的事，《人口原理》说的是和你并肩的同类，《孤筏重洋》说的是你该怎么样做自己、你该怎么样做自己该做的事。个人观点，如有雷同，纯属巧合。最后，如果我以后哪天去卧轨，要带书，我带的定是这四本！

最后一道天际线

十六年前，我刚从农村的初中考进县中，对一切写有字的纸片都充满了渴望。有一次从堂哥家的旧书架弄到一本诗集，厚厚的，封皮被撕掉了，每个作者选了几篇，一时爱不释手，每天晚上睡觉前都看几页，花五块钱巨款买了个皮面笔记本，好的诗句一笔不苟地抄下来，反复念和背，动机说来比较夹杂，坦白一点地承认：一半是为了诗句本身，一半是为了在姑娘面前显摆。

十一年前，我去读大学，20岁第一次出门远行，从苦学中解放了，在学校里结识了胡伟、白荀、王优、吴杰、粗人、张宗勇等一群写诗的朋友。几个人办了一小份报纸，用一家餐馆的内房做据点，餐馆老板是张宗勇，也是个爱诗之人，我们在他那里喝酒、聚会，写自以为得意的文章和诗，找人拉商家的赞助费，印上千份报纸免费在学生中间散发。在某一个冬日的晚上，在朋友开的打字店里，胡伟坐而论诗，一边喝九毛钱一瓶可以退瓶的啤酒，一边就着廉价的煎鱼，一边跟我说于坚、北岛、王家新、西川、海子以及著名的盘峰争论、“诗到语言为止”。

他那时候最爱的是于坚，动不动掏出一本随身携带的《于坚的诗》，找出于坚的《怒江》、《女同学》、《感谢父亲》，还有写松果的那首：听见松果落地的时候 / 并未想到“山空松子落” / 只是“噗”的一声 / 看见时，一地都是松果 / 不知道响的是哪一个。他说：“于坚这诗有唐诗的感觉，字字充满禅意。”于是激扬澎湃地念，轻声细语地念，抑扬顿挫地念，以至于让我觉得他的每一个表情和词语背后都隐藏着莫大的深意，而我的每一下咀嚼、吞咽和一饮而尽仿佛都会影响到是否能准确理解，于是我把动作的幅度放慢、放缓，异常小心谨慎和虔诚，甚至诚惶诚恐。

那个时候，生存还远非如今这么迫切，物欲也不那么横流，我们的追求近乎傻和奢侈，对形而上的东西还保持着足够的热情，生活总容易打发，愿望也似乎很容易满足，大街小巷里满是卖盗版书、旧杂志的小商贩，一行激动有力的诗句还足以让我们兴奋半个下午。中午没课时，我们去买两毛钱的大馍，在卖牛肉汤的小摊那里要一块钱的烫面——虽然主要是为了喝不要钱的汤，使劲喝，喝完再加，吃不要钱的辣椒油，吃得满头大汗，辣椒油也可以给瘦弱的我们补充些油水。

后来老板和我们熟了，就允许我们只吃五毛钱的烫面，我们还是使劲喝、使劲吃。每个周六下午我们都去爬山，累一身臭汗，下来再去吃一大碗牛肉面，要两块钱一碗的，多放点儿辣椒，再带回一瓶黑米酒，几个人在楼板上大唱于坚的句子：从前我统治着一大群黑牛，上高山下深谷我是山大王；风吹着空旷的夜也吹着我，风吹着未来也吹着过去；草原尽头我两手空空，悲痛时握不住一滴眼泪……对酒当歌，人生中见到的最美的夜色，似乎也正是那个时候，大雾被街对面的霓虹染成梦幻般的粉色，水汽蔓延开来，我们被包裹在其中宛如一群等待领取圣餐的孩子。

毕业后，离开了那些朋友，我先南下广州，之后又来到桂林，因缘流转，认识了写诗的刘春。有一天晚上，他约我见面，请我在一家小餐馆吃饭，就此相识。那两年，我们一起喝酒，一起谈书和诗，一起春游和秋游，一起去爬山，一起去逛书店。我们经常光顾的那家刀锋书店，装修雅致，环境清幽，就在桂林城内的漓江边上，有时候我推门而入，会迎面碰见他；有时候他推门而入，会迎面碰见我；更多时候，我们会约在那里或一起结伴去买书看书，对着新书评头论足。有一次下班后，我们还相约步行回家，穿过车水马龙的街道，穿过游人稀少的公园，一路谈诗、诗人、写书、做书。后来，我们曾商量编选一套诗人随笔，由我来负责黄灿然的一册，想法还尚未成形，他的新书《朦胧诗以后》就出来了，我花了近两个礼拜断断续续看完，目光又一次停留在那些熟悉的名字上：于坚、王家新、韩东、柏桦、北岛、翟永明、西川、欧阳江河、海子……

我乐于读诗，却向来不乐于读诗歌理论，诗歌评论更次之，一是觉得过于矫情和一厢情愿，二是觉得笔下庞大、激情、潦草而无趣，然而刘春不在此之列。他跟他笔下的诗人，大都有过切身交往，一起年轻过，见过面，开过会，喝过酒，谈过诗，吃过同一口锅里的面条，所以即使写诗学随笔也远不那么正经八百，而是不时穿插一些忆旧的小段子，怀旧的、伤感的、严肃的、插科打诨的都那么贴切，一点儿也不跑题，让我禁不住回忆起那些与诗为伴的日子。刘春的书，前半部分谈人，虽然有些我还未听说过或听说过却未拜读过，譬如蓝蓝、鲁西西、安琪、阿翔，但这并不影响他们带给我的感觉；后半部分谈词与物：“命名”、“事件”、“流派”、“风格”、“选本”、“年选”、“刊物”、“诗会”、“影响”、“作品”、“争议”。对于诗人置身的这些词语，我相当陌生，同样的年月投影到我的生活中大都无比真实清晰，草列下来，有诗集、报纸、餐馆、啤酒、煎鱼、大馍、烫面、辣椒油、牛肉面、黑米酒。我这么对比并非出于不恭，而是出于对回忆的真诚。

我在桂林那两年多，认识了刘春，通过刘春认识了黄芳、安石榴、莫雅平、光盘等诗人，一起喝酒喝茶吹牛逼，那两年虽然过得不惊不乍、不显山不露水，却真实而静谧，生活贫乏，精神富足。后来我出走桂林，去了上海，刘春刚好写完他的诗歌随笔《一个人的诗歌史》，整本书散淡细密，以诗人为经，以诗歌为纬，以温情为基调，以私家回忆和亲身经历为丝线，削笔细写诗人诗歌诗坛，串起背后幽微的人人事事，几乎就是一部诗人列传，是诗歌史，也是诗人史，还是阅读史，更是心灵史，以个人视角还原了一代人的文学和诗歌记忆，读来显见一个时代的精神底色和文学风味。我拿到后如获至宝，在谋职的广西师范大学出版社上海公司帮他策划出版了。

看任何历史，我都爱看个人史，集体性的写史往往难以避免某种妥协。而个人写史常铁划银勾，指点江山，笔端尤见温度和风霜。有时候我想，客观有时候不免意味着平庸，而极端有时候却意味着深刻。这么多年来，刘春一直生活工作在山水小城桂林，湖光山色不但没有给他平添暮气，反而愈见锐气，身在西南边疆却须臾不离诗坛中央，我欣赏他这种无处非中的气度。我还记得，他的书房里三面环书，一面环电脑，很多时候他会疲惫但激动地跟我说，昨晚又写到半夜，写了谁和谁，兴奋溢于言表。他在诗歌史里的每个字、每句话，都源于他这个小小的书房，是用那台小小的电脑敲出来的。有多少个不眠之夜，他会隐藏在这个逼仄的角落里，为一个时代的诗人与诗事画像还原，清扫褶皱，也为我们曾经的阅读感受寻找发源地和每一条主流支流。

这样的写作，这样的努力，每一个字每一段话的开掘，其实那是他带领我们回到诗歌原乡，抚慰每个人的文学乡愁。80年代已经过去很久很久了，我们对诗歌的热情，对精神事物的热情，已经削减很多。时代确实进步了，但我们的精神质量却下降了，文化生活和物质享受的比重越来越失衡，诗歌这顶文学的皇冠，诗人这个文学家中的文学家，也渐渐被世俗功利模糊了面目。但是好的诗歌、诗人、文学，却永远都是抚慰人心人性中最柔软的部分和最幽暗不起眼的角落。

在我的接触中，刘春首先是一个诗人，然后是一个诗歌评论家和随笔作家，所以他的笔下率真而性情，虽然稍显枝蔓，对文学和诗歌的虔诚与热情让他把每一处细节都放大，使得字句也不那么简洁有力，甚至拉杂，不过这倒也是一种原生态的好，太干净成形的文章大多都有雕琢之嫌，跟人和阅读会有一种相隔，文章如生活，本来就应该不乏枝蔓的吧，口水话、俚语俗语不避，怎么想就怎么写，粗糙、真实、有力，就这么一路下来，半道里冒出一处点睛之笔。但他至少做到了一点，笔下每个诗人的脸庞都是清晰无尘的，每个字的弯曲和回环都是出于切实感受。他对生活细节的不羁，和对笔下每一句话的谨慎，让我至今难忘。从外形上看他或许是个粗犷汉子，轮廓分明，面目深刻，并非清秀相貌，但他心底微澜却细密致密，感受力和表达力灵敏而深刻。

惭愧的是，一晃已经好多年不读诗了，我的那些诗人朋友很多也已经不写诗了吧，胡伟去搞了房地产挣了大钱买了房子娶了老婆，白苟下海先是卖麻辣虾、后是开赌场、最后染上吸毒被强制戒毒现在也快出来了，当年最有才的王优也回马鞍山做了个悠闲自在、白白胖胖的公务员，从没写过诗但从来都被诗和诗人激动的我也基本上再没摸过诗集抄过句子了，也许只有刘春还在写诗，只有一直奔波不定现在没有娶妻却生了女的安石榴估计还在写诗，我很难想象大家再见面的时候会是什么样子，谈起诗歌时会是什么表情，诗歌在我们的生活中也许被稀释成兑了水的二锅头，回想起来当年的狂热不疲和通宵达旦也不过讪然一笑，以现在的世故否定当年的稚嫩不成熟。

一个曾迷恋诗歌的朋友说："我记得很多年前，自己很感慨，谁会像我这样热爱诗歌，后来见得多了，才发现这世上果然真有很多傻子，相比之下，我简直太聪明了一点。"20世纪90年代，已经不是一个那么诗歌、那么诗性的时代了，诗人在上一个十年走上神坛以后，纷纷消失在祭坛，消失在世俗生活的功成名就里，难得的是，依然还有人在俗世的大门之外暗自徘徊，内心激烈——在时代的主流之外，竟还游离着一个比傻的圈子，谁越傻、越痴情、越天真、越幼稚，谁就越得到回报，而被回赠的幸福感也就越强烈而细腻，无论诗人还是读者大抵都如此。

生活怅惘而无奈，我们终究被荡起的连天尘灰淹没，许多双手暗中偷换流年，漫天的无奈夹杂着小聪明一起袭来，我们不得不捡起柴米油盐，偶尔想念一下诗歌，仰望一下最后那道天际线。

我们都是螳螂

有个母亲带着儿子去找马克·吐温，问他："怎么样才能把儿子培养成为一个伟大的作家？"马克·吐温瞥了一眼说："给他一百万美元，吃喝嫖赌样样来，再写出来，就是伟大作家了。"

马克·吐温说出了要害所在，生活将教会你一切，任何真理都不比生活更深刻、更高明。

大概是15年前吧，《猜火车》这部电影一时风靡世界，几乎无人不知、无人不晓，年轻一代的男女们，都在苏格兰小子们的放纵里，琢磨自己的人生。90年代末的中国，"垮掉的一代"已开始初具雏形，升腾在大中小城市的大街小巷，打架、斗殴、吸毒、酗酒、滥交，纸醉金迷，声色犬马，一切该有的都有了，不该有的也有了，能做的都做了，堕落无所不尽其能，唯缺一部上升到教义的《猜火车》醍醐灌顶，所以此片一出，精神塌陷的中国年轻人立刻如遇皈依，磕磕绊绊地终于上路了。

我辈安分小子，涉猎也窄，之前从未看过《猜火车》这部电影，这次是趁小说问世，买来书匆匆补课，看到一半，起疑、不解，不得不看起电影。小说显然比电影复杂得多，我承认，如果不是中途看电影，光读一遍小说倒未必领略多少，也未必猜得出是五个人穿插混杂为一个人在讲故事。

但相比起来，小说的内容比电影更丰富，细节也更逼真，文字的容量和联想要强过画面上百倍。英伦风情，欧洲小镇，随处可见他们谈论英伦气息、甲壳虫、恐怖海峡、性感手枪、生活意见这些乐队。译笔也还好，用纯正北京方言置换了地道的英国俚语俗语，随处可见“套磁”、“你丫”、“拍婆子”、“傻逼”、“丫挺”、“操蛋”这类词语。诸多心理描写也替电影做了释疑，若是看过电影再看小说，很多地方读起来相当顺遂，不解之处也一一豁然；倘没看电影上来就翻小说，则很有可能读不下去。

这小说是我的朋友、北大才子石一枫翻译的，作为一个北京军队大院里长大、异常熟悉小流氓打架斗殴、用板儿砖和拍婆子的作家，他的北京鸟语恰如其分地置换了英国俗语。且据我很多次跟他喝酒聊天的经验所知，他那表面看起来貌似学生腔实则胸藏大恶大奸、恶风浊雨的内心，在自己的小说中其实并没有完全表达出来，都一股脑儿地在《猜火车》的翻译中恣意妄为了。

电影虽只选了小说的四分之一，但却拍出了精要所在。刺激、真实、逼人耳目，你可以清楚地看到堕落的每一个细节，毒品怎样溶解、加热、吸食，无论是烟吸、烫吸、鼻嗅，还是口服、注射，包括扎针后的回血以及塞入直肠的胶囊毒品，都逼真不已，真是一部毒品百科全书。

小说亦是裸呈相向，甚至有过之而无不及，吸毒、酗酒、打架、斗殴、滥交、自残，全部都是细节描写，如临现场，如见真人，他们脱衣、全裸、做爱、高潮，就像书中雷米的饶舌乐："带上你的套子跟着我的韵律，宝贝摇一摇啊宝贝摇一摇，我们前搞后搞搞翻天，我们都是行尸走肉。"

没有苦口婆心，没有道德冲突，没有世纪末审判，全部是零观点，是好是坏，是下沉是昂首，一切由你自己判断。

人就是这样，有人禁欲，就有人纵欲，有人拥抱生活，就有人抛弃生活，这帮苏格兰小子们，天良未泯，却自甘堕落，混乱生活中的永恒不变的内容，除了毒品，就是夜店、诈骗、酒精、暴力、把妹和混乱性爱，周遭不是底层挣扎的小人物，就是臭味相投的小混混。

男人堕落如此，女人也不例外，要不然，马克也不会一夜醒来，才发现尤物黛安昨晚还一脸成熟，两个人争论起U2、简单意见、曼德拉、反种族主义运动来，她还如数家珍，今早却变回一脸学生相的萝莉装扮，父母都健康居家，而她尚不足15岁，就已男女经验丰富老到。

在酒吧打零工的凯莉也不是省油的灯，为了收拾调戏她的一帮男顾客们，她恶作剧式地用她经期血淋淋的卫生棉条搅拌在他们的汤里，把自己的尿兑到他们的啤酒里、鱼里，还不解恨地在冰激凌里放捣碎了的耗子药，看着那几个王八蛋大吃大喝，她无比兴奋，无比舒展。

而和马克、西蒙、丹尼尔同住一室的少女爱丽森，也染上大麻，扎一针之后，就连连直喊吸毒之爽胜过最爽的高潮的一千倍。而那个针管烟头毒品散落一地的房间里，她那爬来爬去不明世相的幼婴，亦是她和这三人当中的一个所生，但是却没有人知道生父是谁。

人不轻狂枉少年，而生活也终要来淬淬这帮少年的火。误闯红尘的，最后都披发入山；披发入山的，最后都匆匆下山；占山为王的，最后都被招安归顺；落草为寇的，最后都被遣散归家。儿子终要成为爸爸，爸爸终要成为爷爷，人生轨迹有朝一日只剩下逢时撞钟，按表操课，你终于会明白，生活不是刀刀见血，枪枪中的，生活不需要目的地，生活只需要你一往无前。

是谁贪爱流年，一朝刀枪相伴？时光最最无情，对任何人都不管不顾，三十年河东三十年河西，到头来，你手里的石头可能被变成金子，我手里的金子可能被变成石头，人生如弈棋，局局新鲜出炉，纵然可以看到落子的那只手，也绝猜不出那只手背后的繁多投法。

而这帮堕落男女们，有的因艾滋死去了，有的因吸毒截肢了，有的从军被炸死了。哥几个为美好人生而干的最后一票，却让大家向来信赖的马克背叛了，趁着安德烈斯正把手放在莎拉的比基尼泳装上摸来摸去，马克抓起装满一万六千英镑的海德牌书包，偷偷溜走了，欲望当前，没什么能阻挡他的脚步。这是马克最后一件坏事，今后他都将洗心革面，向前走，选择人生。

马克终于天遂人愿，做了他一直想做的事，从所有那些人中自由脱身，撒手不归，他再也回不了雷斯，回不了爱丁堡，回不了苏格兰了，在那些地方他只能重复前生，而现在他要在人群中抽身而退，去过自己的生活了，他要远走阿姆斯特丹的天涯海角，前路贫富不知、生死未卜。

难道，否定的否定就是肯定？背叛的背叛就是回归？就连《教父》里的迈克，江湖一生，年过七旬了，退意萌生，要弃恶从善亦觅不到一条出路，马克就能行？不行也得行，人生到这一步，总要有个归置，即使上过辉煌之巅，下过罪恶之渊，攻也好，防也好，你永远也不明白，到底会因伐而失，还是会因弃而得。人生如洗牌，只是洗牌的那张手，你从来不知花样几何。

你唯一能做的，就是永远直面人生，了解它的真谛，爱它的本质，然后放弃它。

也一如西门汀的浪荡少年，南讨北伐，横行岛内，亦是今日不复昨日，做大哥的去做生意了，不做生意的去过日子了。生活面前谁都无所遁形，只能束手就擒。盛气如竹联帮老大、大哥中的大哥“旱鸭子”陈启礼都归顺了党国，一帮喽啰小众又能奈何？而陈启礼，党国需要抛弃他时，他则又归顺了生活，不仅皈依佛门，还组建承安消防，做起了正业。而随他赴美暗杀江南的，董桂森后来因贩毒被关纽约，在监狱械斗中丧生，吴敦则脱手江湖，一门心思做起影视。

至于竹联帮的总护法，江湖人称“白狼”的张安乐，因江南一案也在美国坐足了十年牢，拿到博士学位，渡海来归，在深圳做起头盔生意，生意蒸蒸日上，盛气则落落直下，重心只剩下过过日子、看看书，过着清教徒式的生活，而谁会想到他16岁即有杀伐之举，整顿江湖之厉。

生活是赶鸭子上架，也难免有人撂挑子不干，有人选择生，选择工作，选择家居，选择平平淡淡，有人选择死，选择流荡，选择天涯，选择喋血街头，而有人则选择不选择。只是到头来，生活如山，时光如电，人生轰然倒下来，再轧过去，没有谁的背影可以清晰如昨，英挺如初。只要你还活着，只要你还吃喝拉撒，你就永远对抗不过沧桑，不能不对生活俯首称臣。

环顾世间，谁人能做那条漏网之鱼？总以为和千万人不一样，最后才发现自己也是千万人之一。总以为背对人群，最终却依然要走进众生，自己也是无数面容模糊中的一张脸。人生真就像尚未豆蔻的黛安所说，世界在变，音乐在变，连毒品也在变，时光不可能不划过你的脸。

所有这些，大概我们早晚有一天都会明白，恨只恨我们老得太早，却懂得太晚！

读者必须冒犯

许达然来了。在台湾诸多名家攻城略地之后，他步履不乱地姗姗来迟。迟，也不算迟。

有心人要问，许达然是谁？我先不解释他，我先问的是，在我们熟知的台湾名家路数之外，还有没有另外的法门？有，虽然不多了，然而终归还是有。而跟大多数文学家一样的是，许达然很早就倾心文学，且一直践行不辍；而跟大多数文学家不一样的是，他从东海、哈佛、芝加哥直至西北大学，做的都是历史。双线并行的人生让他的文字有历史力也有文艺力，调和了两者供他为墨。

毕竟是来自40年代，大风大浪都经历过，“二战”后台湾的进程也都厕身其间，用步履丈量过时代，用笔尖打量过历史，所以做个窗明几净的书斋先生，并非他所愿。于是他极力呼吁作家，为文应该有人生、时代、社会和历史，鄙视“把残酷的现实当笼鸟玩弄”的抒情文和“以自为我中心，以闲适为格调”的名士小品。他的书形式都是文艺的，不文艺的是文字背后的东西。在纯粹、干净和文艺之外，他是想为人心找回一个道场，一个慈悲和通达的道场。彼时的台湾，在社会进程上来说，正对应于今日的大陆，经济大好，人心大坏，即使不坏，也早已不见早岁的清明和虔敬。

许达然的文字，就像是上海老裁缝的手工，皮肤粗糙但是下手细腻，做出来的东西是极为考究的，边边角角、穿针引线都有所照料；且像老裁缝量体裁衣，不但要懂得实更要懂得虚一样，他笔下也不乏粗浅话语、白水文字，然而更多却是用虚，写得像庄子，草木虫鱼都有着大隐喻。

他到底是有文字功夫的人，行文简练而跃进，字里行间有着诗的凝结的密度和简静。上一句是“我说你常来，它就会和气了”，下一句是“可是我不常回台北，你不常来”，他似乎偏爱顶真，前有呼、后有拥，意思摆荡在声音的回环中。他也经常用叠字，甚至追求一种形式美学。如《失去的森林》，写家养的猴子阿山，说“它不稀罕文明，却被关在文明里，被迫看不是猴子的人人人人人人”。一只猴子，六个人字，阿山被困在熙熙的人群之中，孤独感自是水落石出。

好的顶真和叠字，其实都极难，用不好了容易流为口水，但如果用好了真是意味无尽，因为言简，所以意赅。就像李商隐写过的一首诗：荷叶生时春恨生，荷叶枯时秋恨成；深知身在情常在，怅望江头江水声。才短短28个字，“荷叶”、“生”、“恨”、“在”、“江都”用了两次，却有着山重水复的永世寂寞一波又一波袭来。许达然治史好古，当从前人字句中悟得此妙，而且化用得如无缝天衣。

某一晚和写小说的邓安庆吃饭闲聊，说到台湾作家，我们都不喜他们行文中的过度精致，觉得太有海岛的自足和偏安。我们不喜归不喜，其实他们渊源有自，这文法和意味皆上承前人，一是他们的文脉没有断，二是在大离乱大治之后繁密绮丽，是承平太久和富足所致，如南朝骈体。只是我们粗糙了，且离乱之后更乱，人心嘈杂如战场，口味自然不能精肴细馔，这是所倚靠的背景问题。

幸而许达然是历史学家，不是单纯的文学家。他的文字虽精雕细琢，所言却都是宏大感触，有着一代的慈悲心，在见自己里也见众生，更见天地之悠悠。如果用书法来比喻，在文字上，他不大用中锋，而是多用偏锋、侧锋和逆锋，且故意用涩笔和枯笔，时不时还兼着连笔和飞白。看起来一点也不王羲之《兰亭序》那样的行云流水，反倒是像陆机《平复帖》那般的秃笔麻纸，望之晦涩。这样的写法拒绝大众，因为不迎合、不解释、不安慰，读懂了就看下去，读不懂就走开去，只用文字做相逢的接头暗号，他不俯视你，也不仰视你，只是自在，选择最自己的方式写。这造成的结果是，不流行、不红，但是他不在乎，他超然，最后他这个最局内的人，却成了最局外的人。

大师面对虚无写作，工匠面对读者写作。我不是说许达然是大师，而是说他的态度，他未必是大师，但这态度像大师，不管不顾，只面对自己。于历史，他从醉心西方历史到专治台湾史，找到了福克纳般那“邮票大的地方”；于文学，他苦练自己的拳脚，写出了自己的文体。

我看书，很挑出版社。好出版社出坏书，是一颗老鼠屎坏了一锅粥；烂出版社出好书，是交了狗屎运。许达然这本书，应该是广西师范大学出版社来出，至少也得是译林、新星、上海文艺这样的出版社，而青岛出版社来出，有遗憾，不过出版公司有心无力，青岛就青岛吧，至少我在读的时候是倾倒的，也就够了。毕竟近些年你方唱罢我登场，台湾作家一波波登陆上岸，耍完十八般兵器，黔驴技穷。而在被那么多相似的征服之后，还能碰到另外一种征服，不容易！

被高估的那些作家

近年来，港台作家吹吹打打、旌旗猎猎，一拨又一拨地登陆上岸，攻城略地，在大陆青年男女读者中成长为文学男神女神，成为全球华文作家圈里一道不算靓丽、却很怪异的风景线。

早几年香港是亦舒和张小娴这一对“情感TWINS”，近几年则是梁文道、马家辉和林夕这三个“文坛兄弟”，他们以情感、思想、民主和城市休闲为入口，携香港先于大陆繁荣二三十年的现代文化，炮制出一发发文字炮弹直攻年轻的、稚嫩的、偶像缺失的青年男女们的脆弱心脏。

而台湾那边厢，聂华龄、李敖、白先勇、席慕蓉、余光中、张晓风、龙应台们已是“被拍死或还没被拍死在沙滩上”的文学遗老，长江后浪推前浪，在他们身后还有朱天文、朱天心、张大春、钟晓阳、骆以军、唐诺、吴淡如、张铁志以及比他们更年轻的九把刀、苏绚慧、张佳瑜、廖信忠、吴若权、敷米浆、杨乔等等。一个一个地登陆，一个一个地跑马圈地，一个一个地走红，让人觉得不看这些人的书似乎就是自己品位不够、视野不广、欣赏水平不高。在这种台湾作家神坛化和被神坛化的同时，不由让人想问：很多台湾作家的文学水平真有那么高么？是高还是“被高”？

是外国的月亮比中国的圆，是海外开的花比国内的香，还是一种骨子深处的自卑情结？

四年前，美国小说家、诗人和评论家阿尼斯·什瓦尼曾经在《赫芬顿邮报》上列举了15个被高估的美国当代作家，看看什瓦尼对平庸之作的定义，就能明白什么是被高估的了：“劣作的特点是云山雾罩，自耀，自恋，缺少道德核心，以及文体凌驾于内容之上。佳作恰恰相反。劣作将注意力引向作者自身。此类作家背叛了现代主义的遗产，更不必说后现代主义。人终有一死令他们如坐针毡。他们对当今的重大主题保持沉默。他们渴望与政治毫无关系，他们功成名就。”

以什瓦尼的说法来观照台湾作家，我们可以发现一条或隐或现的分水线，或者也可以称之为冯唐所说的文学作品中那条绝对的金线，就是在台湾的外省第一代、第二代作家和部分原住民作家身上，还有着相对清晰的道德核心，文体也不至于绑架内容，对重大主题和时局没有缺席，对人性深处的开掘也不遗余力，譬如白先勇的《台北人》和朱天文的《荒人手记》；而在这条分水线以下，则可以看到在20世纪八九十年代成长起来的台湾作家们身上的“云山雾罩，自耀，自恋”，他们将读者引向作品之外，引向意义之外，引向于作者自身，譬如痞子蔡，譬如九把刀。甚至譬如张大春和骆以军，这一点归于台湾工商社会的消费主义和对重大价值的缺席与出走。

毫无疑问，当红的台湾作家至少是部分台湾作家被高估了，无论是作家还是文学本身，他们在文学价值上的绝对深度并未达到，只是盛名在外，被策划，被营销，被宣传，被出口，被消费。

这种高估一方面源于两岸分治65年来我们对那座岛屿的不了解和不理解，源于台湾社会整体领先于大陆社会二三十年的社会文化和商业消费基础，从这一点上来说，台湾作家和台湾文学是沾了台湾的光，就像韩剧沾了韩国的光、日本料理沾了日本的光。譬如九把刀的《那些年，我们一起追的女孩》是被电影高估，譬如邱妙津的《蒙马特高地》是被青春和同性之爱的题材高估，譬如痞子蔡的《第一次的亲密接触》是被网络对大众社会的影响高估，再譬如廖信忠的《我们台湾那些年》和《台湾这些年所知道的祖国》是被姿态高估，而作品本身是盛名之下其实难副。

另一方面，是他们沾了传统的光。台湾很多作家根植于大陆的传统和文脉，尤其是外省人中的第一代和第二代，诗礼传家，斯文犹存，都有相当的中文根底和阅读功力，譬如朱天文、朱天心姐妹，譬如白先勇先生；而另一方面他们又在那座太平洋岛屿中发展出自己的修辞和表达，有日据时代的影子，有闽南的风情，也有风雨飘摇中的苦寂和欧风美雨里的开放，譬如骆以军和张大春。无论出于传统的渊源还是扎根岛屿的写作，都是断了根、又缺少新的我们所不具备的，在我们的日常经验和阅读濡染中其实并不具备那样的文字承接，仰望是自然的，拔高也是难免的，不管是出于对作品和作家本身的真诚，抑或是出于“他有我无”的自卑，都形成了“岛屿文学的高地”。

不过话说回来，台湾作家的被神话也是因为大陆作家整体上万马齐喑的苍白，也因为王德威所说的“中国当代作家的写作一直在重复”，他们的题材枯竭、好奇心降低、创作能量衰减，缺少复杂的多面向和敏锐的实验性，20世纪八九十年代的文学井喷只剩下遥远的追忆和回望；而与此同时台湾作家却在经历传统—离散—回归的波动，呈现出一种很有质地的丰富层次，也都具有现代都市社会里强烈的现代性意识，对应到大陆逐渐细分和成形的读者群里，寻找宏大的可以找到宏大，寻找细腻的可以找到细腻，每个阶层都能在他们所渴求的对象那里满足代入感。

决定文学的东西，有时候是在文学之外。台湾作家们的“被高估”渊源于台湾的整体社会进程，对照于大陆读者而言，还取决于我们自己在传统、视野和阅读上的短板，环顾于九州之外，台湾作家在香港有那么红火么？在美国和欧洲有那么红火么？在日本、新加坡和马来西亚等同样深受华文影响的国家有那么红火么？他们不高估，亦不仰望，因为那里有着不弱于台湾的当下。

当我们哪天不再憧憬、神话和梦幻台湾的时候，也许就是台湾作家不再被高估的时候！

有一种文学叫生活

琼瑶阿姨病了，据说是被抄袭她《梅花三弄》的编剧于正气病的。作为一个从没看过琼瑶小说，也从没看过琼瑶剧的人，我对琼瑶阿姨多年来的关注主要是因为琼瑶背后的那个男人。

很多人知道他，是因为他是琼瑶的老公；而他吸引我，是因为他是《皇冠》的老板。

做出版有句俗话："找一本大辞典，办一份好杂志，等于成功了一半。"想来不难理解，辞典销量大而稳定，足以补给贴补其他不足之用；杂志可以以刊养书，也可以经营作者。事实上，平鑫涛和皇冠的近60年，走的就是这种靠杂志起家打天下的路线。1927年出生于上海贫苦之家的平鑫涛，毕业于大同大学，1949年渡海迁台。因为是会计出身，他最早任职于一家肥料公司，但是由于他还没有熄灭对文学的投身之念，就在公务之余与前妻林婉珍创办了《皇冠》杂志。

而那一年正是大陆江山易手后，迁到台湾的那批人立足未稳的1954年。

《蜗居》里的宋太太说，做女人就是得对自己好点，吃好、喝好、玩好，万一不小心出了意外，别的女人就用咱省下的钱，住咱积攒的房，睡咱节省用的老公，打咱心疼的娃。这话用在平鑫涛和琼瑶身上或许不太合适，但我的意思是，在平鑫涛创办皇冠的早期，他的前妻、画家林婉珍确实出力最大，靠着做纺织而发家的娘家，她从招人到资金筹措都一力承当，把喜欢的绘画都丢在一边，成天在杂志社从工友到会计，一人分作几人用地忙到三更半夜。可以说，如果没有她，平鑫涛的文学皇冠永远也戴不到头上。虽然林婉珍的优渥出身替平鑫涛圆了一个梦，但也成了琼瑶永远的难言之隐。以至于琼瑶小说里常见这样的路子：风华正茂的男青年娶了一个险恶毒辣的贵妇人，但是婚后却遇到了与男主人般配惹人怜的小家碧玉。两相对照，是琼瑶顾影自怜吧？

如今已经发刊600多期的《皇冠》，无疑是台湾，甚至也可以说是华语文学圈历史最悠久经营也最成功的杂志。这本已经走过58个年头的文学刊物，从100多页到300多页，又到600多页，在风雨如晦的年代令人捧读如见一片艳阳，几乎成为无数港台和海外华语文学读者的一帘幽梦。杂志的成功就意味着图书的开始。在大众文学的路向之下，皇冠以杂志为园地深耕广收，在成立十年之初就成了基本作家制度，培植了一大批华语文学圈作家，大牌如张爱玲、高阳、琼瑶、倪匡、三毛、司马中原、张曼娟、侯文咏等文坛领军，中坚如于梨华、章君谷、冯冯、赵宁、丹扉、廖辉英、施寄青、何春蕤等青年砥柱，也无一不是引领一时风骚自成一片天地的人物。所以皇冠要做图书出版，一开始就丝毫不费气力，因为这些作家个个都是开路虎。

《皇冠》最值得称耀之处是与张爱玲长达30年的合作。从1966年4月《怨女》在《皇冠》连载而后出版单行本，到1994年6月《对照记》问世，张爱玲在皇冠一共出版了16本书，她的全部作品也都由皇冠代理，这不由让人想起沪上早年的张爱玲与平襟亚的《万象》杂志结缘，而平襟亚则是平鑫涛的堂伯。事实上，从张爱玲与《皇冠》的合作可以发现，无论是张爱玲的气质，还是《皇冠》的气质，其实都是一种俗世的、生活的、市井的气质，甚至可以说这是一种上海气质，这种气质从弄堂里走出来，从豪门里走出来，即使是横跨两代、辗转三地，也能让张爱玲和皇冠再同舟。

《皇冠》的杂志也好，图书也好，包括后来的电影、电视剧也好，故事上无一不取材于街坊民间，历史上无一不根植于传统中国，而对象上无一不深情于各地华人，它们的俗是一种生活的深味，它们的雅是一种市井的忧愁，这样的文学是渡海迁台的人们反刍过去的需要，也是20世纪60年代四散飘零的华人世界在破碎的现实之外寻找生活和文学向心力的需要。这种气质，既是张爱玲的气质，也是琼瑶的气质，更是平鑫涛的气质。当年，那个躲在绘画班门口偷学画画、为了看电影不舍得吃早餐、从小蜷缩在三坪水泥小屋的穷苦孩子，从5年DJ、14年公务员、5000多天联副主编的点滴累积，到出版600多期《皇冠》杂志、300多种丛书、拍摄16部电影、600多小时电视剧，平鑫涛的脆弱而坚定、庞杂而汇聚，又何止不是生活的风霜里磨砺出的男人的品位与深情？

自从琼瑶进入《皇冠》之后，在文学上掀起的风浪自不待言，然而她最有眼光的还不在于此。如果说平鑫涛之于《皇冠》，他铺设了文学之轨，而琼瑶之于《皇冠》，则是造了一个影视之车。无论是最早的火鸟影视，还是后来的巨星影视，在琼瑶的主导下，《皇冠》以生活为蓝本酿造文学，又以文学为底本开拍影视，进而反哺华语子民，风靡无度。一个是在文学的商业路上，可以说，是平鑫涛和琼瑶先后为《皇冠》安上了左右双翅。1979年，琼瑶和平鑫涛结婚了，婚后不久她又开始了创作，然而故事却与之前犹如天壤，也许是身份之别，也许是慈悲归来，她从偏向第三者开始维护起家庭来。而与此同时，琼瑶的前夫找了一位好伴侣，平鑫涛的前妻也嫁给了一位著名画家。

这一切犹如水面上被投下石子，圈圈涟漪之后又复归安宁，看上去虽然波平如镜却令人揣摩思量。

说说台湾那些年

多少年来，作为扎入中国体内最深的一根刺，那座名叫“台湾”的岛屿带给我们的伤痛，随着政治情势的起起伏伏，很自然地传递给了每一位关心时事的国人。但事实上，如我一样嘴上无毛的年轻人，除了对台湾的音乐、电影和娱乐节目略知一二外，究竟又对那片土地了解多少呢?

说起来，我近年对台湾的兴趣还是由秦风先生的老照片文章所燃起，那是一本我当年供职的广西师范大学出版社出版的书。秦风先生，本名徐宗懋，自幼即喜爱历史和美术，原供职于台湾《中国时报》，十数年来醉心于收藏老照片，在海峡两岸被称为“老照片收藏第一人”。秦风行文简洁，笔端含情，在历史知识之上加以新闻记者的专业，绍介台湾历史岁月的人与事，解读台湾社会现况和台湾人的内在心理性格，读来活色生香，令人对台湾岛上的岁月别具一番感念。

秦风的《台湾岁月》，以编年体的形式串起了台湾的历史坐标，通过几百幅已成历史档案的黑白照片，带读者梦回台湾光复、国民党迁台、金门炮战、胡适逝世、两蒋病故、美丽岛事件、汪辜会谈、开放探亲、“九二一”大地震，以及琼瑶爱情剧、邓丽君崛起和罗大佑掀起的黑色旋风。多少风云大事，多少历史变迁，浮浮沉沉，起起落落，读来风云际会，大有纵览河山岁月之感之慨。

但是这样的书只见王侯将相的来往登台，不见庶民众生、贩夫走卒的一笑一叹，风云模糊了历史细节，读多了总觉得像隔了一层，缺少切肤之痛，不像个人的辛酸冷暖和边边角角的琐碎小事，才最能弥补我们认识上的空白和偏差，读多了“王天下”的历史，自然想读一读“家天下”的历史。正是那个时候，台湾的廖信忠先生寄来了他在大陆正火得一塌糊涂的新作《我们台湾这些年》。

在体例上，《我们台湾这些年》与秦风的《岁月台湾》不乏相似之处，但是只截取了1977年至今这三十年来的历史，因为作者廖信忠本人即是斯年出生，限于年纪，只好用个人史来书写家国史。而两书的不同之处，即是秦风先生以标志性大事书写时代的岁月与故事，正所谓大时代大历史；而廖信忠则是折笔向己，呈现政治巨变下个人和家庭的凡尘俗事和细微感受，以微写著，用个人和家庭的生活编年史串起了三十多年来台湾的历史坐标和政治路向。而这两种写法，亦是两种味道，端的非好坏二字所能涵盖完全，你所读到的都是历史，都是历史挟裹下的人。

其实，两岸同宗、同祖、同文化，一边看台湾历史，一边很自然地就会想到我们自己。比如在1950年我们有“土地改革”，而1953年陈诚在台湾也开始搞“耕者有其田”，而且相当成功；比如我们有“九年义务教育”，而台湾则有“九年国民义务教育”；比如1976年毛主席去世时，我们举国同悲，而1975年蒋“总统”去世时，他们也是如丧考妣、沿街跪哭呢。再比如我们有女排的“三连冠”，而台湾也有棒球的“三冠王”；读到1998年的台湾肠病毒危机，又与我们的非典生活时代何其相似乃尔？而1999年台湾的“九二一”大地震，又让人不免联想到“五一二”汶川大地震。

最让我唏嘘不已的，是20世纪80年代末台湾当局的开放大陆探亲。1949年许多士兵随国民党迁台，天天念叨着“反攻大陆”，但不曾想渐成泡影，而四十年前的阿兵哥也一晃成了老荣民，终身未娶，又无法与家人团聚，只好聚居于各地的“荣民之家”，生活也日渐艰难。记得先前看过一幅照片，一名退伍老兵拿着蒋介石的遗像，抗议“战士授田证”如同废纸，眼神里的悲苦、辛酸和无奈在黑白两色背后更让人触目心惊。1987年开放大陆探亲后，迁台老兵多半清寒，凑不齐旅费返家，各界纷纷捐款，电视台和报纸举办“为老兵而唱”演唱会，筹得两亿多新台币作为老兵返乡探亲的补助款，但是两岸相隔四十多年，人事景物已不复当年，老兵们“少小离家老大回，乡音无改鬓毛衰”，只可惜年年村口盼子归的阿爹阿娘们早已下世，只剩下乡间坟前的一抔黄土了。

一百多年的两岸隔绝，六十多年的台海对峙，普通人尤其是年轻人可能对台湾的历史脉络已经相当陌生。而殊不知，在“台湾”这个政治色彩异常浓厚的词语背后，还隐藏着那个小岛上人民的平凡故事和寻常生活，台湾不是只有简单的“统独”两个符号，也不是只有简单的“蓝绿”两种色彩，外省人也好，原住民也好，一百多年来的抗争、自强与奋斗，使得他们都已成为台湾的一部分，他们在肩并肩地改变并书写着台湾的历史和未来，也在见证并记录着这个岛屿的过往和变迁。

37年前，胡德夫在《美丽岛》里这样唱：“我们摇篮的美丽岛，是母亲温暖的怀抱，骄傲的祖先们正视着，正视着我们的脚步，他们一再重复地叮咛，不要忘记，不要忘记，他们一再重复地叮咛，筚路蓝缕，以启山林，婆娑无边的太平洋，怀抱着自由的土地，温暖的阳光照耀着，照耀着高山与田园，我们这里有勇敢的人民，筚路蓝缕，以启山林，我们这里有无穷的生命，水牛，稻米，香蕉，玉兰花。”从1900年到今天，匆匆一百多年过去了，山是那些山，河是那些河，岛还是那座岛，然而经历了殖民、光复、“二二八事件”、国民党迁台、解严开禁等一系列阵痛和剧变，台湾人民筚路蓝缕以启山林，他们的生活、故事、岁月与情感却早已几经沧桑，不再如故。

在两岸关系高度政治化的现在，在各种宣传都充满意识形态偏见之时，语言的力量、文字的力量或许都是微弱的，只有历史大变迁中他们琐碎的凡人俗事、细枝末节最真实，读一读，方能细细体味他们一路走来的蹒跚与心酸、荣耀与自豪，方能感受到历史的大框架之下有着怎样的真实和过往。

八十年前的一本书

很多世事都因为机缘巧合，我能与一本初版于80年前的《中国人文小史》结缘，能与其作者叶鎏生先生有隔世神交，全仰赖武汉的出版人叶蓬先生，他慕文来访，请我为这本书作序。作序我不敢承当，尤其是面对久染风霜的一本书，和它背后那位志在整理国故的老先生。

《中国人文小史》的作者是一位名为叶鎏生的民国宿儒，由于年代久远、人事漫漶，其人其行已不为人所知，唯知道他是福建建瓯人，福建多出才子，建瓯更是八闽首府，朱熹老夫子的故乡，人文荟萃极盛，叶先生生于此、长于此，亦必有这里的河山、风土和人物之润。

1942年2月，叶鎏生曾受县里委派，接任过福建培汉中学不足一个学期的校长，来去匆匆，已经无人知其作为。叶先生的交游师友里，有一位卢锡荣先生，即是作者自序里说的："又本书脱稿之后，承大夏文学院长卢锡荣先生校阅一过，多所指示，特并志数言，以表感佩。"卢锡荣是云南人，哥伦比亚大学留学，政治学博士，做过云南教育厅长和中央大学法学院院长。卢锡荣先生是他的学长师长，为他的书校阅勘误，这种师友间的风仪熏染，都让叶鎣生感受到一种追慕。

其实，世间的学问和大事原都出于无意，然而无心插柳之作，却反而能每每石破天惊，刻意为之的，却反而往往弄巧成拙。叶鎣生先生的这本书未必让人惊艳，但他作为一介书生和人师，能有这样著书的心思和宏远大志，倒令人且敬且佩。时逢“一二八”沪战爆发，叶鎣生执教的学校因炮火停课，他终日困坐斗室，烦闷不过，于是重整所积残稿，不觉盈尺，偶为学友所见，力劝付梓问世。他也自问今所研究的结果，虽未必有价值；倘定以完璧相期，则今后更需若干年，自己亦难逆料，更想到“天下事过于矜慎者，往往相持而不下，历史而无成”，因此决意先发表所成。

在书中，他从文字、书法而始，经画、文学和史学，再及经学，为中国文化造了一幅小像，栩栩如生而纤毫毕现，像中人不在神坛上，望之虽严，即之也温，仿佛一位可亲可近的乡间老先生。他的每一寸肌肤和衣服的褶皱，你都可以摸可以触，是有温度和心跳的。在中国的山河里表中，多少先贤都是这样隐于深山、为国存种，叶鎣生亦是其一。你可以想见，在福建建瓯乡野的一间小屋里，年轻的叶鎣生有感于国破山河在，为这个时代家国的破碎之外维持一份文化上的完整。他每天揣着一份鲜活的用心在故纸堆里游走，发前人之未发未见，把偌大的一部中国文化淬炼出最精华的所在，为每一个在生死存亡之间奔命的学子和读书人，提供完整精要的文化版图。

回首来看，庄子成《南华经》，屈原歌《离骚》，司马迁著《史记》，苏轼写前后《赤壁赋》，康有为写《广艺舟双楫》，胡兰成写《山河岁月》，原来都是这样的亡命天涯、望门投止，在市井乡间的雅意深歌里躲过人世天灾的雷霆之劫，为文化存续一枚小小的、私人田地里的种子。

翻开已经脆纸泛黄的民国版，读来仿佛中国文化的一本家谱。读文字的起源，有指事、象形、形声、会意、转注和假借，就像是在看造字的仓颉，看他一笔一画地在泥土上画；读书法的变迁，王羲之曲水流觞后带着微醉的闲散执笔，颜真卿祭奠侄子时的思念之情和忠义之气，苏东坡寒食节里的寒苦之心和孤独惆怅，也都如在眼前，我几乎能看到那蘸满浓墨的狼毫在粗糙泛黄的纸张上婉转游走，能闻到砚台里溢出来的墨香。而看到他笔下宋代的山水花鸟画、小说和戏曲的流变、经学的南北之别，你都能看到这背后不但站着范宽、黄公望和赵佶，站着罗贯中、施耐庵和关汉卿，站着刘歆、郑玄、王夫之、顾炎武和黄宗羲，还站着用自己的角度、温情、语调为我们讲述的叶鋆生，他咀嚼、寻味、吐纳过的中国文化史带着他自己的台阶和足痕，供我们拾级而上。

古人常说“礼失求诸野”，民国的山河破碎、天下兴亡，之所以不能让文化灭绝，就在于叶鋆生先生这样乡绅文士维系的乡野力量，他们把破碎的礼制、气节和大志，言传身教地绵延下去，代代有思。我们常说中国地大物博，民国的战乱不断、硝烟长飘，唯是这大地上的每个人，每一片山谷、丛林、溪河的褶皱收纳了人世，滋养了文化。抗战时的昆明、桂林和重庆，多少人前往逃生避难，并在那样的乱世飘零中不零落书剑，都是靠着这份中国民间和乡野的开阔深远。

曾经在农村看到过一副古联，作得很好，“庭有余香，谢草郑兰燕桂树；家无别况，唐诗晋字汉文章”。这本《中国人文小史》就像中国古代乡野里的耕读之家，在庭院里种的兰草和桂树，在中堂里挂的书法和文章，跟每个人每一天的生活起居都连在一起，没有与圣贤的距离感，也没有与庙堂的疏远感，它就是那样乡野里已成白胡子老头的士，为市井坊间写的闲读之书。

而我们今天能读到叶鍫生当年的妙笔和用心，实在要感谢南天之下破碎河山里乡野的力量，是那样的草木和节气、山水和枝繁叶茂庇护了代代寒士，温存了中国文化的精气神韵！

自古天才不读书

1903年5月8日，塔希提岛，除了有几个黑黝黝的土著陪在身边之外，几乎无人注意到高更之死。但是这个塔希提小岛、这场看似平凡的故去，却把高更推向了后世无比绝代的传奇。

高更死在法国本土几千公里之外，太平洋中法属的波利尼西亚群岛上。对高更的死，也许只有马丁主教小有留心，他几天后给教长汇报时写道：最近小岛上没有重大事件值得一提，除了有个名叫保罗·高更的人骤然死亡，他是知名画家，但是是上帝和一切道德的敌人。死去之后，高更的声誉天隆地隆，也难免以讹传讹，塑造出了一个连他自己可能都不认识的高更。高更的脸，渐行渐远渐模糊了！而我们今天听他的传说、看他的画、读他的书，不是与他的本意背道而驰么？

也许你没看过高更的画，但是你一定会听说过高更的故事。在高更的传奇中，流播最广也最具影响的是毛姆的小说《月亮和六便士》。这部完成于高更去世16年后的小说，塑造了一个传奇艺术家思特里克兰德，他抛家弃子，放弃优渥的证券经纪人职位，魔鬼附体般追求理想。为了这个理想，他不惜伤害妻儿与朋友，甘愿承受饥寒交迫之苦，最终摆脱了世俗尘网，在远离文明世界的塔希提找到了沃土和家园，他画下同居的土著女子、宛若天堂的风景、对人生的终极思索。在染上麻风病失明之前，他在住房四壁画下一幅杰作，然后命令土著情人在他死后付之一炬。

不出所料，《月亮与六便士》是如此如此的成功，在近一个世纪的不断出版和流传之中，不仅使塔希提成为艺术爱好者的圣地，更使高更那超拔脱俗、孑然独立的形象，深入到全世界人的心头之上。不过很遗憾，高更是不知道这本小说的——知道了会怎样想，当然我们也无从猜测他的态度。但是在读过《月亮和六便士》之余，我们读读高更自己写的书《诺阿诺阿》，也许才能明白他为何抛弃妻子，视红尘为无物，跳上一艘轮船来到南太平洋，用一支画笔征服天堂。

1893年，保罗·高更给他分居多年的妻子梅特·加德写信，信中说："我正在整理一部关于塔希提的书，这书对于理解我的绘画很有用。"高更说到的那部书，就是指1891年6月首次抵达塔希提后写的《诺阿诺阿》，这在当地土话的意思是"香啊香"。高更一生桀骜，《诺阿诺阿》记录了他一生中难得的心平气和的幸福岁月："南纬17度，夜夜都是美的……北纬47度，巴黎，我相信椰子树已经不存在，声音也不再悦耳动听……"岛上的湖泊鲜艳夺目，树木郁郁葱葱，土地闪烁着"流金与阳光的欢乐"，土著们都性情温和，他的塔希提少女热情顺从，激励着他的创作……

《诺阿诺阿》的出版也正像高更自己的命运传奇，一波而三折，先是被平庸的诗人朋友莫里斯修改，后来被高更否定，手稿在辗转流落之后，直到1954年爱德蒙·萨戈的女儿在阁楼里沉睡了几十年后才被发现重见天日，逐渐恢复出版。无论是《月亮和六便士》还是《诺阿诺阿》，艺术家的阅读和一般读者的阅读心迹是不大一样的，我们更多的是想看到传奇和绯闻，艺术家们则更多的是想看到一个真实的自己和“形而上”的那个自己，如何交错撞汇出盛名伟业。

中国人写东西，一向为尊者讳，尤其是后辈子女写父祖辈，更是敬畏小心，唯恐稍有不慎损及大人圣名，但是却大多都不能把父祖辈从伟大和平凡中剥离开来，有情感观却无历史观。高更的小儿子保罗虽然也写了本《我的父亲高更》，但是这个高更生前从未见过的小儿子，却“不愧是高更的种”，虽写父亲，眼里却不全是父亲。在书中，保罗写道：“七岁时，我所不了解的父亲已经成为高更，当我试着去画他的肖像时，我不是那个爱父亲的儿子，而是我自己，我把他看成艺术家高更，一个一生都在积累艺术经验、把一生奉献给艺术的男人。内心的许多声音，好与不好的影响汇聚在一起，引领我走向正确的道路。”九泉之下，高更当为有斯子而欣慰。

高更也许比谁都明白，生前早就已经看清楚了艺术是怎么回事，所以在《诺阿诺阿》的“补录”部分，他写下了这样一句话：“艺术作品后。真实，肮脏的真实。”正像毛姆在小说中所说：“制造神话是人类的天性。对那些出类拔萃的人物，如果他们生活中有什么令人感到诧异或者迷惑不解的事件，人们就会如饥似渴地抓住不放，编造出种种神话，而且深信不疑，近乎狂热。这可以说是浪漫主义对平凡暗淡的生活的一种抗议。”生活太无聊了，大多数人都太没有勇气了，所以世人需要用高更来满足自己。但高更不愿当神，无论被造的神还是自造的神，他肯定知道死后会被拔高，会被书写，会被颂扬，所以生前就准备了一记当头棒，就是一本《诺阿诺阿》！

此刻距高更的年代已过去一个多世纪，风云渐渐飘散。今天的艺术家们已没有高更那般自省，不满于待功成名就后被书写，提前进入了“祭祀”自己的行列之中，不愿读书也罢了，却热衷于写书、编书、出书。在大大小小的书店，也许你随处可以看到艾未未的《此时此地》、方力钧的《像野狗一样生存》、蔡国强的《我是这样想的》等等。当然，这些书写还是相对真诚的，更多的艺术家们写书出书，只是一种宣传、炒作、利益延伸、自我看重，内容实在是不堪一击。

不过，即使我们的艺术家是出于真诚的书写，就写法和所写而言，我也确实不愿意恭维——当然，我不都懂他们的艺术，但是从读者层面来说，我倒更欣赏西方艺术家和1949年以前中国艺术家的做法和写法，在他们的文字里，我可以读出一个结实的人和一个仿若能置身的时代。

譬如杜尚，事实上，杜尚其实并没有怎么写作，但是他的思想却波及遥远。看过《杜尚访谈录》的人都知道，他的思想更接近于一种禅境，遇佛杀佛，遇魔杀魔，以四两之力拨千金之鼎，他没有贪欲，也没有著述传世的贪欲，但是他却传世了。在我看来，杜尚更接近于古人的表达，述而不作，孔子或者苏格拉底都是如此。和古人相比，中国的当代艺术家还太缺少一种学养和人世的历练。康有为不是艺术家，也不是书法家，但是康有为的书法无人能敌，是因为他把一生的风雨跌宕都炼到了字里，康有为的《广艺舟双楫》，中国书法界自古至今鲜有人能够匹敌，即是他把对政治和身世的理解全部都书法化了、线条化了，所以点画撇捺都是白马银枪。

苏轼也不是书法家，不是词人，不是画家，本职是个朝廷官员，他却能以书法传世，以词作惊人，他并不把“艺术家”的身份看得有多重，而是宦海沉浮多年，人生得意失意处能因火成烟，写几笔字，作几首词，聊以自慰。宋徽宗的本职更是个皇帝，却撇了江山捡画笔，马上失天下，纸上得天下。贡布里希说，哪里有什么艺术，只有艺术家。在某种意义上来说，海子不卧轨，当没有今天的膜拜；顾城不杀妻、不自杀，当也没有今天的盛名；比宋徽宗画鸟更重要的，是他的皇帝身份，比李煜的词作极尽衷肠更重要的，是他以南唐后主的身份被赐予一杯亡命毒酒。好作品，当都是人生的副产品。

古往今来的艺术传世，假多少人生传奇和世俗传播之名？有多少双看得见的手和看不见的手在摇旗呐喊？旌旗猎猎背后，艺术不复当初的艺术，艺术家也更不复当初的艺术家。难怪纳博科夫会说："要小心那最诚实的中介人。要记住，别人给你讲的故事实际上是由三部分组成的：讲故事的人整理成形的部分、听故事的人再整理成形的部分、故事中已死去的人对前两种人所隐瞒的部分。"所以即使书读百遍，又焉能读出真实心意来？相比较，我还是比较欣赏黄永玉，做艺术，但不只是艺术，纵然隔行如隔山，但是他也能从彼山之巅跋涉于此山之深。他写《比我老的老头儿》、《无愁河上的浪荡汉子》，都有比文学家还文学家的功力，这跟他的身份无关，跟他的"去艺术化"和"归人生化"有关，而有的艺术家写作唯恐不"艺术"，唯恐丢了"艺术家"的身份。

归国十年来，陈丹青已出版了多部随笔集，从最早的《纽约琐记》，到《多余的素材》，再到《退步集》、《退步集续编》、《荒废集》等等，人们似乎对这位靠《西藏组画》名噪一时的画家的绘画身份越来越淡，对他的民国范儿、文字书写和隆隆骂声却越来越接受。陈丹青的好，即在于他虽然有艺术身份，也谈艺术，但是每每却能跳到艺术之外，他的师承和视野是1949年之前的，他的艺术与书写和生活、和人、和性情都是不脱节的。明治天皇的诗写得第一流好，却不以诗人自居，即是因为比身份更好的，是人本身。人生的格局大，所以艺术的格局才大。

黄永玉和陈丹青就是身为艺术家却不“艺术”，以人生的姿态去读、去写，去“艺术化”。我觉得，这是清明自觉的一种做法，挖却艺术的尘泥才能明心见性，见人真颜。所以读到安迪·沃霍尔的《安迪·沃霍尔的哲学》，你能看出他的真诚与隐藏、惊世骇俗与微不足道、风云激荡与昙花一现，他是作为一个时代里的人在说话，或者说，这是他作为一个艺术家背后的东西，而不是他作为一个艺术家的东西，“艺术”只是“人”的之一，而非唯一。所以即使作为一个神话，他无论被造或者自造，都可依可据，而不是出于一种宣传或者利益。但是在国内的绝大部分艺术家中，几乎看不到这样的书写，无论是自我书写还是被书写，都是在造神，唯恐掉不进钱罐，唯恐上不了祭坛。

今天有名气的艺术家，还没有出书的并不多见。环顾大小书店，艺术家的自我书写和被书写也是非常可观的一个门类，但这些书绝大多数都不是被阅读的，而是被祭奠的，那是一种“架上艺术”——艺术家在书架上的行为艺术。我了解的艺术家，把阅读当做一件重要事情的并不多，但是标榜读书的却很多，写书出书的更是多得不得了——那为的不是书，而是借书渲染自己有多厉害。但是现今中国艺术家的写作，还远远不及格——这抑或也正是中国当代艺术的不及格？

今天的艺术家该怎么阅读？艺术和别的行当似不一样，过多地依赖于“人”治，在某种程度上来说，艺术家天生就应该是一个独裁主义者，在创意上、在思维上、在表达上、在性情上、在品味上，都需要“一手遮天”。当然在人际上、在道德上、在心态上，艺术家应该都退回到“人”的领域，跟“艺术家”的身份无关。所以艺术家的阅读也应该如此，上帝的归上帝，凯撒的归凯撒。对今天的艺术家或者准艺术家来说，首先应该是“人”的身份的阅读，然后才是“艺术家”身份的阅读。

人的阅读，应该是成为一个基本的人，有着对传统的继承、对未来的展望，以及对异域的关注，具备男人的温良恭俭让、女人的贤淑柔秀才，建立起一种开阔的视野和价值基础。今天的艺术家很少具备传统的学养继承和环境，更多的是建立在一种“为艺而艺”的个人兴趣或扬名手段之上，1949年前的艺术家并不如此，无论齐白石、徐悲鸿或者林风眠，再或者吴冠中、赵无极，他们的学养基础——这种学养不光是靠阅读得来的，更多的是从那个时代、师承和自身生活中得来的。周遭有料，所以人也有料。

只有先具备了人的阅读，然后才谈得上艺术家的阅读。艺术家的阅读，更多是一种艺术兴趣和艺术需要的阅读，对艺术行业有一种基本的观照和了解，于前可以通古人，于今可以知周围，于后可以明来路，同时对自身周遭的艺术大环境有一种基本的俯瞰和判断，是山雨欲来、泥沙俱下还是风云际会，起码有一种起码的认知和嗅觉，在此基础上再深入自己的兴趣、专精自身的特长。所以，今天的艺术家，你可以不懂山水画，但是你一定要知道黄公望，一定要知道中国山水画人之寄情的精奥所在；你也可以不懂波普，但是你一定要知道安迪·沃霍尔基本的拳脚路数。

对艺术家来说，阅读不阅读、怎么样阅读是一个伪命题，只有对人来说，阅读不阅读、怎么样阅读才是一个真命题。在阅读面前，艺术家首先要退回到人的层面上来，对阅读来说，艺术家的身份是个不小的障碍。缺少了人的阅读，艺术家纵然是艺术家，但是这个“人”字的撇捺却将是非常无力的。而缺少作为“艺术家”的阅读，则做不好艺术家，起码做不好出色的艺术家，一个艺术家没有自己安身立命的所在，则艺术何为？我不相信康有为没看过孙过庭的《书谱》而能写得出《广艺舟双楫》，我也不相信杜尚没有看透塞尚的理性和秩序而能发展出自由与非理性。

吴冠中说，历史就是靠传统、反传统、反反传统形成的。一个艺术家的“反传统”和“反反传统”，不但要反“艺术”，还要反“人类”，反“艺术”奠定的是其艺术，反“人类”则奠定的是其思想。

站在蒙马特高地上

1995年9月26日，我12岁，正在不辨人世滋味地读小学。那应该是秋天了，天高地广，霜染菊肥，我已记不起那天自己在做什么。或者偷摸女生的马尾辫，或者想着女同桌出神。

多少年后我才知道，那一年那一天，有一个26岁的台湾女孩子在法国用水果刀刺胸自杀。她死后，人们从附近的蒙马特地区，发现了她死前写给女友小咏的信，逐一收集起来编成一册《蒙马特遗书》。是的，你知道，我是在说邱妙津。这个让蒋勋“吓了一跳”的女孩子，曾经是一个公认的天才，从名校北一女到台大心理系，而后担任辅导员，在《新新闻》杂志做记者，后来在巴黎第八大学读心理学。她同时也是同性恋，这一隐秘身份我们只有在她死后才从其日记遗书中得知。

关于邱妙津的自杀，说法有很多。一个也许不是最关键的部分，但却起了导火索作用的是感情困扰，邱妙津赴法求学时，陷入一场狂乱的三角恋爱，最后她选择了用一种最激烈的方式结束了自己娇嫩的生命。“只有26岁，大二就能用法文读原典……这样一个女生，却说死就死。”

跟邱妙津狭路相逢的异性人是法国的热内，只不过他没有自杀，而是活得勇敢——那么多人都死去了，只有他不怕活着。

1910年12月19日，热内的父母生下了他，但是在他出生仅仅7个月后，就被母亲抛弃在育婴堂里，从此就没有再见上母亲一面。20世纪20年代，当热内还是一个孩子时，他是个流浪的少年，只是因为遭同学歧视，而混迹黑社会，从此人生浸泡在反体制的环境里定型。长大后的热内，成了一名惯偷和男妓，一次次坐牢，一次次遭重判，判决又一次次累积，以致最后成为一名无期刑犯。谁知道，热内入狱后竟然开始写作，写自己的故事，写监狱里男性之间的情欲。

热内的《小偷日记》，毫不忌讳地记录和回味了他饱尝耻辱的下贱生涯，这些作品大多散失在狱中，或者被看守们毁掉了，只有一部分很意外地传到了萨特手里。萨特看后顿时惊为天人，他在《圣者惹内》中说，热内是在替所有的主流文化“赎罪”，并且赞叹说只有热内的笔下才是一种绝对的写作——而那些意图发表、预设别人评论的写作，其纯粹度往往要被打折扣。

对于邱妙津的自杀，蒋勋曾有着很精妙深邃的独特读解，他说在读《蒙马特遗书》的过程中，最独特的发现是她惊心动魄的死亡美学，邱妙津以她自己26岁的绝望，聚焦并凸显了普遍的青春期的向死意识，几乎每个人都或深或浅地经历过或正在经历着这样的感觉：在最灿烂的年华、在人生的巅峰状态下突然生发对“死”的空前强烈的体感、认同乃至——渴望！

蒋勋说这无疑是一种“春寒”，但其冲击范围又远远漫过了青年。“我也经历过青春的死亡”，“一个年轻的蒋勋早已经死去——很多年前，和很多他那个年龄的朋友一起”，所以这原是整个人类的宿命。这种年轻的向死意识，他说是“青春期的死亡美学”。他以此观照历史，觉得最美的一景是民国辛亥，年轻的秋瑾、邹容、陆皓东、林觉民一一奉上“死”的热烈与“爱”的柔婉。他在《致秋瑾与徐锡麟》的诗中写，“他们在人间匆匆一次来去/就指点完了/江山”。青春的死亡之所以美，在于保持了一种绝对的完整，“正是借那个年轻时死去的蒋勋，我才达到了今天的完整”。

年轻的生命向往死和永恒，在死的长存里跟对方亘古地在一起，这是一种蒋勋式的“死亡美学”，这种外向的解读更多的是升华之赞，然而往其他方面挖掘一下，又是什么造成了邱妙津们的同性之爱呢？爱得惊世骇俗的男男女女们，用死为自己的爱树立了一座丰碑。但我无意比较邱妙津和热内的异同，也不是要赞叹他们对自己坦诚相向，更不想诉说孕育同性之爱的法国环境。我想知道，在女人和女人之间、男人和男人之间，到底是什么样的角色和纽带在彼此牵引？

有Les开玩笑说：“每个妹纸在没有遇到真心喜欢的妹纸之前，都以为自己喜欢汉纸。”语虽调笑戏谑，但却一针见血，眼下同性之恋大有燎原之势，不论女男，都是如此，台湾人在搞基，香港人在搞基，大陆人也在搞基，这已然是一个性别男爱好男、性别女爱好女的时代。你到酒吧夜店KTV里看，姑娘们一个赛一个地靓，大腿一个比一个白，胸器一个比一个狠，但是如果你想撩，不好意思，很多都是Lesbian，你会捶胸顿足、号啕而叹：好铁不打钉，好男不当兵，那么漂亮妖娆的女人，怎么都打钉了呢？也不要说女人，男的也一样，帝都的Destination Bar和魔都的Asia Blue都是帅哥遍地、魅男摩肩，但是也都一个比一个弯，女人见了同样要三呼“可惜”。

对于同性之爱，很多人成长角度、心理角度和基因角度去解释。我想另外寻找一种思路，那就是物质的奢靡和耽溺，在某种程度上来说，其实我们今天的人性是在被物性推着前行，正因为物欲横流，所以才造成了人欲横流。就像我曾说的，在中国历史上，有三个最美的王朝：唐朝、宋朝、明朝。如果说唐朝是美的华丽开创，那么其美归美，然而杀伐性太重；到了宋朝则是美的奢侈和精致，开始对唐朝进行修补和细化，是一次美学的沉淀；而到了明朝，这种小巧而不能打破的美开始堆积，变成了一种颓废和沉溺，人性张扬，人开始在美的耽溺中发泄自己。

作为最后一个汉人王朝，明朝是汉唐之后少有的盛世，治隆唐宋，远迈汉唐，无论是冶铁、造船和建筑，还是丝绸、纺织、瓷器在全世界都属绝顶，民间的富足豪迈此时远胜西洋，在英国手工场主拥有几万英镑已算巨富时，而明朝民间动用几百万两银子做生意已是寻常。正因为奢靡和沉溺，明朝的同性恋才会那么多，无论闾巷还是庙堂都盛行断袖。在某种程度上，今天工商业盛世之下的物质大繁荣就像是明朝的另一种翻版，让一部分人沉溺在奢华的、颓废的美学里，不再能在异性那里得到一种空前快感，身体深处的欲望便雌雄莫辨，扑朔找扑朔，迷离找迷离。

你看看香港、台湾，再看看大陆，就可以明白为什么台湾的Gay和Lesbian会那么多，香港甚至比台湾还要多，而大陆也正在呈星星火燎原之势，是因为两岸三地的物质发达有一个递进顺序，香港发展得最早，也最繁荣，台湾次之——另有传统社会在起作用，大陆是2000年后才真正物质化商业化，而三地同性相爱的密度浓度，大体也是按这个位次排序的。在一个物质化的时代，有一部分男人会越来越像女人，而有一部分女人也会越来越像男人，这样的男人在男人那里会扮演女人的角色，而这样的女人在女人那里也会扮演男人的角色，可以替代真正的异性。

而且无论Gay，还是Lesbian，大多都是追求精神和情感生活甚于物质生活，他们有一种把情感浪漫化和美学化的倾向，这是在富裕优渥的商业时代的土壤里生长出的同性爱之花。至于《断背山》里的杰克和恩尼斯则是另外一种，他们被放逐在人群外，放逐在苦难、单调和危险的状态之中，流浪、栖息，栖息、流浪，在环境的作用下于彼此那里找到温暖。邱妙津和热内的同性之爱，或许都不是“物质化社会”的作用，但我想如果没有物质的外力和监狱环境的外力作为催化剂，他们也许都不会从异性相吸的传统中逃离。有此做媒，所以她们、他们在一起！

我们不谈钱时谈什么

如果从一个人的成长经历中筛选影响他日后职业的因素的话，应该有不少关节点。对巴尼·罗塞特来说，有几点应该至关重要：1922年出生，父亲是银行家，迷恋亨利·米勒的小说。

因为出身于一个中产家庭，罗塞特才有机会被父亲送进一所思想极其自由的学校。在那里，罗塞特出版了油印杂志《反对一切》，参加了左翼色彩的美国学生联盟。1940年，他开始接触到亨利·米勒1934年在巴黎出版的禁书《北回归线》，其对于异化的感受令他深有共鸣，“里面的性描写并没有打动我，真正吸引我的是小说里的反美国情感”。因为出生于1922年，巴尼·罗塞特才有机会赶得上“二战”，才有机会在战后反战、反美国情感，才有机会赶上“二战”之后美国的新浪潮文化，并成为一个中坚分子，用出版闹革命，用禁书蛊惑世道人心，搞出一个“另类”美国。

因为迷恋亨利·米勒，当罗塞特在1951年接手格罗夫时，这位亨利·米勒的超级粉丝就计划完整地出版《北回归线》这部小说，为了降低可能遇到的阻力，他先拿《查泰莱夫人的情人》去试水温。虽然历经波折，甚至被送上被告席，但是联邦法院最后还是准许他出版，理由是“集中而生动的性描写本身并不构成淫秽”。就像兰登书屋诉讼《尤利西斯》一样，罗塞特打赢了《查泰来夫人的情人》的官司。从此，美国的司法体系放宽了对文学作品中关于性描写的容忍度。

有了《查泰莱夫人的情人》的铺路，格罗夫出版社紧接着出版了《北回归线》。联邦法院虽然准许，但还是要面对各种各样的地方官司，罗塞特被控出售“一本淫秽、下流、猥亵、肮脏、充斥着虐待狂和受虐狂、令人恶心的书籍”。《北回归线》历经50场官司，几乎遍及美国每个州，1964年最高法院最终裁定，这不是一部黄书，“它有社会价值”。这家罗塞特29岁时创办的出版社，将亨利·米勒、博尔赫斯、杜拉斯、尤金·尤涅斯库等诸多作家收入旗下，接连不断地推出其他出版社碰都不敢碰的书，“垮掉的一代”以及所有被文坛、被传统拒绝的人在罗塞特那里都成了座上宾。在20世纪60年代的美国要想成为一名反主流文化的革命文青，就非要有一本格罗夫的书不可，如贝克特、米勒、金斯堡、凯鲁亚克、切·格瓦拉等，你虽然可以不看，但是一定要有。

先锋虽然意味着无所不向，意味着自由，但是也往往意味着误解、争议、歧途，传统和正统对先锋的承认，总要假以迟迟的时日。伴以岁月的流逝和人心的缓和，所以当《查泰莱夫人的情人》、《北回归线》、《在路上》等惊世骇俗的作品成为一种怀念的时候，罗塞特得奖了。

2008年，年已84岁的罗塞特终于被授予“美国国家图书奖杰出贡献奖”。 这是个虽然迟到但是依旧到来了的奖，对罗塞特来说，那是对他和格罗夫出版社的肯定，对一代美国人来说，那是对二战后“在路上”文化的一种重温与回顾，逝者如斯，有此为证。两年前的2月21日，在一个平凡的没有任何背景的日子，89岁的罗塞特去世了，等到人们缓过神来，才知道去世的那个人为他们贡献了那么多不一定伟大但却激荡过人心人性里幽暗角落的好书，他带着他的叛逆和他的时代远去了。

“我拥有非凡的出版生涯，却并不为钱。我们不谈钱。”今天，读起来巴尼·罗塞特这句话，仍然能牵动我们将被磨去的激昂，骚动之余，却既伤感又无奈，伤感的是我们怎么都不可能拥有“非凡的出版生涯”，无奈的是，我们无论如何都不可能“不为钱”和“不谈钱”。当初，在出版这些情色禁书时，罗塞特是被认定为“在按下印钞机的电钮”，事实上这些书也不是不赚钱，但罗塞特的初衷，却并非为钱，而且他也不善生意，在拥有那么多脱销的禁书之时，他还是一个糟糕的商人，因为一个精明的商人不会挑战法律，不会出版戏剧、先锋文学、性爱文学等没人出的书，罗塞特似乎一点也不像个犹太人，而更像一个激进分子，无怪乎他被称为“20世纪美国最有影响、最危险、最大胆也最有争议的出版家”。身为银行家独子的罗塞特，经营格罗夫出版社时虽然“不为钱”、“不谈钱”、“不挣钱”，但是他并不缺钱，这一点至关重要，一直在支撑着他出禁书、出好书的梦想。在这一点上，卓越的出版人和优秀的作家似乎有共通之处，就像别人问马克·吐温：“怎么样才能成为一个好作家？”他回答说：“给他一百万美金，吃喝嫖赌样样来，然后再写出来。”

也许有钱不但能使鬼推磨，还能让你成为一个好的小说家，一个优秀的出版人。当然，在钱之外，罗塞特还这样说起他的出版生涯：“我这一辈子都追随着我所喜欢的东西——人、物、书——当这些呈送给我的时候，我就把他们发表出来。我所做的从来都是我真正喜欢的。我没有固定的计划，但转而我们时常发现自己就在原有的轨迹上并未偏移。” 是的，光有钱还不够，你“喜欢的东西”在“轨迹上并未偏移”也是必不可少的。回望20世纪五六十年代的美国，罗塞特置身的那个五光十色、离经叛道的美国，让他醉心，也让他扬名，从那里出发，罗塞特在路上，办杂志，做出版，虽然1993年他卖掉了出版社，但继续主编一本叫《常春藤评论》的杂志，那是他创办了半个多世纪的阵地，那里有萨特、切·格瓦拉、艾伦·金斯堡等所有“色情”、“激进”的人们。

应该承认，罗塞特说得不错，“我们不谈钱”，因为在钱背后还有更激动人心的东西，钱钟书，钱钟情于书！

好记者都没读过新闻系

我很少佩服记者。不过如果要开一张20世纪令人佩服和敬仰的记者的名单，那绝对少不了以下诸位：普利策、卡帕、斯诺、希伯、贝特兰、福尔曼、法拉奇、伯恩斯坦、伍德沃德、斯特朗、项美丽、白修德、史沫特莱、华莱士、爱泼斯坦。要是继续写下去，这个名单还可以开得更长，20世纪这风云际会、粉尘激荡的一百年，不知造就了几多足以名垂新闻史乃至后世的记者。

20世纪上半叶，很多西方记者远赴重洋，来到中国这片古老的土地，为《生活》、《时代》、《纽约客》、《先驱报》、《泰晤士报》、《密勒氏评论报》、《芝加哥每日新闻》等架起近距离观察中国人和中国社会的显微镜。与此同时，记者这个新生职业在中国这个古老的国度也一度熠熠生辉，陶菊隐、邵飘萍、林白水、徐铸成、曹聚仁、史量才、张季鸾、胡政之、陈布雷，一大批名记者名报人横空出世，奠基了近现代史上声名赫赫的新闻业和报业。拜那个时代所赐，无论是中国记者还是西方记者都学识深厚，知识面宽而杂，又具有博大的视野和胸怀。中国早期的记者们除受了传统的文史训练之外，还兼具现代西洋的新知启蒙，广涉文学、历史、国学、地理、政治、社会等诸门类，做起记者来身手和见解自然不凡。曹聚仁的随笔小品和采访，即使是几百字上千字的小文也自见其功底，文笔更是清丽有味。《申报》、《大公报》当年的风头之健，他们大有功焉。这批名记者即使搁笔，或入仕，或从学，也都长袖善舞，风仪翩翩，皆是因为有那个底子在。

可叹的是，我们眼下党报大报的新闻记者们却只会一板一眼地写些三段论或者多段论，生搬硬套“何时、何地、何人、何事、何故、如何”的“5W1H”西方新闻理论，徒知其表而不明其里，写出来的东西枯燥乏味不说，又无故严肃自作郑重。庄子说：人皆知有用之用，而莫知无用之用也。好的记者亦应如此，应该有一肚子无用的知识，在求学时代就应该积累起足够的人文修养，知识面和视野要杂而宽，要学习外语、文史哲、天文地理和基础科学，有用的技能包括观察、采访、写作等都是可以工作以后慢慢再学的，为时未晚，而且其效用比大学时代所学到的更加高，一如恩格斯所言：“社会一旦有技术上的需要，则这种需要就会比十所大学更能把科学推向前进。”有用的知识其用途早已被规定，而无用的知识正因为其无用，所以才能有无法预测的大用。换句话说，作为一个记者，如果你仅仅是为了谋生和待遇，那么其实很容易，新闻学院所教的那些足够了；而如果你想成角儿，想扬名立万，想做出自己的风格和影响，那么从新闻学院学到的这些还远远不够，甚至学不学都无所谓。

1936年的西班牙内战，卡帕拍摄了一个中弹将要倒下的战士，这幅使人有身临其境之感的照片一经发表即刻震动全世界，成为战争摄影的传世之作。“如果你的照片拍得不够好，那是因为你距离炮火还不够近。”卡帕这句名言如今被传诵已久，今人读起来虽容易，但却显得轻佻，因为你没有冒过下一秒身首相离的危险，真要在炮火热血的战场上舍身相试，又有谁人能做到？卡帕的女友达娜做到了，却不幸惨死于坦克履带之下；卡帕也做到了，也不幸在18年之后的越南战场上误踏地雷身亡。他们是记者，却以战士的身份牺牲在战场上，正应了卡帕自己那句话：“战地记者生命是操在自己手中的，他可以用在选定的注上，也可以在最后一分钟把它收回口袋里。”在最后一分钟，卡帕拿生命去换照片了——一个人可以看得那么清楚，也可以付出得那么坦然，那需要多大的勇气？

卡帕的例子，只说明了好记者应该具备的底子的一种，不怕掉脑袋还不够，还要有正义、良知、刚正、决断、坚韧、敏感等脾气和秉性。法拉奇在采访中屡屡表现出的犀利、尖锐和轰炸般的盘问，甚至当面对伊朗前最高领袖霍梅尼呛声说的“许多人说你是个独裁者”，还有华莱士在《60分钟》中的不回避、不退让和咄咄逼人的提问、偶尔为之的幽默还有他那优雅的烟卷，以及伯恩斯坦、伍德沃德全程揭露水门事件的那种不折不挠的坚韧，也都不失为一种性子。在一个好记者身上，深厚宽广的学养和知识底子奠定的是他的基本质素，而富有血性的脾气和秉性则培育了他的职业反应能力，训育了他的立场、敏感、应对、观感、风格。换一句话来说，那就是学养和知识底子衡量的是你能不能做个好记者，而脾气和秉性则决定的是在好记者这条道路上你到底能走多远、能不能成为一个名记者、能成多大的名。

卡帕之所以能成为卡帕，不是你卡、他怕，而是他没有卡，没有人卡他，他也不卡自己。而我们，说一句也许会犯忌讳的话：今天，正是因为新闻学院太多了，所以好记者太少了！鲁迅说，世上本没有路，走的人多了也便成了路。其实世上本来有很多路，设的卡多了，也就没了路。

文字就是我的祖国

一个人，一个男人，一个年过30岁的男人，如果没有缚鸡的力，没有抢劫的胆，没有有钱的爹，没有倒贴的妻，没有过硬的技，也没有捞钱的路，那么他还能干什么？那就写作吧。

想当初，我，一个堂堂七尺男儿，就是这么一个小碎步一个小碎步地被逼上梁山的！

作为一个理科生，我的数学像是体育老师教的，我的计算机像是语文老师教的，我的模拟电路像是外语老师教的，而我的外语像是幼儿园老师教的。我虽然五谷还分但是天生四体不勤，跑500米就气喘如牛、跌跌撞撞如山倒；我的胆量虽然比过街老鼠大那么一点点，但也只能勉强支撑我在伸手不见五指的黑夜里开一道门缝往外撒尿；而我爹的存款到我毕业时已是负数，早被我和我哥上学糟蹋得一干二净，啃老是没指望了，也从来没指望过；我更没有可以安身立命的一技之长，反而却长了一条吃地沟油的命、一颗操中南海的心；至于捞钱的门路，于我更是如登蜀道之难。

后来我把这最后的希望，寄托在找一个可以倒贴的妻上面，挑着灯笼找来找去，最后蓦然回首，也没有发现她在灯火阑珊处，她们也在瞪着铜铃一般的双眼怀揣比我还势利的内心找可以长期提款的男人呢，在连这最后一丝念想也彻底破灭的时候，我没有灰心没有垂头也没有丧气，因为我睁大再睁也难以睁大的眼睛，发现了一个还算能够略以补贴生计的门路：码字！想来都是命中注定，要不我怎么在5岁还不认识一个字的时候就跟我妈说“我长大了要当作家”呢?

但是靠码字挣钱养活自己，真是要饿死人的。我的第一笔稿费是24块钱，靠了报纸上一个还没有豆腐块大的小豆腐块，但我已经很满足了，张爱玲的第一笔稿费才5块钱，她用来买了一支口红，提醒自己是个女人，我用那微薄的24块钱买了一只猪蹄提醒自己是个男人：很饿，很馋，很想吃肉。后来的稿费虽然随着我的勤奋程度和才华横溢程度不断水涨船高，50块，120块，200块，340块，400块，500块，700块，900块，1200块，千字千元，万字万元，但我却开始沉浸在出卖兴趣、爱好和理想而换取稻粱的悲伤中，不过悲伤的时候极其有限，因为千字千元和万字万元的活儿，对我来说跟对于长江来说基本是一样的：都是百年一遇的大洪水。

所以我还得要上班，而且至今都在上班，以弥补码字收入的青黄不接、年景不济。我的第一个老板就是书商，做过非常红、非常畅销的书的书商，他教过我写畅销书的诀窍，但我没有拿来实践，不屑?不能？不敢？不值？也许都有；我的第二个老板是个出版社的社长，做过无数非常人文、非常精神、非常哲学的书，我也曾经当面质问他做那些自费书有什么意义，他笑了笑，给我讲王实味的例子，我非常明白，他是在教我要先活下来再谈精神和理想；我后面的老板，有做书的，有做艺术的，有做广告的，有做时尚的，也有做实业的，我略有的文武艺，都不得不自己双手贡献出来货于他们，以让自己活下来，活得好一点、体面一点、尊严一点，然后再写。

在一个不崇尚文字的时代，文字是一种很无力的表达，不得不面对不被承认和被低估的无奈与尴尬，首先是文字这种介质本身就是妇孺老弱病残，是弱势群体，跟画面比起来它不够清晰直观，跟声音比起来它很是费神费力，在多媒体时代单媒体总是要吃亏的，在科技和工商时代文字总是软塌塌硬不起来的；其次是它的回报收益超级低，以一本300页的书为例，台湾是450新台币左右，香港是120港币左右，而在内地是30元左右，就这样很多人还觉得昂贵，在他们心底本就觉得书就应该是便宜的，甚至是可以免费下载的，虽然他可以眼睛都不眨地请妞吃一顿西餐上千块、给妞买一个LV上万块，但是为文化买单、为精神买单、为创造买单，他就压根不乐意。

在日本地铁里，5个人就有5个人读书看报；在台湾，5个人就有3个人读书看报；在香港，5个人中有两个人读书看报；而在大陆的地铁里，同样是5个人，往往有两个人在讲话，另外3个人在听他们讲话。不要用民族情绪来压我，也不要说我崇洋媚外，我不媚日，也不是港台控，我只是陈述一个基本事实，我们没有习惯性阅读的传统，在某种意义上说，文字在现在的大陆似乎代表了一种落后，谁看书谁就是老古董，谁看书谁就是穷逼屌丝，谁写书谁就是混得一比潦倒。

码字是一门古老的手艺，自从文字诞生的那一刻就在被使用，慢慢地成为越来越多人的手段，到今天更是会写字就能写作，会写字就能写书。码字并不意味着你就高尚，并不意味着你就高人一等，也并不意味着你能红，虽然码得再好再多，也不会让你红到出门要戴墨镜、拴口罩，也不会让你的面貌跟10公里之内的每个人有所不同，更何况我还没码那么多也没码那么好呢。靠码字而成为千万富翁，和靠码字而青史留名，都是不切实际的白日梦，虽然这白日梦我也做过，但我的文字能为我贡献几两干饭我还是知道的。虽然也在乎版税，也介意稿费，然而最支撑我一个字一个字敲下去的，不是钱，而是有一种手段可以表达自己，有一门手艺能够证明自己。

每个人都有一种表达自己的方式，跟世界交流的方式，瘸子靠轮椅，哑巴靠比划，唱歌的靠嗓子，编程的靠代码，舵手靠罗盘，刘备靠哭，关公靠82斤的青龙偃月刀，那是你终极的、唯一的、最得心应手的武器。文字于我，我悲时它悲，我欢时它欢，我春风得意时它春风得意，我马蹄疾时它马蹄疾，它随着我的情绪而肆意流淌，随着我的经验而主观客观，随着我对生活的结构而结构，也随着我对生活的解构而解构，尤其是在当你别无长物唯有此一门所长时，你不得不依赖它，不得不藏在贴身处，这也就是四处流离无所顾时胡兰成所说的“我唯于文字相亲”。

只靠文字为生的生活是苍白的，只靠文字理解的世界是虚假的。这道理我当然懂，但是再精良的木匠也不会丢了斧子刨子墨斗和锯，再牛逼的将军也不会遣散了他的兵马和粮草，那是安身立命的根本，根本和唯一是两回事，我没有也不想把文字当成生活和生命的唯一，那只是我理解生活、理解生命、描写生活、描写生命的唯一，我若是剑客文字便是我的剑，我若是刀客文字便是我的刀，而刀剑之外我还得吃喝拉撒、柴米油盐、生儿育女、携妇将雏。

托马斯·曼说，我到哪里，哪里就是德国；余英时说，我到哪里，哪里就是中国。我没有哪里，文字就是我的哪里，只要有文字可以读，有文字可以写，生活还在流淌，生命还在蜿蜒，那就是我的祖国的疆域：一个字为砖，一段字为墙，一篇字为城。

十年磨一尖（代后记）

我不写诗，因为诗言志，我素无大志。我也不写小说，因为小说复杂，而我很简单。

我爱读的是诗和小说，会写的是随笔和杂文。写到哪儿算哪儿，骂到谁算谁，不避荤腥，不讲豹头猪肚凤尾，最适合泼洒性、情和脾气，能我我不休地喋喋下去，过瘾、爽利，该长长，该短短。我从来都以为，好的文章是随性而为，刻意庄重或者郑重，最后写出来的往往都不尽如人意。

曾想跟这个比跟那个比，曾想怎么写才能畅销百万，也曾想做曹雪芹和本雅明，写得能避开速朽而不朽。事实上证明，如果写东西时还想着这些，就是想多了。一切坚固的东西都烟消云散了，写文章不为祭天祭地，也不要想着进庙堂，能娱乐自己顺带欢乐一下众生，就不错了。

劳伦斯生前曾抱怨说：“三百年内无人能理解我的作品。”我没有这样的抱怨，因为我没有跟一个时代背道而驰的野心和自负，我只是想表达自己，通过自己表达你我他，顺便娱乐一下众生。所以速朽是肯定的，虽然也想千古过。但唯其真实，唯其坦然，足够了。在放下之后，我一个挑灯，一个人看剑，一个人劈柴，一个人喂马。自得其乐，自得其悲，自顾自地撒欢和流泪。

从来至美之物，皆利于孤行，虽然我没有至美的颜色，但是却偏爱孤行，既然世间难行，于是只好在文字中安营扎寨、占山为王。路边的野花不要采，还总想采，因为野花比家花香。文字就是我的野花。

我最想要的是这种野的状态，不混圈子，也不入流派，散养放养，像野鸡，似野狼，自己觅食，自 己啸月。至今我仍固执地认为野是一种元气和本能，最能滋养笔下。文笔可以训练，知识可以积累，唯有野最难学，这是娘胎里的东西。虽然这一路数，自古被视为野狐禅，不过无所谓。于文字，我没有辟邪剑谱，也没有高人带路，只是自说自话、野里野气地写了这么多。

十年一梦，磨不出莫邪剑，只磨得笔头尖，也算聊以自慰了，不负寒窗，不负明月。

最后，不感谢CC，也不感谢TV，感谢文字，感谢自己，感谢肯花钱买书的你们!

2014年6月于北京

图书在版编目（CIP）数据

替全世界去仰望 / 林东林著. —北京：文化艺术出版社，2014.7
ISBN 978-7-5039-5803-8
Ⅰ. ①替…　Ⅱ.①林…　Ⅲ. ①随笔—作品集—中国—当代　Ⅳ. ①I267.1

中国版本图书馆CIP数据核字（2014）第133584号

替全世界去仰望

著　　者　林东林
责任编辑　王　红
人物摄影　刘　姜
装帧设计　@Teaya　姚雪媛
出版发行　文化艺术出版社
地　　址　北京市东城区东四八条52号　100700
网　　址　www.whyscbs.com
电子邮箱　whysbooks@263.net
电　　话　（010）84057666（总编室）　84057667（办公室）
　　　　　84057691—84057699（发行部）
传　　真　（010）84057660（总编室）　84057670（办公室）
　　　　　84057690（发行部）
经　　销　新华书店
印　　刷　国英印务有限公司
版　　次　2014年8月第1版
　　　　　2014年8月第1次印刷
开　　本　880毫米×1230毫米　1/32
印　　张　10.5
字　　数　242千字
书　　号　ISBN 978-7-5039-5803-8
定　　价　32.80 元